Rencontre à Silver Pass

*

Un troublant regard

TINA BECKETT

Rencontre à Silver Pass

Traduction française de
CÉCILE LOMBARD

BLANCHE

HARLEQUIN

Collection : Blanche

Titre original :
HOW TO FIND A MAN IN FIVE DATES

Ce roman a déjà été publié en 2015

HARPERCOLLINS FRANCE
83-85, boulevard Vincent-Auriol, 75646 PARIS CEDEX 13
Service Lectrices — Tél. : 01 45 82 47 47 - www.harlequin.fr
ISBN 978-2-2804-7896-0 — ISSN 0223-5056

Composé et édité par HarperCollins France.
Imprimé en novembre 2022 par CPI Black Print (Barcelone)
en utilisant 100% d'électricité renouvelable.
Dépôt légal : décembre 2022.

FSC www.fsc.org MIXTE Papier issu de sources responsables FSC® C159065

Pour limiter l'empreinte environnementale de ses livres, HarperCollins France s'engage à n'utiliser que du papier fabriqué à partir de bois provenant de forêts gérées durablement et de manière responsable.

Prologue

Un nouvel an de plus à Silver Pass…

La main crispée sur sa coupe à champagne vide, Miranda Dupris, médecin de la station de ski, attendait avec appréhension les douze coups de minuit. On se pressait dans l'immense salle de réception de l'hôtel aux plafonds voûtés, d'énormes bûches flambaient dans l'âtre. Son père, fidèle à son habitude, n'avait lésiné sur rien, et moins encore sur le buffet. Hôtes et employés se régalaient, espérant comme elle que l'année qui s'annonçait serait meilleure que la précédente…

Ou peut-être était-elle la seule ?

Un serveur remplaça sa coupe vide par une pleine, et l'odeur du champagne lui fit un instant oublier son amertume.

Elle se tourna vers Ellory, son amie d'enfance, qui, tout sourire, secouait ses boucles blondes.

— Et notre rituel, docteur Dupris, nos résolutions de l'année ? Il ne reste plus beaucoup de temps ! Commence tout de suite, si tu veux expédier Robert dans un trou noir et remettre le compteur à zéro.

A la mention de son ex-fiancé, le cœur de Mira se serra : l'aiguillon familier de la trahison…

Jamais plus. Si quelqu'un se jetait dans un trou noir, ce serait elle. Plus question de se lier à un homme. Trois fiançailles rompues en sept ans, le message était clair.

Pour ne pas gâcher le rituel qu'elle avait avec Ellory depuis l'adolescence, elle se força à sourire et leva son verre.

— D'accord ! Je jure que, durant les douze mois à venir, je n'aurai aucune relation suivie.

Ellory s'esclaffa.

— Pas d'éphémères non plus ?

Oh… Rester totalement seule, c'était un peu extrême. Elle appréciait la compagnie des hommes. Ces salauds de moniteurs de ski exceptés…

— Disons que, dans l'année qui vient, je sortirai avec vingt-cinq types sans m'attacher à aucun. Voilà. *Nada.*

— Quoi ! fit Ellory pour couvrir le brouhaha qui augmentait à l'approche de l'heure fatidique. Tu es sérieuse ? Miss Monogamie se lance dans les aventures en série ?

Pourquoi pas ? Plus Mira y pensait, plus l'idée lui semblait excitante. L'euphorie due au champagne, peut-être ? Elle en but une gorgée.

— Exactement. Vingt-cinq en un an.

— J'ai hâte de voir ça ! Je te parie cent dollars que tu te dégonfleras, ou que tu ne dépasseras pas le cinquième sans tomber amoureuse.

— Pas question ! Je fais le serment de ne pas m'arrêter en chemin.

Elle redressa les épaules, son courage s'affermissait.

— L'année prochaine à la même heure, on verra bien qui de nous deux devra cent dollars à l'autre, dit Mira. A toi, maintenant, je t'écoute.

— Eh bien, je jure de ne fréquenter aucun homme dans l'année à venir. Et je ne dis pas ça en l'air.

Le cœur de Mira se serra : que signifiait cette expression soudain grave ? Mais minuit approchait, elle n'avait pas le temps de questionner son amie…

— D'accord, pari tenu.

— Hmm.

Tandis que l'assistance commençait bruyamment le compte à rebours, elles trinquèrent et vidèrent leur coupe.

Enfin, la pluie de confettis, les vivas et les rires les tirèrent de leur morosité. Mira étreignit son amie, heureuse qu'elle soit revenue séjourner un moment à Silver Pass.

Elle s'apprêtait à le lui dire, quand une voix masculine retentit à son oreille.

— On dirait que je ne suis pas le seul à ne pas être accompagné, ce soir ! A moins que vous ne soyez ensemble ?

Mira dévisageait Ellory, qui fronça les sourcils.

— Retourne-toi ! dit Ellory. C'est à toi qu'il s'adresse.

Les jambes en coton, Mira pivota sur ses stilettos lacés à la cheville. Allait-elle déjà devoir relever le défi ? Elle se trouva nez à nez avec un costaud qui n'aurait pas détonné sur une publicité pour club de gym. Il était immense et trop hâlé pour que ce soit naturel, son cou émergeait d'une chemise blanche amidonnée sous un smoking noir. Ses yeux bleus luisaient de ce qui ressemblait à de… l'intérêt.

— Euh… Bonjour, enchantée.

Quelle était la méthode pour commencer une aventure sans lendemain, au fait ? Il faudrait qu'elle demande à Ellory.

Le sourire du bellâtre s'élargit.

— Je vous ai remarquée quand vous êtes entrée. J'ai patienté dix minutes, histoire de m'assurer qu'aucun chevalier servant n'allait me fracasser le crâne si je vous approchais. Vous n'en avez pas ?

Oh ! non ! Pas déjà !

Mira se tourna vers son amie, qui lui tendit sa pochette de perles ouverte avec un air entendu.

— Tu me règles tout de suite, ma chérie ?

Bon sang ! Ellory était sans pitié !

Mira redressa les épaules et se tourna vers le magnifique spécimen de la gent masculine qui attendait sa réponse.

— Non, pas de chevalier servant.

— Je vous paie un verre ?

Le père de Mira offrait la soirée, la proposition n'était donc pas vraiment alléchante. Mais si, par ailleurs, elle devait ne pas s'attacher, ce type lui semblait tout indiqué.

— Hmm, pourquoi pas ?

Ce qu'elle aurait voulu être un ronronnement sexy lui fit

plutôt l'effet d'un souffle d'asthmatique. Ce ne serait pas si facile…

Tendant sa coupe vide à Ellory qui ouvrait de grands yeux, elle se pencha vers elle pour lui murmurer :

— Défi relevé !

1.

Bon sang, il allait tomber !

Juché sur des skis qu'il ne contrôlait plus, Jackson Perry s'efforçait de planter ses bâtons dans la neige pour ralentir l'allure, mais la vitesse était telle qu'ils flottaient à ses côtés comme deux javelots inutiles…

« Chasse-neige, pour freiner votre descente ».

L'instruction du moniteur lui parvint tandis qu'il dévalait la pente, mais il était trop occupé à chercher son centre de gravité pour la suivre. Il ne lui restait plus qu'à essayer de surfer sur l'immense vague blanche… Toutefois, les skis n'avaient rien à voir avec la large planche fartée dont il avait l'habitude, et la neige était beaucoup plus dure que l'océan.

Finalement, il s'affala à plat ventre, soulevant une gerbe étincelant de poudreuse. Par un heureux hasard, ses fixations se détachèrent, et il poursuivit sa descente peu glorieuse. Rebondissant de bosses en bosses, il contracta les abdominaux pour amortir les chocs du mieux possible. Cent mètres plus loin, presque au bas de la colline, il s'arrêta enfin, tête la première, un bâton encore accroché au poignet. L'autre était perdu depuis longtemps, sans doute en même temps que ses skis.

Heureusement qu'il s'en était tenu à la piste pour débutants ! Il voulut se débarrasser de la neige sur son visage, mais ses gants en étaient eux aussi couverts…

Inspirant pour faire entrer de l'air dans ses poumons en feu, il passa en revue os et tendons. Les genoux ? Intacts. Les poignets ? Toujours fonctionnels. L'ego ? Il y reviendrait plus tard. Le crâne ? Entier, malgré une question : avait-il eu toute sa tête lorsqu'il avait accepté ces satanées vacances ici ?

Il maudit son coach et ses conseils. « Crois-moi, Jack, rien de tel qu'un séjour à la montagne pour se changer les idées et se remettre en forme. »

Bien sûr, l'équipe de football américain dont il avait la charge s'inquiétait elle aussi de ses retards de plus en plus fréquents aux réunions du matin… à cause des somnifères qu'il prenait pour échapper à son cauchemar récurrent. Une fois de trop, il n'avait pas entendu son réveil…

« Pourquoi ne partirais-tu pas aux sports d'hiver ? »

Excellente suggestion, il s'amusait comme un fou ! D'autant que les souvenirs qu'il tâchait de chasser de sa mémoire l'avaient suivi pour s'écraser avec lui dans la neige.

Plusieurs skieurs, à l'évidence tous expérimentés, passèrent à côté de lui sans s'arrêter, puis une paire de skis parfaitement positionnée surgit dans son champ de vision.

— Besoin d'aide ?

Il leva la tête, plissant des yeux pour se protéger du soleil matinal.

Une figure en combinaison blanche… La lumière formait un halo autour d'elle.

Avait-il l'air si mal en point ?

Il tenta de s'asseoir, mais le tissu trop lisse de ses vêtements le fit glisser un peu plus loin encore. La silhouette l'accompagna pour s'arrêter de nouveau à sa hauteur, et un bref rire perlé se fit entendre.

— Attrapez ma main. Vos chaussures devraient accrocher. J'ai ramassé vos skis et votre bâton.

Il leva le regard. La femme, car c'en était une, avait vraiment son équipement sous le bras.

Manifestement, ce n'était pas une débutante.

— Merci, je vais me débrouiller.

Il ne manquerait plus qu'il l'entraîne dans sa chute ! Il se mit sur pied avec peine. Elle avait raison, ses semelles adhéraient.

— Vous croyez pouvoir finir la descente ?

Elle releva ses lunettes, et le capuchon fourré de son blouson tomba en arrière, révélant un bonnet d'aviateur en laine rose. Elle fixait de doux yeux bruns amusés sur lui.

Plus tard, autour d'un verre entre amis, elle s'en donnerait sûrement à cœur joie en racontant l'incident…

C'était ainsi qu'il se figurait les fameuses *snow-girls*, ces entraîneuses des stations. Tout collait, de son costume blanc à sa visible aisance dans cet environnement glacé. Même son teint était pâle et givré, hormis une touche de rose sur les joues et les lèvres. Elle semblait froide et sans cœur, exception faite des boucles flamboyantes qui dépassaient de son bonnet.

Pareilles à celles de Paula… Il serra les dents.

— Vous êtes blessé ? demanda-t-elle.

— Non, pas de problème, je vais descendre, si vous me rendez mes skis.

— C'est votre première fois ?

C'était si évident ? Sa fierté de mâle faillit lui faire avouer qu'il était déjà monté une fois sur des skis en Californie. Mais c'était si loin ! Avant qu'il ne devienne médecin du sport. Avant le Texas, avant l'accident qui avait bouleversé sa vie.

Il observa une fillette qui passait, gracieuse.

— Hmm. A la voir, ça paraît si facile…

La jeune femme suivit son regard.

— Oui, n'est-ce pas ?

Elle lui tendit la main de nouveau.

— Miranda Dupris.

— Enchanté. Jack Perry.

Il lui serra la main, heureux tout à coup qu'ils portent l'un comme l'autre des gants. Malgré tout, à son contact, il fut traversé d'un frisson et quelque chose remua dans son ventre…

— Hé, Florence Nightingale, ça te dérangerait de dégager la piste ? Je ne veux pas que tout mon groupe se casse la figure !

Jack se tourna vers l'arrivant : c'était son moniteur qui, poussant sur ses bâtons, les dépassa sans même les regarder.

Pourtant, à son ton familier, il connaissait Miranda, et même très bien.

Pas étonnant. En habituée de la station, elle devait fréquenter les moniteurs…

Il observa son expression, devenue soudain glaciale. Puis elle haussa les épaules et parut se radoucir.

— Allons, venez. Je vous paie un chocolat chaud en bas.

Oh ! non ! Il ne rêvait que de s'enfermer dans sa chambre, et de consoler son ego blessé. Pas question de s'afficher au bar avec une femme qui l'avait surpris dans une position humiliante.

Il déglutit. Pouvait-il, sans être grossier, refuser l'invitation ? Il tendit la main vers ses skis.

— C'est gentil, mais je préfère rentrer.

— A votre guise, fit-elle en se tournant à moitié. J'ai besoin de me réchauffer, je suis restée immobile trop longtemps et je me gèle les fesses.

Bizarrement, ces mots le délivrèrent de ses pensées moroses et il posa les yeux sur…

Que lui arrivait-il ? Trop tard : il examinait déjà sa chute de reins, s'efforçant de deviner ce que cachait sa combinaison. Et le résultat lui plaisait.

Il en fut le premier choqué. Paula aurait haussé le sourcil… si elle avait pu l'entendre. Mais c'était devenu impossible, à cause de lui.

Soudain, l'idée de s'enfermer seul dans sa chambre ne lui souriait plus du tout. Et tant pis si la femme qui lui tenait compagnie faisait métier d'inviter des hommes au bar.

— D'accord, je vous accompagne. Tout compte fait, une boisson chaude ne me fera pas de mal.

Après un bref sourire, elle lui tendit son équipement.

— Inutile de vous presser. On se rejoint en bas.

Puis elle démarra, telle une experte, et s'éloigna en souplesse.

Il poussa un soupir, chaussa ses skis et s'efforça de continuer sa route sans tomber.

En attendant sa prochaine victime en bas de la piste verte, Mira réfléchissait. Forcer un inconnu à boire un chocolat, cela pouvait-il compter comme cinquième aventure ?

Elle haussa les épaules. Robert n'aurait pas dû l'appeler Florence Nightingale...

Entrer accompagnée au bar où se trouvait son ex était sans doute méchant, mais c'était un bon moyen de lui prouver que c'était terminé pour de bon. Rien ne pourrait la faire revenir, Ellory avait achevé de la convaincre. Malgré une croyance répandue, la fonction d'un moniteur n'était pas de séduire ses élèves.

Mira fouetta la neige de son bâton. Pour gagner son pari, il lui fallait s'en tenir à des hommes qui ne l'attiraient pas. Ce Jack Perry, par exemple : sa mâchoire carrée et volontaire, son refus d'être aidé, tout en lui signalait un macho orgueilleux, le genre sur lequel elle s'était déjà cassé le nez trois fois. Son prochain amoureux serait un poète ou un peintre, un artiste qui acceptait la part féminine de sa personnalité.

Pas ce type-là. Pourtant, il s'était relevé avec pas mal de souplesse... Sans doute un sportif. Il avait chuté sur un terrain qui n'était pas le sien, mais il semblait musclé et entraîné. Il devait avoir de belles fesses...

Elle se ressaisit. Pas question de se laisser entraîner sur ce terrain-là. Un chocolat chaud, rien d'autre. Elle avait fanfaronné devant Ellory, mais elle ne mènerait aucune « aventure » à son terme. C'était trop dangereux pour elle, elle ne savait pas coucher sans aimer.

Jusque-là, elle n'avait dégotté que trois minables qui, bien que fiancés avec elle, n'avaient pu résister au plaisir de la chasse. Après un an, elle serait sûrement capable de distinguer un tricheur d'un homme fidèle. En attendant, elle s'en tiendrait à sa résolution.

Pourtant, alors que Jack, levant péniblement les pieds, descendait les vingt derniers mètres en escalier, son cœur battit plus vite...

Pourquoi l'observer ainsi, s'il ne l'intéressait pas ? Contrariée, elle déboucla ses fixations et ôta ses skis.

— Prêt ?

— Hmm, je vous suis.

Il paraissait tendu. Au contraire du n° 4, dont elle avait eu du mal à se débarrasser, il n'avait pas sauté de joie à la perspective de passer un moment en sa compagnie, et c'était tant mieux. Vu son peu d'enthousiasme, il ne risquait pas de s'accrocher.

Ils rendirent leur équipement au centre de location qui jouxtait l'hôtel, puis Mira guida Jack vers le bar. Les planchers et les lambris couleur miel l'accueillirent comme un cocon. Le feu qui crépitait dans l'immense cheminée de pierre au centre de la pièce ajoutait à cette sensation de confort.

Dans le hall bordé de portemanteaux, elle suspendit son blouson et son bonnet, puis se passa les doigts dans les cheveux pour leur redonner du volume. Que lui arrivait-il ? Voulait-elle plaire à l'homme qui venait de dévoiler sa splendide chevelure brune striée de blond ? Penché à côté d'elle, il se débarrassait de son pantalon de ski. Elle sourit en voyant le jean noir qu'il portait dessous. Comme elle le pensait, il avait des fesses bien rondes…

Sans crier gare il se retourna, la surprenant en pleine contemplation. Un sourcil levé, et la bouche un peu pincée.

D'accord, il n'aimait pas qu'on le reluque… Pourtant, il ne s'était pas gêné, lui ; le regard appréciateur qu'il avait porté sur elle ne lui avait pas échappé, juste après le passage en trombe de son imbécile d'ex.

Il fallait qu'elle l'oublie, celui-là. Il n'était pas sur sa liste, alors que ce Jack, si.

Elle se répéta l'unique but de cette rencontre : l'emmener au bar boire un chocolat chaud. Ensuite, elle serait libre de partir à la conquête du n° 6.

2.

Jack s'aperçut vite que son moniteur regardait fixement Miranda. Sans aucune discrétion…

Pourtant, lorsqu'elle posa leurs tasses fumantes sur la table, elle paraissait ne pas l'avoir remarqué.

Tout à coup, la lumière se fit : elle devait être monitrice, elle aussi ! C'était pour ça qu'elle s'était arrêtée pour l'aider, et que l'autre lui avait demandé de dégager la voie !

Mais pourquoi le moniteur la fixait-il ainsi ? Attendait-il qu'elle le rejoigne ? Elle l'aurait donc invité lui, le pauvre débutant, par devoir… Il s'efforça de sourire.

— Inutile de me tenir compagnie plus longtemps, je n'ai mal nulle part, je vous assure.

Elle fronça les sourcils.

— Ce n'est pas la question. Je suis ici parce que j'ai froid, que je suis fatiguée, et que j'avais envie d'un chocolat bien chaud.

— Je ne vous ai pas vue, au sommet, quand nous avons commencé le cours.

— Je n'y étais pas, je skiais sur une piste plus difficile. J'ai décidé de terminer sur la verte pour ralentir l'allure.

En effet, elle semblait en grande forme. Il l'avait observée à la dérobée une fois ou deux ; elle était aussi musclée qu'une coureuse de fond.

— Je suppose que vous portez souvent secours à des types comme moi.

Il s'en voulut d'avoir employé ces termes. Il n'avait pas besoin de secours, ni sur une pente enneigée ni ailleurs, en dépit de l'avis de son coach. Avec un peu de temps, il se serait débrouillé seul…

Il en allait de même avec ses cauchemars. Depuis son arrivée, il avait compris que la solution n'était pas d'ingurgiter des somnifères. Les mauvais rêves étaient revenus, mais peut-être devait-il apprendre à vivre avec. A apprivoiser son sentiment de culpabilité.

Un rire perlé le ramena à la réalité.

— Comme vous ? Non, ce n'est pas si fréquent !

Elle but une gorgée de son chocolat et sourit.

— Ah ! dit-elle. C'est exactement ce qu'il me fallait pour mon bonheur, et pour me réchauffer. D'où venez-vous ?

D'un endroit où il était depuis trop longtemps…

— Je suis californien, mais j'habite au Texas. Et vous ?

Elle prit une seconde gorgée.

— Je suis née à Silver Pass, et j'y suis restée.

Pourquoi ce soupçon de tristesse dans sa voix ? Il s'attendait à plus d'ardeur. Cette montagne était vraiment splendide.

Il goûta un peu de son cacao, se brûla et toussota.

— C'est chaud ? demanda-t-elle avec un sourire malicieux.

— Ça va… Mais je n'ai pas l'habitude. Au fait, pourquoi ne pas m'avoir proposé une bière ?

— Vous buvez ?

Il aurait certainement été alcoolique, à l'heure qu'il était, s'il n'avait pas pris conscience que cela ne l'aidait pas, et surtout que d'autres pouvaient en pâtir. La plus célèbre équipe de football du Texas, les Hawks, comptait sur lui.

— Non, et vous ? demanda-t-il.

Le breuvage amer et sucré lui sembla si réconfortant qu'il en reprit une gorgée aussitôt. Inutile de devenir accro au chocolat, maintenant !

Elle ouvrait la bouche pour répondre quand le moniteur surgit à leur table.

— Tu remontes, Mira ? Si oui, je prends le télésiège avec toi.

Ainsi, il l'appelait « Mira »… Jack décida de ne se mêler de rien. Il n'avait pas à s'immiscer entre elle et son collègue.

— J'ai terminé pour aujourd'hui, répondit-elle d'une voix coupante. Je vais rentrer lire un peu et mettre la paperasse à jour.

— Mira…

Elle l'arrêta d'un signe de la main.

— Je n'ai pas envie de parler, Robert.

— Tu ne peux pas m'éviter chaque fois, tu sais, nous devrons avoir une conversation un jour ou l'autre.

Jack jeta un coup d'œil aux doigts fins serrés sur la tasse. Pas de bague à l'annulaire, mais une marque indiquant qu'elle en avait porté une récemment.

Il comprenait mieux l'insistance de ce Robert… Manifestement, Miranda et lui avaient eu une histoire ensemble. Mariés ? Ou une simple liaison ?

De toute façon, cela ne le regardait pas. Mieux valait les laisser s'expliquer en privé. Il s'apprêtait à se lever quand elle le devança, le menton pointé.

— Je ne vois pas de quoi nous pourrions parler.

— Tu penses que ton père sera content quand il apprendra ça ?

Elle eut un sourire amer.

— En effet, il ne sera pas content du tout.

Le sang du type se retira de son visage.

Ainsi, il avait quelque chose à se reprocher… d'assez grave pour qu'elle ne veuille plus qu'il l'approche. Jack sentit la colère monter en lui.

Lorsque l'autre fit mine de saisir le bras de Mira, il se leva d'un bond et soutint son regard durant dix longues secondes, jusqu'à lui faire baisser les yeux.

— D'accord ! Nous nous verrons plus tard.

— Je ne crois pas, Robert. Tâchons plutôt de nous éviter.

Sur un haussement d'épaules, le moniteur se détourna et sortit, et Mira se laissa retomber sur son siège.

— Match nul, un partout, dit-elle. Je vous ai secouru, vous m'avez secourue. Merci, et pardon de vous avoir imposé cela.

— Pas de problème. Qui est-il pour vous ?

— C'était mon fiancé, mais c'est terminé.

Elle fit la moue et dit :

— Je le connais, il risque d'avoir une dent contre vous. Ne remontez pas sur les pistes avant de vous être entraîné un peu. Il pourrait vous arriver des bricoles.

Elle avait peur que son ex lui fasse un croche-patte ? Il était assez grand…

— Ne vous en faites pas pour moi.

— Je suis sérieuse. A votre place, je me méfierais de lui. Si vous voulez, pour vous remercier de votre intervention, je peux vous donner quelques tuyaux pour tenir debout sur des skis.

— Je ne tiens pas à vous attirer des ennuis. Je vais me débrouiller.

— Comme aujourd'hui ?

— J'avais l'air si nul que ça ?

Elle rit.

— Vous préférez la vérité ou un gentil mensonge ?

Il se surprit à lui rendre son sourire.

— J'ai l'impression qu'il est trop tard pour le mensonge, dit-il. D'accord, j'accepte, mais sans garantie de progrès. Je suis plutôt du genre à l'aise sur les plages et dans l'eau. Les surfaces dures et glissantes que vous avez par ici me posent problème.

— Intéressant. Alors, prêt à me suivre ?

Dans sa bouche, la question lui parut soudain lourde de sous-entendus… Sans doute à tort.

— O. K.

— Super !

Elle fit signe à une fille blonde qui, en réponse, hocha la tête en brandissant une main, doigts écartés.

Cinq ? Cinq minutes, peut-être ? Son amie l'attendait. Il se leva.

— Je crois qu'il est temps que je rentre. Quelle heure vous arrange, demain ?

— Vers 10 heures en haut des pistes, c'est possible ?

— Parfait. Merci pour le chocolat.

— De rien. A demain.

Après un dernier sourire, elle se dirigea vers la blonde en emportant sa tasse. Et, malgré lui, il regarda deux ou trois fois ses hanches se balancer avant de sortir…

Pourquoi se torturer l'esprit ? Ce n'était pas un rendez-vous, elle n'avait même pas prononcé ce mot. Mais son rythme cardiaque avait accéléré, et des frissons d'impatience le parcouraient.

C'était mauvais signe. Très mauvais. Il fallait étouffer cette attirance dans l'œuf. Mais comment ?

— D'où tenez-vous ces lunettes ?

Mira examina les globes oculaires de son patient d'une vingtaine d'années, arrivé la veille à la station. A la fin de sa première journée de ski, ses yeux s'étaient mis à le brûler, et il avait eu le choc au réveil de se découvrir paupières gonflées et yeux rouges et larmoyants.

— J'ai trouvé une bonne occasion pour tout l'équipement, avant de venir. Vraiment une affaire.

Dont on payait quelquefois le prix plus tard…

Elle éteignit sa lampe-stylo et étudia les lunettes : elles étaient très noires, mais ne portaient aucune indication du degré de protection offert contre les UV.

— Sachez-le pour la prochaine fois, il est impératif de les acheter neuves.

— Ah ? Pourquoi ?

— Vous avez entendu parler de la cécité des neiges ?

Le jeune homme s'essuya les joues.

— Ce truc dont sont atteints les gens qui se perdent en montagne l'hiver ?

— Pas seulement. Je traite pas mal de cas, ici. Il s'agit d'une brûlure de la cornée, comme un coup de soleil.

— Ça se soigne ?

Elle passa derrière son bureau pour rédiger une ordonnance.

— Il n'existe pas de traitement rapide, hélas. Je vous prescris des gouttes ; restez à l'intérieur pendant au moins deux jours. Vos yeux ne supportent pas la lumière, encore moins réfléchie sur le blanc.

— Mais je n'ai qu'une semaine…

— Navrée pour vous, mais il faut vous protéger un moment. Et je vous conseille de consulter un ophtalmo en rentrant.

Après un juron, le jeune homme parut se résigner et prit le papier qu'elle lui tendait. Puis il attrapa ses lunettes et les jeta à la corbeille.

— Je n'en aurai plus besoin, je suppose.

— Nous en louons de bonnes ici. Assurez-vous que vos amis sont équipés correctement, inutile qu'ils risquent la même mésaventure.

— D'accord. Merci, docteur.

Dès qu'il fut sorti, elle ferma le cabinet médical et se prépara pour rejoindre Jack. Il était un peu tôt, mais elle voulait arriver avant lui en haut des pistes.

Le n° 5.

Autant admettre qu'il lui plaisait plus que les quatre premiers, rencontrés le temps d'un verre ou d'une ou deux descentes. En fait, l'un d'eux avait été avec elle, la veille. Si elle avait terminé son parcours sur la piste verte, c'était parce que ce type commençait à la serrer d'un peu trop près. Cette histoire d'aventures en série était bien jolie, mais comment éviter les pots de colle ?

Elle haussa les épaules. Ellory lui avait conseillé d'être prudente, mais elle ne s'en faisait pas trop. Un gars un peu pénible sur quatre, ce n'était pas significatif.

Comment serait Jack ? Elle n'était jamais sortie avec un surfeur. Du reste, il était tellement sérieux qu'elle n'aurait jamais deviné qu'il l'était.

C'était bizarre, qu'il soit intervenu face à Robert… En tout cas, son ex avait dû comprendre qu'elle ne lui accorderait pas de seconde chance.

Pas plus qu'à ses deux fiancés précédents.

Ni à son père. Comment lui pardonner d'avoir trompé sa femme maintes fois, de façon éhontée ?

Elle en avait assez des coureurs de jupons, assez de s'engager avec des menteurs.

Et bientôt, en signifiant son congé au n° 5 pour passer au suivant, elle aurait gagné cent dollars…

Penchée sur la barrière pour observer le télésiège qui montait, elle le repéra vite ; d'ailleurs, elle lui ferait remarquer qu'il n'avait pas fixé sa barre de sécurité. C'était une imprudence.

Alors qu'il venait vers elle, elle prit une profonde inspiration. Elle s'était persuadée qu'il n'était pas aussi beau qu'elle ne l'avait cru la veille, mais c'était faux. Même de loin. Sa large carrure emplissait presque tout le siège ; s'ils remontaient ensemble, elle serait obligée de se coller contre lui…

Elle frissonna à cette pensée, et se traita d'idiote. Elle était là pour lui apprendre à skier et pour augmenter son score, mais pas en couchant avec lui, c'était hors de question.

Il se laissa glisser du siège avec une légèreté qui lui avait fait défaut lorsqu'il s'était aplati dans la neige. Il avait dû en être mortifié, pourtant il était venu. Au moins, il s'était souvenu de chausser ses skis avant de monter sur le télésiège.

— Jack ! Par ici !

Il tourna la tête vers elle et s'avança à sa rencontre, d'un pas plus assuré que la veille.

Elle avait le sentiment qu'il comprendrait vite. De toute façon, ce serait son unique cours avec elle, une faveur qu'elle lui faisait pour le remercier de l'avoir tirée des griffes de Robert. Demain, il skierait seul.

— Salut !

Il enfonça son bonnet en agitant ses bâtons.

Elle examina les lunettes qu'il tenait à la main.

— Vous les avez achetées à la station ?

— Oui, pourquoi ?

— Je ne voudrais pas que vous vous abîmiez les yeux.

Il prit l'air perplexe, mais ne réclama aucune explication.

— Prêt ?

— Euh… J'avoue que j'ai envisagé un moment de vous poser un lapin.

— Ah ? Dans ce cas, j'aurais été obligée de redescendre vous chercher par la peau du cou.

S'il avait su pourquoi… Ellory, qui avait eu le loisir de l'étudier au bar, avait décrété qu'il était trop beau pour qu'elle résiste… Balivernes ! Il n'était qu'un numéro sur sa liste, elle avait besoin de lui pour faire du chiffre. En fin de compte, ces rencontres éphémères avaient du bon : il lui était inutile de surveiller ses paroles, ou d'être coquette. Ce matin, elle s'était contentée de dissimuler les cernes sous ses yeux et de passer du baume sur ses lèvres gercées. Et si elles brillaient un peu, ce n'était pas délibéré.

Il sourit.

— Je suppose que j'ai bien fait de venir, alors.

— Exactement.

Par chance, ils ne risquaient pas de tomber sur Robert, dont c'était le jour de congé.

— Bon, commençons par les skis. Vous les avez déjà aux pieds, mais ça peut être utile de savoir boucler et déboucler rapidement les fixations.

Elle lui montra la manœuvre, puis le fit placer face à la pente en position de chasse-neige.

— Je suis sûre que Robert vous a appris ça. Tâchez de conserver la position : si vos skis sont parallèles, vous allez prendre trop de vitesse, comme hier. Essayez plusieurs angles jusqu'à ce que vous trouviez l'allure qui vous convient.

Elle chaussa ses lunettes.

— Faisons un petit entraînement. Je passe la première et vous me suivez en m'imitant.

Elle poussa sur ses bâtons, et un crissement derrière elle

lui indiqua qu'il avait démarré. Elle s'efforça de descendre le plus lentement possible, ce qui n'était pas aisé pour qui était habitué à dévaler les pistes à grande vitesse. Son père avait placé beaucoup d'espoirs en elle après qu'elle eut gagné plusieurs compétitions, et elle l'avait déçu en optant pour la médecine.

Mais comme il l'avait déçue aussi…

Après le divorce de ses parents, sur les conseils de sa mère, elle avait décidé de devenir généraliste ici et ne le regrettait pas ; son métier avait la priorité, même si elle adorait la neige et le ski. En revanche, le surf ne l'attirait pas du tout. Contrairement à Jack, la mer n'était pas son élément. En bonne fille de la montagne, elle n'avait même pas de maillot de bain…

Jack la dépassa, faisant preuve d'un excellent sens de l'équilibre. Elle sourit. Tout de même, cela vaudrait peut-être la peine d'aller jusqu'à l'océan pour le voir surfer, admirer ses mèches plus claires qui brillaient dans les rayons du soleil…

Après avoir heurté une bosse, il vacilla une ou deux secondes, mais se reprit. Sa vitesse augmenta peu à peu et elle accéléra pour le rattraper.

— C'est bien !

Il était si concentré qu'il sembla ne pas l'avoir entendue. A ce moment-là, quelqu'un les doubla en trombe par la gauche, puis deux jeunes skieuses suivirent.

Absorbée par la pensée de son élève, elle perçut un peu tard des cris et regarda devant elle : les deux ados s'étaient trop rapprochées l'une de l'autre, et leurs skis s'étaient croisés. Visiblement saisies de panique, elles s'efforçaient de garder leur équilibre…

— Ecartez-vous !

Mira vit la première pousser la seconde, sans doute pour tenter de se dégager, et sa camarade tomba sur le côté, l'entraînant avec elle. Elles atterrirent durement sur une bosse. Celle qui avait provoqué la chute s'assit en riant, mais son rire s'éteignit vite. Sa compagne était inerte.

Mira s'approcha, tout son être tendu. Le bras de la jeune fille formait un angle qui n'avait rien de naturel.

Son amie avait dû s'en apercevoir aussi, parce qu'elle se pencha soudain en arrière en poussant un long hurlement.

3.

— Tâchez de continuer seul, Jack, je dois rester ici !

— Pas question. Je peux vous aider.

— Faites ce que je vous demande !

Il perçut l'impatience de sa voix, mais il s'en moquait.

— Mira, je suis médecin.

Elle lui lança un regard surpris.

— Eh bien, moi aussi, dit-elle. Je suis le médecin de la station.

A cette nouvelle, il sentit son cœur cogner contre ses côtes et s'efforça de conserver son équilibre.

— Je pensais que vous étiez monitrice ?

— Chasse-neige, pour vous arrêter !

Il se concentra, poussant ses skis en position de barricade pour s'immobiliser devant la blessée.

— Vous avez une spécialité, Jack ?

Elle le repoussa un peu pour s'agenouiller près de l'adolescente inconsciente. En même temps, elle posa une main sur l'épaule de son amie, qui se tut instantanément.

Jack était de plus en plus mal à l'aise : il ne parvenait pas à se faire à l'idée qu'il était en compagnie d'une consœur…

— Médecine sportive. Je m'occupe des Hawks.

Elle ouvrit de grands yeux.

— Vous vous moquez de moi ? Qu'est-ce que vous faites ici, dans ce cas, en cette période de l'année ?

Pas question d'avouer qu'on l'avait obligé à se mettre au vert, surtout maintenant qu'il savait quel métier elle exerçait.

— Il s'agit d'un bref congé.

Il déchaussa ses skis et tomba à genoux près de la blessée. Il lui défit son blouson avec précaution pour ausculter son bras et découvrit aussitôt la fracture. La fracture n'était pas ouverte, ce qui était rassurant, mais l'os pointait sous la peau. Il s'en était fallu de peu… L'épiderme risquait tout de même encore de céder sous la pression.

Pendant ce temps, Mira s'efforçait de calmer la jeune fille affolée.

— Comment vous appelez-vous ?

— Sandra, et elle c'est Marylin, répondit l'adolescente entre deux sanglots.

Evidemment, la patiente était en hypothermie…

— Elle respire. Pouvez-vous mesurer ses constantes pendant que je l'examine ?

Avec un signe d'assentiment, Mira pressa les doigts sur le poignet droit tandis qu'il débouclait la mentonnière du casque. Il chercha des fractures, puis palpa le crâne pour repérer d'éventuels traumatismes. Le bonnet blanc à pompon, que Marylin avait dû étirer au maximum pour dissimuler son casque inélégant, gisait à quelques mètres. Jack ne sentait pas de bosses, mais cela ne signifiait rien. Regrettant de ne pas avoir son kit médical, il ouvrit l'une après l'autre les paupières de Marylin et observa ses pupilles. Elles étaient de taille égale et réagissaient normalement à la lumière.

Deux hommes portant l'uniforme et le logo de la patrouille de la station les rejoignirent.

— Ah, Hans, te voilà ! dit Mira. Un bras cassé, au mieux.

Jack se tourna vers eux.

— Pas de contusions évidentes au crâne, mais je préfère immobiliser la nuque et le dos par précaution.

— Je ne voulais pas la faire tomber, intervint Sandra en sanglotant. J'essayais de dégager mon ski et… J'espère que ce n'est pas trop grave !

Mira lui prit la main, intimant du regard l'ordre de se taire aux deux patrouilleurs.

— Bien sûr que tu ne l'as pas fait exprès ! Où sont tes parents ?

— A l'hôtel. Ils nous ont laissées skier seules, mais uniquement sur la piste verte.

— Et vous leur avez obéi, c'est bien. Va avec Hans les avertir pendant que nous nous occupons de Marylin.

Elle l'aida à se relever et la laissa reprendre son équilibre.

— Tu as mal quelque part ?

— Non.

— Tu te sens capable de descendre à skis ?

— Euh… Oui, je pense.

Hans lui tapota l'épaule, et ils partirent tous les deux tandis que l'autre homme prévenait les secours par téléphone et demandait aux moniteurs d'immobiliser leur groupe jusqu'à la fin de l'incident.

Jack regarda Mira.

— Espérons que la douleur est la cause de sa perte de conscience… Au moins, elles portaient un casque.

— Mon pè… Le règlement de la station l'exige pour les mineurs. Son pouls est régulier ; avec un peu de chance, il s'agit d'un simple évanouissement.

Elle passa une main dans les cheveux de la blessée.

— Les urgentistes sont compétents et équipés, ils devraient réduire la fracture sans problème.

— Je commence à penser que le surf est bien moins dangereux.

Elle leva un sourcil.

— Ce n'est pas mon avis. Difficile de se noyer sur une piste !

Ses doux yeux bruns chaleureux croisèrent ceux de Jack, il songea qu'il était possible de se noyer ailleurs que dans l'océan…

Et chassa aussitôt cette pensée.

Elle était médecin, pas question de s'amuser avec elle.

Avec soulagement, il vit arriver deux secouristes qui traînaient un brancard muni d'une poignée métallique à l'avant.

Ils écoutèrent leur bref rapport, stabilisèrent le bras fracturé et examinèrent à leur tour la patiente, pour parvenir aux mêmes conclusions. Puis, après lui avoir immobilisé la nuque, ils transférèrent sur la civière l'adolescente qui revenait à elle en gémissant.

Lorsque Mira se pencha vers elle pour lui murmurer quelque chose, Jack eut l'impression de recevoir un coup de poing à l'estomac. Si Paula et lui avaient eu des enfants, aurait-elle eu cet air-là pour les rassurer ?

Le moment était mal choisi pour se poser la question…

Il s'éclaircit la voix.

— Ils vont la tirer à la descente ?

— C'est le plus sûr moyen. C'est dur de garder son équilibre dans la neige, comme vous avez pu le remarquer.

Un coin de sa bouche se souleva comme si elle réprimait un sourire.

— Ah, ça oui !

En fait, il avait en ce moment même quelques problèmes de vertige, et pas à cause du sport. Depuis qu'il savait qu'elle était médecin.

Elle partit ramasser le bonnet et les skis de la jeune fille.

— Je les emporte. Espérons qu'ils aient trouvé les parents. Je veux être informée d'un éventuel changement de son état.

— D'accord, Mira, répondirent en chœur les secouristes.

Tout le monde ici la connaissait…

Elle les suivit du regard tandis qu'ils amorçaient la descente avec leur précieux fardeau, puis se tourna vers lui.

— Vous préférez peut-être marcher ?

— Hmm, ce sera sans doute plus simple.

Il se chargea des skis de Marylin, qu'il casa sous son bras avec les siens.

A sa grande surprise, il avait fait de rapides progrès aujourd'hui.

Pour se montrer à son avantage ?

C'était plutôt l'instinct de conservation, pour ne plus avoir à prendre de cours. A la minute où il avait appris le métier de Mira, il avait su qu'il devrait l'éviter jusqu'à son départ. S'il avait été footballeur, son coach l'aurait fait sortir du terrain immédiatement, et avec raison. Les joueurs blessés devaient rester sur la touche tant qu'ils n'étaient pas guéris.

Il avait eu quatre ans pour le faire… Et ce n'avait pas été suffisant. Certains ne se remettaient jamais, et peut-être était-il de ceux-là.

Miranda se retourna, souriante.

— Vous tenez la distance ?

Oh ! très bien. Il serra les poings, car son esprit s'aventurait en territoire dangereux : il pensait au double sens possible de cette question.

Sur la touche, il fallait qu'il se souvienne.

Par chance, ils atteignaient le bas de la colline et il n'eut plus le temps de se torturer : une petite foule était rassemblée devant la porte de l'hôtel, et une femme en anorak rose se précipitait à la rencontre des secouristes qui regagnaient leur véhicule. Mira et Jack arrivèrent au moment où les deux hommes soulevaient le brancard.

Il voulut se frayer un passage pour s'approcher des parents, mais elle le devança. De toute façon, c'était son rôle à elle de les mettre au courant…

Trop loin pour l'entendre, il la voyait gesticuler en expliquant la situation. Ce qu'elle disait semblait avoir l'effet recherché : les gens se retirèrent les uns après les autres, sauf un couple d'une cinquantaine d'années qui resta près de la jeune blessée.

Il avait la gorge sèche… Pourquoi ne pas pousser discrètement les portes vitrées du bar pour boire un remontant pendant que Mira était occupée ?

Pas question. Plus jamais il n'userait de cet expédient. Après la mort de Paula, il s'était laissé aller. Mais à la suite d'une beuverie particulièrement lamentable, il avait décidé que sa vie serait désormais digne de son épouse disparue.

Pourtant, il fallait qu'il découvre un moyen de s'évader de lui-même quelques heures…

Il observa Mira. Ses cheveux flamboyants dépassaient de son bonnet tandis qu'elle se penchait de nouveau au-dessus du brancard pour parler à Marilyn.

Même si c'était tentant, ce n'était pas bien. La compagnie d'une jolie femme, médecin de surcroît, n'était pas la solution.

Une affiche apposée sur la porte vitrée attira son attention :

« Pas fan de ski ? »

Ah, c'était pour lui ! Il poursuivit sa lecture.

« Vous trouverez votre bonheur parmi les activités alternatives proposées à Silver Pass. »

Suivait une liste : promenades en traîneau, descentes en chambres à air, circuits en téléphérique au-dessus de points de vue époustouflants, et location de scooter des neiges.

Ah ! Pas mal, cette dernière proposition. Peut-être un peu semblable au jet-ski. Il sortit son Smartphone pour noter le numéro dans son répertoire.

— Je vous conseille l'excursion en téléphérique ; il n'y a que deux places par cabine…

Une voix de gorge inconnue, juste derrière lui…

Il se retourna : c'était une brunette aux sourcils peints, en harmonie avec son ton exagérément rauque. Quand elle sourit, le reste de son visage demeura parfaitement immobile. Le miracle du Botox.

Si, au début, il avait pris Mira pour une snow-girl, son air malicieux et son caractère enjoué l'avaient très vite détrompé. Celle-ci, en revanche…

Il déglutit avec peine.

— Je m'en souviendrai, merci.

Elle avança d'un pas, mains dans les poches, le blouson plaqué contre ses seins.

— C'est vrai ce qu'on raconte, que vous êtes médecin ?

Bon sang ! Ce n'était pas le moment…

Autant, en dépit des risques, il était capable d'envisager une aventure avec Mira, autant l'idée de passer la nuit avec celle-ci ne l'inspirait pas du tout. Mais inutile de la blesser — l'aiguille d'un chirurgien trop zélé avait déjà fait assez de dégâts.

— Hmm. Je suis ici pour deux ou trois jours.

Il mentait, il lui restait trois semaines de vacances.

— Suffisant pour profiter de quelques distractions, n'est-ce pas ? Un peu serré comme emploi du temps, mais le jeu en vaut la chandelle.

Si son visage était sans expression, sa voix était en revanche suggestive à outrance. La liste des distractions proposées à qui n'aimait pas le ski aurait pu s'enrichir de son nom et de ses coordonnées… ainsi que de ses mensurations.

— Eh bien…

Mira surgit soudain à côté de lui.

— Jack ! Je me demandais où tu étais passé !

Il fut un peu surpris par ce tutoiement impromptu, mais ne broncha pas.

Elle regarda l'affiche, puis le Smartphone.

— Tu organises des réjouissances ?

— J'y pensais, simplement. Marilyn est bien partie ?

— Elle est en route pour l'hôpital.

La brune leva un sourcil en croisant son regard. Tiens, elle en était encore capable ?

— Votre petite amie ? demanda-t-elle sur un ton plus acide.

Il aurait aimé pouvoir répondre par l'affirmative, et se débarrasser ainsi d'elle sans avoir à être grossier. Mais quelle serait la réaction de Mira ? Il pouvait toujours lui expliquer après…

— Euh…

Signe qu'elle avait compris, Mira lui encercla le biceps à deux mains et le serra, assez pour qu'il en frissonne. Puis elle regarda l'autre, le menton pointé.

— C'est ça, exactement.

Mme Botox prit un air pincé.

— Eh bien, pourquoi ne pas l'avoir dit plus tôt ?

La main de Mira descendit dans son dos, laissant une traînée de chaleur qu'il perçut même à travers son épais manteau.

— Il est tellement gentil ! Les femmes se font tout le temps des idées.

A l'évidence, Mira n'avait pas les mêmes scrupules que lui à rudoyer la demoiselle…

— Tu as noté les coordonnées pour la promenade en traîneau, Jack ?

— J'étais en train de le faire.

— Parfait.

Elle jeta un regard assassin à la brune.

— Merci de lui avoir tenu compagnie. Je m'occupe de lui, maintenant.

Sur un petit cri étranglé, l'autre poussa la porte et disparut dans le bar.

Jack expira tout l'air qu'il retenait dans ses poumons.

— Comment avez-vous compris que je… ?

Mira le lâcha et lui tapota la joue.

— Vous êtes plus rouge que les briques du mur de la salle à manger.

Elle rit.

— Ne vous en faites pas, c'est habituel, chez elle. Une sorte de professionnelle…

Il perçut de l'amertume dans sa voix.

— Donc je ne risquais pas grand-chose, en réalité.

— Peut-être que si. Croyez-moi, elle est dangereuse.

Il ne put réprimer un sourire.

— Pourquoi étiez-vous si sûre que je n'en avais pas envie ? demanda-t-il.

— Vous n'êtes pas un casse-cou.

Décidément, son orgueil était mis à mal…

— Je pourrais vous surprendre.

— Je n'en doute pas. Bref, vous m'êtes redevable de vous

avoir sorti d'une situation qui aurait pu devenir déplaisante, surtout si son mari l'avait appris.

— Quoi ? Elle est mariée ?

— Elles le sont toutes, non ?

Il n'en savait rien. Paula était son amie d'enfance, il avait fréquenté peu de femmes à part elle…

— Mira… Si je vous disais simplement merci, vous vous en contenteriez ?

— Oui, mais dans ce cas je ne vous promets pas de vous tirer d'affaire une seconde fois. Si être mariée ne l'arrête pas, la simple affirmation que je suis votre petite amie la fera-t-elle battre en retraite ? En revanche, si vous vous montrez souvent en ma compagnie, elle vous laissera tranquille.

Il éprouvait un vertige grandissant, à cause des femmes mariées qui draguaient des hommes déjà pris, et aussi du parfum frais et sec de Mira, qui lui rappelait des jours froids et des nuits embaumant le moka. Il se pencha vers elle.

— Vous avez bu un café ?

— J'ai mangé un bonbon au café. Pourquoi ?

De nouveau, il se sentit devenir écarlate.

— Navré. Je ne sais pas pourquoi je vous demande cela. L'attitude de cette femme m'a perturbé.

— C'est vrai, ça vous surprend tant que ça ?

— Hmm. Pour moi, c'est assez inconcevable. Vous iriez chercher ailleurs, vous, si vous aviez un mari ?

— Oh ! mais je n'en ai pas !

Elle sourit en prononçant ces mots, mais il perçut dans sa voix un soupçon d'aigreur. Son ex aurait-il accepté les avances de Mme Botox ou de l'une de ses pareilles ?

Il était plus prudent de changer de sujet.

— Vous qui êtes d'ici, cette balade en traîneau, ça vaut le coup de la faire seul ?

— Sans aucun doute, mais si jamais elle l'apprend, elle risque de s'inviter…

Il regarda à travers la vitre : la brune les épiait en sirotant un cocktail d'où émergeait ce qui semblait être un ski miniature en plastique. Bien entendu, dans une station de sports d'hiver, pas question d'ombrelles en papier…

— Eh bien… si vous m'accompagniez ? Pour me garder du danger.

En fait, l'expression était mal choisie : plus il parlait, plus il se *mettait* en danger.

— Volontiers. Il y a si longtemps que je ne l'ai plus faite !

Son ex ne l'avait-il donc pas emmenée ? Ils avaient sans doute d'autres distractions… Il sentit sa mâchoire se crisper.

Elle lui prit la main.

— Et maintenant, en route pour ma dernière bonne action avant la promenade.

Elle l'entraîna à l'intérieur et se dirigea vers Mme Botox en le tenant par la main. Ils étaient à mi-chemin quand, s'étant retournée pour sourire à Jack, elle percuta un homme aux tempes argentées, en costume sombre.

— Oh ! pardon ! Je ne regardais pas…

Sa voix s'étrangla, elle pâlit affreusement et lâcha aussitôt la main de Jack.

L'inconnu se rembrunit, et ses yeux s'étrécirent tandis qu'il les observait à tour de rôle.

— Tu me dois une explication, Mira !

Elle se balança plusieurs fois d'un pied sur l'autre, telle une enfant prise en faute, et inspira profondément.

— Papa ! Que fais-tu ici ?

4.

Mira fit son possible pour se maîtriser. Son cœur battait la chamade. Jack devait être de plus en plus perplexe.

D'ailleurs, elle était aussi surprise que lui : en principe, son père ne se montrait jamais au bar de l'hôtel. Et il ne s'occupait plus vraiment de sa vie. Par sa faute à elle, du reste, car elle avait toujours repoussé ses tentatives de réconciliation… Sa mère lui avait pardonné ses infidélités, alors pourquoi s'en sentait-elle incapable, elle ?

— Alors ?

Elle n'était plus une fillette qu'on gronde, bon sang ! Elle releva le menton et regarda son père droit dans les yeux.

— Si tu veux une explication, tu n'as qu'à la demander à Robert.

— Robert ? Que vient-il faire là-dedans ?

Elle s'efforça de comprendre. A l'évidence, son ex n'avait pas appelé son père pour pleurer dans son giron ou le prier d'intercéder en sa faveur. Dans ce cas, ce qu'il désirait savoir, c'était pourquoi elle tenait un inconnu par la main. L'expression sombre de Jack l'effraya. Mieux valait procéder à des présentations en règle.

— Je t'en parlerai plus tard, papa. Je te présente Jack Perry, le médecin des Texas Hawks. Il m'a épaulée lors de l'accident de tout à l'heure.

— Les Hawks ? Je suis très impressionné. Ravi de vous rencontrer.

Après une poignée de main chaleureuse, son père voulut avoir l'avis de Jack sur l'équipe la plus fameuse de l'Etat et les chances respectives du Texas et du Colorado dans les matchs de sélection de l'année. Ce n'était pas chic de jeter ainsi Jack en pâture à son père, mais c'était le sujet rêvé pour retarder l'explication. Elle avait besoin d'un peu de temps pour réfléchir. Comment justifier qu'elle tienne par la main un homme, médecin du sport peut-être, mais qui n'était pas son fiancé ?

Elle n'avait pas de comptes à rendre à son père, après ce qu'il avait fait subir à sa mère, mais devant Jack, elle n'avait pas le courage de lui conseiller de se mêler de ses affaires.

Qu'alléguer ? Que Jack était aveugle, et qu'elle le guidait jusqu'à la réception ?

Idiot. Dans ce cas, comment aurait-il pu travailler pour les célèbres footballeurs ?

Aucune idée ne lui venait… Le blanc total.

— Mira ?

— Oui ? fit-elle, reprenant pied dans la réalité.

— J'ai invité Jack à dîner avec nous à 20 heures. J'espère que tu n'y vois pas d'inconvénient ?

Avait-elle bien entendu ? Elle était abasourdie.

— Euh… aucun inconvénient, s'il est d'accord.

— Avec plaisir, répondit Jack, en se retournant pour inspecter la salle.

Elle suivit son regard ; la prédatrice les observait toujours.

Pas trace d'Ellory, en revanche, ce qui était aussi bien. Où en était-elle avec le n° 5 ? Etait-ce la deuxième ou la troisième fois qu'ils se voyaient ? Elle était supposée changer souvent de cavalier. Elle posa de nouveau les yeux sur la femme brune et secoua la tête. Elle devrait peut-être cesser ce jeu stupide, ou elle allait finir par lui ressembler…

En vérité, Jack et elle n'avaient pas encore eu de vrai rendez-vous. Le chocolat chaud ne comptait pas, et la leçon de ski avait été interrompue par l'accident.

Et la promenade en traîneau ?

Hmm, cela pourrait être le moment décisif, qui marquerait officiellement la fin de ce qu'ils avaient à vivre ensemble.

Son père lui mit une main sur le bras.

— Veux-tu prier Robert de se joindre à nous ?

Chez Mira, le soulagement fit aussitôt place à la panique. Il faudrait qu'elle annonce sa rupture le plus vite possible, mais pas maintenant, pas devant Jack !

— Impossible, il donne des cours théoriques, ce soir.

— Bon, si tu en es certaine…

A côté d'elle, elle sentit Jack se raidir.

— Je vous laisse, je dois rendre mon équipement et me changer pour le dîner. A tout à l'heure.

Elle attendit qu'il ait fait quelques pas.

— Tu penses à réserver pour la promenade en traîneau ? Crois-moi, ce serait dommage de rater ça ! fit-elle, assez fort pour que la brune en profite.

Pourquoi le mettre plus mal à l'aise encore ? Peut-être parce qu'elle avait l'impression qu'il fuyait…

Il s'arrêta net et lui jeta un regard amusé.

— Crois-moi, je ne risque pas d'oublier.

C'était presque un murmure, qui ne s'adressait qu'à elle. Elle fut envahie de frissons. Son père avait-il entendu ? Non, il semblait absorbé dans ses pensées… Une fois Jack sorti, elle lui fit face, prête à l'affrontement.

— Papa, j'ai quelque chose à te dire.

— Eh bien, moi aussi. En fait, j'étais venu pour te demander une faveur.

Hmm… une seconde chance pour son ex ?

— Au sujet de Robert ?

— Pas du tout, pourquoi ?

Il la regarda dans les yeux, et pour la première fois, elle remarqua les rides profondes qui creusaient son front. Son cœur se serra.

— Mira… ça ne va pas, avec lui ?

— Justement, c'est un peu compliqué. Donc, que veux-tu que je fasse pour toi ?

— Pas ici, Mirry. Accompagne-moi dans mon bureau.

Il n'avait plus utilisé ce diminutif depuis des lustres…

— C'est grave ? Maman est malade ?

— Non, je lui ai parlé ce matin, elle était en pleine forme.

Quoi ? Il avait téléphoné à sa mère ?

Alors qu'elle le suivait jusqu'à l'aile opposée de l'hôtel, son inquiétude allait croissant. Une fois la porte refermée, il lui fit signe de s'asseoir dans l'un des deux fauteuils de cuir.

— Alors ?

C'était curieux… Plus son malaise augmentait, plus elle oubliait ses griefs contre lui.

Sans répondre, il alla vers le bar, mit des glaçons dans un verre puis, après avoir longuement examiné les alcools, s'empara d'une carafe de liquide ambré dont il se versa une bonne rasade.

Ce qui alarma encore davantage Mira : en principe, il ne buvait que lors de réunions ou de fêtes. Avait-il à ce point besoin de se donner du courage ?

Il prit une longue gorgée, soupira et refit le niveau dans son verre.

— Mirry… Je sais que je me suis mal comporté avec ta mère et toi. Si je pouvais revenir en arrière, je le ferais, mais…

Il se tourna vers elle.

— Au fait, je t'offre quelque chose ?

Elle aurait sans doute eu intérêt à s'abstenir, mais si elle pouvait s'étourdir un peu…

— Un peu de vin rouge, s'il te plaît.

Il le lui apporta, puis déplaça le second fauteuil pour s'asseoir face à elle.

L'angoisse lui serra la gorge… Allait-il enfin parler ?

— Papa, c'est toi qui es malade ?

— Non, Mirry, mais ce serait peut-être plus simple.

Le cœur de Mira chavira. Pourquoi avoir perdu tant d'années à lui en vouloir ? Elle posa son verre plein sur la table basse.

— Je t'interdis de dire ça !

Il prit une autre gorgée en faisant tinter les glaçons et sourit.

— Tu me surprends, ma fille.

Il s'éclaircit la voix.

— Bien, alors voilà… Il m'arrive quelque chose qui m'a ouvert les yeux sur mes fautes passées. J'aimerais pouvoir les réparer et… ne pas les répéter avec d'autres.

— Qu'est-ce que ça signifie ?

— Stella est enceinte.

Stella ? Elle mit quelques instants à lui donner un visage. Etait-ce la sixième depuis son divorce ? La septième ?

— Et tu es content ?

Il soutint son regard un moment, puis hocha la tête avec gravité.

— Je regrette tant d'avoir tout gâché avec toi, avec ta mère… Je considère ça comme une chance de me racheter.

Toute angoisse envolée, de nouveau pleine d'amour pour lui, elle se leva et lui prit son verre pour le déposer sur la table ; puis elle s'agenouilla près du fauteuil, entoura son père de ses bras et posa la joue sur sa poitrine.

— Je suis heureuse pour toi. Et connaissant maman, je pense qu'elle l'est aussi.

Il lui caressa les cheveux.

— J'ai l'intention d'épouser Stella, et je souhaiterais avoir ta bénédiction.

— Papa !

Avant, il se serait borné à lui annoncer sa décision, qui aurait été sans appel…

— Et… même si je ne t'ai pas encore amenée jusqu'à l'autel, j'aimerais que tu me fasses l'honneur d'être à mon côté quand je prononcerai mes vœux.

Submergée par l'émotion, elle cligna les yeux pour refouler ses larmes.

— Stella est d'accord ?

— Oui, elle a très envie de te rencontrer. J'ai appelé ta mère pour avoir sa permission. Stella est merveilleuse, Mirry, je veux être correct avec elle, et avec toi cette fois.

— J'accepte avec joie !

Il poussa un soupir.

— Merci. Tu n'imagines pas ce que ça signifie pour moi.

Elle le serra dans ses bras, l'embrassa sur la joue, puis se releva et recula d'un pas : depuis quand ses épais cheveux noirs étaient-ils striés de blanc ? Son ressentiment l'avait empêchée de le remarquer…

— Je t'aime, papa.

— Moi aussi je t'aime, ma princesse.

Il s'essuya les yeux et se leva à son tour.

— Alors, que se passe-t-il avec Robert ?

Elle fut tentée de dire que tout allait bien, mais y renonça.

— J'ai rompu nos fiançailles.

Il la regarda un instant en silence.

— Pourquoi ?

Il était inutile de mettre en péril le pont fragile qu'ils venaient de construire entre eux…

— Nous ne nous entendions pas, c'est tout.

— J'en suis navré. Puis-je faire quelque chose ?

— A ce sujet ? Rien du tout. Sinon, j'ai changé d'avis…

D'un mouvement de tête, elle désigna le verre de vin auquel elle n'avait pas touché.

— Si tu as une bouteille de champagne au frais, je l'ouvrirais volontiers avec toi pour fêter ton bonheur, et la proche venue de mon petit frère ou de ma petite sœur.

Lorsque Jack entra dans le bar pour son « rendez-vous » du soir, il neigeait pour la première fois depuis son arrivée.

Quelle idée, cette promenade en traîneau ! Mais Mira avait encore insisté la veille, lors du dîner… au cours duquel il s'était avéré que son père possédait la station de ski et toutes les installations. En revanche, l'ex-fiancé n'avait plus été évoqué. Le père de Mira était-il au courant qu'elle avait rompu ?

Jack soupira. Plus question d'être impliqué dans un drame

familial. Ses parents et ceux de Paula l'avaient suffisamment chargé, après l'accident…

Il avait mis longtemps à s'endormir, la veille au soir, et quand il l'avait fait, les cauchemars l'avaient assailli… Après cette nuit pratiquement blanche, il était épuisé.

Les poings serrés dans les poches de son jean, il regarda les flocons tourbillonner dans la brise nocturne et scintiller sous la lumière des lampadaires. Hormis quelques timides empreintes de pas, la neige recouvrait tout d'une fine couche immaculée. Bientôt, il faudrait déblayer les trottoirs… D'après Mira, le traîneau les attendrait au bout de l'allée, à environ deux cents mètres de l'entrée de l'hôtel. Pour l'instant, c'était désert. Et si tout était annulé à cause du temps ?

Et s'il remontait dans sa chambre se reposer ?

Il s'apprêtait à le faire quand Mira entra. Oubliant d'un coup sa fatigue, il en resta bouche bée : elle portait un manteau de laine qui lui arrivait aux chevilles, ouvert sur un chemisier vert brillant et un pantalon noir qui la moulait aux hanches ; la longueur et le galbe de ses jambes étaient encore accentués par des talons hauts. D'une démarche chaloupée, elle s'avança vers lui en ôtant son manteau, qu'elle posa sur le dossier d'une chaise.

— Je me demandais si tu n'étais pas déjà dehors !

— Je me suis mis près de la porte pour guetter le traîneau.

Surtout, ne pas avouer qu'il était sur le point de filer…

Il s'étourdit de son parfum subtil, mélange de vanille et de pin, qui le ragaillardit.

Elle examina les baskets qu'il avait aux pieds.

— Tu aurais dû mettre des bottes !

— Je n'en ai pas.

— Ah ? Tu vis au Texas et tu n'as même pas une paire de Santiags ?

— Même pas. Je suis équipé pour les sports aquatiques, où on n'a pas besoin de chaussures.

Elle eut un sourire espiègle et ses yeux étincelèrent.

— Le genre qui préfère marcher pieds nus, hein ? Tu ne survivrais pas longtemps ici ! Tu n'aurais bientôt plus d'orteils.

Il baissa le regard. Elle, en revanche, possédait des bottes. Mais à talons aiguilles…

— Je ne vois pas en quoi elles sont plus adaptées que mes baskets.

Elle éclata de rire.

— Elles sont super, non ? Je n'ai pas trop d'occasions de les porter, dans mon métier…

Avec un choc au cœur, il se souvint qu'elle était le Dr Miranda Dupris, médecin de la station.

— Tu n'as pas besoin de me sortir, tu sais ! dit-il. Je suis sûr que ce n'est pas compris dans tes obligations.

— Oh ! c'est la part la plus agréable ! Fraterniser avec les beaux célibataires, leur rendre la vie facile…

Il lui jeta un regard meurtrier, mais elle ne cessa pas de sourire.

— Je plaisante. C'est le rôle de ta copine de l'autre jour.

Ah, Mme Botox… Par chance, il ne l'avait plus croisée. Par contre, pendant leur dîner avec M. Dupris, l'amie de Mira, la jeune femme blonde, était venue les saluer, son père et elle. En repartant, elle avait adressé un clin d'œil à Mira, assorti d'un : « Toujours à cinq, je vois ! »

Encore ce chiffre. Curieuse coïncidence… Le jour du chocolat chaud, cette même amie avait brandi cinq doigts, et il avait conclu qu'elle indiquait une heure de rendez-vous.

— Pas tout à fait, on en reparle dans quelques jours.

L'amie n'avait rien répondu, et décliné leur offre de se joindre à eux pour le repas. Plus tard, il s'était aperçu que Mira n'avait pas pris la peine de la lui présenter.

Mira lui toucha le bras, le ramenant au présent.

— Veux-tu que nous allions attendre au point de rencontre ?

— Tu es sûre de pouvoir marcher jusque là-bas ?

— Aussi bien que toi. Tu es très chic, au fait.

— Toi aussi.

Il était sincère. Pour une fois, elle était tête nue et ses cheveux roux flottaient sur ses épaules, ressortant sur le vert de son chemisier. Ses yeux bruns semblaient plus foncés qu'à l'accoutumée, peut-être grâce à un brin de maquillage… Peu importait, elle était renversante. Avec ses talons hauts, ses jambes paraissaient interminables et elle était presque aussi grande que lui. Il n'avait pas l'habitude. Paula, même juchée sur des escarpins, lui arrivait à peine à l'épaule…

Mais pourquoi cette comparaison ? Il se retourna brusquement pour attraper son blouson de cuir, l'enfila et remonta la fermeture Eclair jusqu'à moitié.

Il se força à prendre un ton enjoué.

— Tu es certaine qu'ils n'annuleront pas la promenade, par ce temps ?

— C'est ce qui se passe, généralement. Eh bien, nous pourrons marcher un peu, si le traîneau ne vient pas.

— Avec tes bottes et mes baskets.

Elle releva le menton.

— Pourquoi pas ? Ce n'est qu'un peu de neige.

Il lui présenta son manteau. Lorsqu'il le posa sur ses épaules, ses doigts frôlèrent sa nuque ; le contact de sa peau chaude et soyeuse lui donna des frissons.

Il remit les mains dans ses poches.

— On y va ?

Ils sortirent et s'engagèrent sur le trottoir couvert d'une mince couche de poudreuse. Mira remonta le col de son manteau.

— Tu n'auras pas froid sans bonnet ? demanda-t-il.

— J'en ai un dans ma poche. De toute façon, il y a toujours des plaids dans le traîneau.

D'étranges visions surgirent en lui, d'elle et lui cachés sous des couvertures, et de ce qu'il était possible de faire dessous…

Cette balade nocturne n'était pas une bonne idée, il le savait depuis le début. Avec un peu de chance, le traîneau ne viendrait pas, après tout.

Il ferma son blouson jusqu'au cou. En fin de compte, il aurait mieux fait d'accepter l'invitation de Mme Botox. Etait-elle réellement mariée, celle-là ? Il ne parvenait pas à le croire.

Bon sang, combien de temps durait cette promenade ?

Il aurait dû le demander en réservant ce matin, mais il se posait tant d'autres questions… Mira avait-elle annoncé à son père sa rupture avec ce mufle de moniteur ? Y avait-il eu d'autres fiancés avant lui, avec qui elle avait rompu aussi ?

Paula et lui se connaissant depuis l'enfance, il n'avait jamais vécu ce genre de situation. Après sa disparition, il avait fréquenté quelques femmes le temps d'une nuit… La dernière fois remontait à environ un an.

Soudain, Mira glissa, l'interrompant dans ses pensées, et il tendit les mains pour la retenir.

— Je regrette de m'être moquée de tes baskets, tu t'en sors mieux que moi !

Il lui offrit son coude.

— Tiens, cramponne-toi.

Quand elle passa le bras dessous et le serra fort, il n'aurait su dire s'il en était ravi ou choqué. Elle avait fait la même chose pour le tirer des griffes de la brune.

Cette proximité était un peu trop agréable. C'était chaleureux et amical, tout comme elle…

Au contraire de ce qu'il avait craint, elle n'était pas un moulin à paroles, et il se prit à souhaiter qu'elle parle davantage, parce qu'il aimait le son de sa voix. Tellement qu'il l'entendait dans sa tête même quand elle se taisait.

— On y est, murmura-t-elle.

Elle désigna un panneau où figuraient des flèches rudimentaires. Celle pointée vers le haut indiquait : *Promenade en traîneau. Point de départ.*

— Ça fait combien de temps que ton père possède la station ?

— C'est lui qui l'a construite. Quand il a hérité le terrain de mon grand-père, il a décidé d'en faire quelque chose ; au début, ma mère et lui ont vécu dans un chalet un peu plus bas. Il a tenté de préserver la nature et de la déranger le moins possible.

Elle lui lâcha le bras, enfonça les mains dans les poches de son manteau et le regarda.

— A mon avis, c'est réussi, dit-il. L'endroit est paisible. Tu y as passé ton enfance ?

— Jusqu'à ce que je parte pour le lycée.

Sa voix s'était durcie, mais elle ne lui fournit pas plus d'explications. Inutile d'insister sur ce sujet, apparemment…

Au loin des grelots tintèrent, puis se rapprochèrent. Bientôt, un énorme cheval blanc apparut, tirant un traîneau qui semblait tout droit sorti d'une chanson de Noël, avec ses panneaux latéraux d'un noir brillant et sa cabine à l'intérieur tendu de velours rouge, posée sur des patins argentés recourbés. Le véhicule donnait l'impression d'un « S » renversé sur le flanc, le banc du conducteur en hauteur alors que le siège des passagers, loin derrière, était plus près du sol. Ce côté intime n'arrangea pas les nerfs de Jack. Comme Mira l'avait dit, des couvertures étaient empilées à côté du conducteur à la barbe poivre et sel et aux cheveux gris, en chapeau haut-de-forme et pardessus noir.

Le cheval renâcla et secoua la tête, faisant sonner les grelots de son harnais. Mira s'approcha et lui flatta l'encolure.

— Comment vas-tu, Patsy ?

Le conducteur attacha les rênes à une barre à l'avant et descendit.

— Salut, Mira, on ne t'avait pas vue depuis un bout de temps… Tu lui as manqué.

— Je sais. Il m'a manqué aussi, ainsi que toi.

Elle se tourna vers lui.

— Jack, voici Norman. Norm, je te présente Jack Perry, un hôte de la station qui n'est jamais monté en traîneau. En réalité, il y a pas mal de choses qu'il n'a jamais faites.

Jack se sentit devenir écarlate, tel un adolescent qu'on sort dans le monde pour la première fois.

En fait, il y avait longtemps qu'il ne s'était plus permis de sorties ; sans son coach, d'ailleurs, il n'aurait pas été ici.

— Enchanté.

L'homme lui serra la main.

— Vous êtes prêts ? Patsy est content de quitter son box, il est impatient de se dégourdir les pattes.

Le conducteur remonta sur son banc, prit deux plaids épais et les tendit à Jack.

— Il ne fait pas chaud, ils vous seront utiles. Lorsqu'elles étaient petites, Mira et Ellory ressemblaient à des oursons polaires, emmaillotées dans toutes ces couches de laine. Elles s'endormaient toujours pendant qu'on les promenait.

— Qui est Ellory ? demanda Jack.

— Ma meilleure amie, la blonde qui est venue à notre table quand nous dînions avec mon père.

— Je l'ai aperçue l'autre jour, je ne savais pas qu'elle était revenue, dit Norman.

— Elle compte repartir bientôt, mais j'essaie de la convaincre de rester…

— C'était elle qui t'a fait signe de la retrouver dans cinq minutes le jour de mon arrivée, non ?

— Quoi ?

La faible lumière du lampadaire ne permettait pas d'en être sûr, mais il aurait juré qu'elle rougissait.

— Tu es physionomiste ! C'était elle, tout à fait.

Bizarre… Mais il n'eut pas le temps d'approfondir, Norman tendait le bras vers leur place.

— Installez-vous. Mira, tu veux que je prenne la route des mines d'argent ?

— Oh oui ! Je suis certaine que Jack va adorer ça.

— Je te laisserai faire le guide, tu connais ce circuit presque mieux que moi.

« La route des mines d'argent »… Jack n'avait aucune idée de ce que ça signifiait, mais c'était sans doute beaucoup plus long que le trajet normal…

Lorsqu'il monta à l'arrière, précédant Mira pour l'aider à

grimper, la neige avait cessé de tomber. Les sièges de velours étaient chauds et accueillants.

— Ils sont chauffants ?

— Hmm. Une invention de Norman. Les batteries sont dessous.

Elle déplia les couvertures, les arrangea sur leurs genoux et les tira sous son menton.

— Tu es bien ?

C'était difficile à dire... Malgré son appréhension, il ne s'était pas senti aussi détendu depuis des années. Grâce à sa fatigue, ou à la jolie femme assise à côté de lui ? Une constellation apparaissait dans une déchirure entre les lourds nuages, et les lampadaires éclairaient suffisamment le chemin.

Norman fit faire demi-tour à Patsy et ils se mirent en route, accompagnés par le chuintement des patins de métal qui glissaient sur le sol gelé.

A l'évidence, l'arrière avait été prévu pour les promenades en amoureux : l'étroitesse de la cabine les obligeait à se tenir épaule contre épaule.

Elle appuya sa tête au dossier en soupirant.

— Il y a si longtemps que je n'étais pas venue ! Norman a raison, c'est un bon moyen de s'endormir.

C'était curieux. En dépit de sa nuit blanche, c'était la dernière chose qu'il avait envie de faire...

— Il va trouver son chemin, dans le noir ?

— Toutes les pistes, même les plus éloignées, sont éclairées. Et régulièrement déneigées.

Elle se tourna vers lui.

— Merci de m'avoir invitée.

Il eut un demi-sourire.

— Je te rappelle que tu m'as tiré d'une situation embarrassante.

Pourtant, le moment présent l'était tout autant...

— Toi aussi ! Ta science du football américain m'a évité

un dîner en tête à tête avec mon père. Et ce n'est pas rien, je t'assure.

Ah ? Ils lui avaient pourtant semblé proches, tous les deux…

— Vous ne vous entendez pas bien ?

— Nous avons eu des moments difficiles, mais c'est en train de s'arranger. J'espère que nous parviendrons à prendre un nouveau départ.

Il se déplaça un peu pour mieux la voir.

— Tu ne lui as pas parlé de ton ex pendant le repas. Tu l'as fait plus tard ?

Lorsque le traîneau vira pour s'engager dans une allée plus sombre, il se retrouva contre elle et n'essaya pas de s'écarter. Ils étaient comme deux gamins chuchotant dans le noir, blottis sous les couvertures. Mais elle n'était pas une enfant, il en voulait pour preuve ses seins qui se soulevaient à chaque respiration…

— Je le lui avais annoncé avant, sans entrer dans les détails. Il apprécie beaucoup Robert, je n'aimerais pas qu'il soit déçu.

— A son sujet ?

— Au sujet des raisons qui m'ont amenée à rompre. Ce n'était pas le moment de réveiller les vieilles blessures.

Tout cela était assez… Avait-elle trompé son fiancé ? Impossible. Elle n'avait rien de commun avec Mme Botox.

— Il a été bête de refuser de tirer les choses au clair.

Un éclat de rire lui répondit.

— Qu'il soit bête, je ne le nie pas, mais c'est moi qui ai préféré ne pas discuter. A quoi bon, quand on s'aperçoit qu'on n'a pas de quoi rendre l'autre heureux ?

« Pas de quoi rendre l'autre heureux… » Ça alors ! Elle plaisantait, sans doute. Lui avait des difficultés à réfléchir, tant son corps chaud et doux caché sous les épaisseurs de laine lui donnait envie de se pencher pour l'embrasser.

Il déglutit et s'efforça de penser à autre chose.

— J'ignorais qu'il y avait des mines d'argent, là-haut. C'est de là que vient le nom de Silver Pass ?

— Bonne pioche. La région en est truffée. Mon grand-père a conservé les titres de propriété, même si ça n'intéressait pas mon père de les exploiter.

A un tournant, le vent s'engouffra dans l'habitacle et elle frissonna.

— Cette bise est glaciale !

Aussitôt, il l'attira contre lui et arrangea les couvertures autour d'eux.

— C'est mieux ?

— Beaucoup mieux, oui.

Elle posa la tête sur son épaule et son bras contre son ventre… Il se crispa : si elle déplaçait légèrement son bras, elle risquait d'avoir une surprise…

Pour tenter de se calmer, il ferma les yeux et inspira profondément l'air froid. Peine perdue. Depuis combien de temps n'avait-il pas serré une femme contre lui autrement que pour une nuit à la sauvette ?

Car il avait conscience qu'avec elle, il ne s'agissait pas que de sexe : elle l'enveloppait tout entier, son parfum, le contact de sa peau, sa respiration… Un chant des sirènes dont l'intensité augmentait peu à peu et auquel il était difficile de résister.

La neige étouffait le clip-clop des sabots de Patsy, mais les grelots tintinnabulaient à chacun de ses pas.

C'était très apaisant, presque hypnotique, en effet.

Il posa la joue sur le sommet de son crâne. Pour la protéger du vent.

— Jack, puisque je dois te servir de guide, que voudrais-tu savoir ?

Il s'esclaffa.

— Rien. Je me sens si bien que je me moque de tout.

C'était sincère, mais il n'aurait pas dû l'avouer…

Cependant, au lieu de pousser l'exclamation d'horreur à laquelle il s'attendait, elle se blottit contre lui.

— Tant mieux, parce que je me sens si bien moi-même que je n'ai pas envie de me lancer dans des explications.

— Egalité, alors.

Il repoussa une mèche de cheveux de sa joue, qu'il caressa, goûtant la douceur de sa peau pour la première fois. La précédente fois ne comptait pas, puisqu'elle était en train de jouer un rôle.

Mais peut-être était-ce toujours le cas… Cette pensée insidieuse le prit au dépourvu, au moment où il promenait le pouce sur sa nuque. Mieux valait oublier les doutes. Elle avait la peau la plus soyeuse du monde.

Elle eut un soupir satisfait, se lova plus près et passa la main sur ses abdominaux, envoyant une onde de chaleur dans ses entrailles. C'était un jeu dangereux dans un traîneau… ou n'importe où ailleurs.

Il suivit le contour de son visage, en jetant un coup d'œil au siège du conducteur : Norman regardait droit devant lui, et le véhicule était dépourvu de rétroviseur.

Personne ne saurait rien. Personne ne verrait si… Il glissa la paume de sa main le long de son cou et s'arrêta, attendant sa réaction.

Elle ne bougea pas. Il l'observa à la dérobée : paupières closes, bouche entrouverte… S'il n'avait senti les battements rapides de son pouls contre sa peau, il eût pu croire qu'elle dormait. Du pouce, il lui fit baisser le menton, et comme si elle avait anticipé son geste, elle rejeta la tête en arrière, ouvrit les yeux et croisa son regard. Dans la profondeur de ses prunelles, il lut les réponses aux questions qu'il n'avait pas posées.

Elle ne le repousserait pas.

Dans la nuit froide, il murmura son nom, puis se pencha pour presser ses lèvres sur les siennes.

5.

« Imprévu ».

C'était le seul mot qui venait à l'esprit de Mira pour décrire ce moment. Jack était en train de l'embrasser, comme elle l'avait tant espéré depuis qu'elle était contre lui.

Elle rejeta un peu plus la tête en arrière, eut un petit cri de gorge et ouvrit les lèvres.

Comprenant qu'il hésitait, elle pria pour qu'il ne reprenne pas ses distances. Un instant… Ensuite, elle le laisserait retourner à sa vie de célébrité, avec sa glorieuse équipe de foot. Elle voulait juste s'assurer que quelqu'un, quelque part, avait envie d'elle.

Il remonta les mains de sa nuque à l'arrière de son crâne pour les enfouir dans ses cheveux, tandis que sa bouche restait collée à la sienne…

Brusquement, il enfonça la langue entre ses lèvres et, sous la caresse, elle referma les yeux, de triomphe et de plaisir à la fois.

Aucune inquiétude à avoir, Norman serait discret. Il savait respecter l'intimité de ses passagers. Elle glissa les mains sous le blouson de Jack, cherchant sa chaleur, mourant d'envie de soulever son pull pour caresser sa peau nue.

Elle sentit ses doigts se crisper, et il s'écarta d'elle tout à coup.

— Mira, qu'est-ce que tu fais ?

— Je pourrais te poser la même question, répondit-elle dans un murmure.

— Eh bien, en ce moment, je me demande combien de temps dure cette promenade.

— Au moins une heure, en général, mais elle peut se prolonger autant que nous le souhaitons.

Elle n'en revenait pas d'avoir osé prononcer ces mots, mais ils eurent l'effet escompté : il poussa un grognement et pressa ses lèvres sur les siennes. Sans tergiverser, cette fois. Son baiser se fit exigeant et elle répondit à son attente. Sous la couverture, elle sortit sa chemise de la ceinture de son pantalon pour avoir accès à la peau lisse et ferme qu'elle avait imaginée, et se permit de descendre jusqu'à mi-ventre.

Il devait s'entraîner avec ses footballeurs, il était vraiment très musclé. Alors que le traîneau prenait un virage, sa main glissa par mégarde un peu plus haut, rencontrant un mamelon durci.

Elle ne l'avait pas fait exprès, mais puisqu'elle y était… Ses doigts tracèrent de petits cercles pour finir par le pincer légèrement. Il poussa un gémissement.

— Mira !

Elle adorait entendre son nom prononcé ainsi, d'une voix rauque et sexy…

Elle n'avait encore jamais entrepris de rendre un homme fou de désir, mais avec celui-ci c'était différent. Il était si collet monté, si… imprévisible.

Tout autre lui aurait aussitôt retourné la politesse, mais pas Jack. Un vrai bâton de dynamite. Il lui mordit l'oreille, envoyant des étincelles dans tout son corps, dont le centre s'embrasa.

Comme s'il l'avait perçu, il se colla contre elle, puis posa une main sur son ventre…

— Oui, Jack, s'il te plaît…

Pas question de faire l'amour ici ; que voulait-elle donc de lui ? Le sentir dans sa main, l'amener au bord de la folie. Même si elle n'en retirait que ce plaisir-là. Elle lui repinça le téton pour observer sa réaction.

— Tu joues avec le feu, Mira.

Elle le regarda dans les yeux.

— Eh bien, par ce froid, c'est tout indiqué, non ?

Pour toute réponse, il remonta le long de sa hanche et souleva le bas de son chemisier. Sa paume n'était pas glacée, comme elle s'y attendait, mais chaude et agréable. Il jeta un coup d'œil vers l'avant.

— Ce n'est pas une très bonne idée, tu sais…

— Je n'ai jamais prétendu ça, dit-elle en le pinçant encore.

— Bon sang !

Il prit son sein en coupe et agaça du pouce son mamelon sous son soutien-gorge, envoyant une décharge de pur plaisir vers son centre le plus secret.

D'accord, elle avait peut-être triché, mais lui aussi. Il pensait qu'il pouvait rester assis à côté d'elle, appétissant comme il était ? Elle avait assez faim pour grignoter, même si elle ne prenait pas un repas complet…

Elle promena les doigts sur son estomac, descendit… Il lui attrapa le poignet.

— Non !

Il ne jouait plus. Elle l'observa : yeux assombris, regard intense ; un muscle tressautait à sa mâchoire. Il tira sur son chemisier pour le baisser, puis remit son manteau en place et le lui boutonna.

Eh bien, ça alors ! Pourquoi se fâchait-il ? Elle tenta de retirer sa main, mais il la serra plus fort et l'attira à lui. Il approcha la bouche de son oreille.

— Si jamais nous faisons ça, je dis bien « si jamais », ce ne sera pas à la sauvette. J'ai envie de temps, d'une éternité, et d'espace pour manœuvrer. Tu comprends ?

— Oui.

Il avait gagné…

Il lui mordit une dernière fois le lobe de l'oreille, lui faisant battre les tempes. Puis il se redressa calmement et arrangea les couvertures autour d'eux. La neige recommençait à tomber.

— Maintenant, parle-moi de ces mines d'argent.

Jack n'en revenait pas : où avait-il trouvé la force d'arrêter Mira ? S'il l'avait laissée continuer… il aurait obtenu satisfaction. Mais ce n'était pas ce qu'il souhaitait. Quelques secondes de plaisir ne l'intéressaient pas.

Il était sincère, il voulait disposer de temps et de beaucoup de place, pouvoir se servir de ses mains, de sa bouche, voir ses cheveux flamboyants répandus sur l'oreiller et se repaître de l'odeur de son corps.

Lorsqu'il avait évoqué les mines, elle l'avait regardé d'un air égaré mais, pour se changer les idées, il devait passer à un sujet plus inoffensif. L'exposé passionnant qu'elle lui avait fait, ajouté au froid qui se faisait plus vif, l'avait aidé à se maîtriser suffisamment pour ne pas l'allonger sur ce banc de velours chauffant sans tenir compte de Norman.

Quand elle eut terminé, il sortit un bonnet noir à pompon de sa poche et le lui enfonça sur la tête pour la protéger des flocons.

— J'en ai un, tu sais !

— Le mien te va bien.

Enfin, le traîneau les ramena à leur point de départ et ils descendirent. Mira fit un câlin à Patsy.

— Merci à tous les deux, c'était super !

Elle promit de rendre visite aux écuries plus souvent, et Norman tendit son chapeau avec une courbette avant de reprendre les rênes. Le tintement des grelots et le cliquetis des sabots s'éloignèrent peu à peu…

A ce moment-là, il commit l'impensable : il lui demanda s'il pouvait la revoir. Sur les pistes, cette fois, avec un dîner au restaurant pour conclure.

Et elle accepta.

— Quoi ? Tu n'en as encore pas fini avec lui ?

Ellory prit une gorgée de son merlot et s'appuya au comptoir.

— Et alors ? La balade en traîneau s'est terminée en queue-de-poisson.

Mira but une gorgée de vin. Inutile de préciser qu'il avait suggéré certaines activités nécessitant beaucoup de temps et d'espace… Pas question d'admettre que le n° 5 était en train de lui poser un problème.

En couchant avec lui, elle se prouverait qu'elle était capable de vivre une vraie aventure sans lendemain : il repartirait bientôt vers le Texas et son équipe vedette. Pas de liens, pas de visites surprises… pas de rencontres imprévues, comme avec son ex.

Mais en avait-elle vraiment envie ? Elle n'avait jamais batifolé dans un lit avec un inconnu pour le mettre à la porte le matin sans regret.

Pourtant, c'était le remède idéal contre les peines de cœur.

Elle jeta un regard grave à son amie.

— Ne t'inquiète pas, je m'en tiendrai à mon programme. De toute façon, je respecte l'esprit du pari : jamais je ne me suis engagée à ne sortir qu'une fois avec chacun d'eux !

— Ah ? Je croyais que tu n'aurais qu'un rendez-vous avec vingt-cinq hommes différents au cours de l'année.

Mira fit un effort pour se souvenir de la formulation exacte. Avait-elle vraiment parlé d'une rencontre unique ? Il lui semblait que non, mais mieux valait s'en tirer par une pirouette. Elle fronça les sourcils.

— Tu as fini de me surveiller comme si j'étais ta fille ? Tu te prends pour qui ?

Ellory éclata de rire et leva son verre.

— O.K. Tu es très maligne.

Soulagée, Mira soutint son regard et trinqua.

— Bon, disons que j'ai toujours l'intention de me tenir à l'écart des relations sérieuses.

Ellory reposa son verre sur le comptoir ciré.

— Moi aussi, j'ai juré d'éviter les hommes. Donc, tu as décidé d'avoir un vrai rendez-vous avec le n° 5 ?

— Si on veut… Nous allons skier, puis dîner ensemble, voilà tout.

Si elle ne tombait pas dans son lit ensuite… Un frisson d'impatience la parcourut.

Ellory se pencha vers elle.

— A propos de ski, ex-beau salaud en vue !

Il fallut à Mira un instant pour comprendre, puis elle tourna la tête : Robert buvait une bière juste à sa droite… Il leva sa chope vers elle, et elle se retint de broncher. Pourquoi la poursuivait-il ainsi ? Avait-il peur qu'elle le dénonce à son père ? C'était ce qu'il aurait mérité, mais elle préférait ne plus entendre parler de lui.

Elle se retourna. Son amie semblait préoccupée.

— J'espère que tu l'as bien regardé !

— Pardon ?

— Tâche de garder à l'esprit ce qu'il t'a fait, et ne laisse plus jamais personne te traiter comme ça.

— Promis.

Ellory avait raison, jeter la pomme gâtée pour en cueillir une toute aussi immangeable ne servait à rien. Même si la première bouchée avait un goût de miel, qui savait ce qu'elle trouverait ensuite ?

Ceci dit, l'envers du n° 5 lui paraissait aussi délicieux que l'endroit. C'était tout le problème…

6.

Mira était en retard…

Jack hésitait entre s'en réjouir ou s'en agacer. Il appuya ses skis et ses bâtons à l'un des solides piliers qui soutenaient la terrasse et inspecta ses chaussures pour la cinquième fois. Oui, elles étaient bien lacées, il ne risquait rien de ce côté-là. Au contraire de la veille au soir, avec cette femme déchaînée qu'il avait failli renverser dans le traîneau…

Tout ce week-end interminable, il n'avait pas réussi à se la sortir de la tête. Et le coup de fil de son coach, qui voulait s'assurer qu'il « se reposait et profitait bien de son séjour », n'avait rien arrangé.

Pour le repos, c'était raté. S'il avait dormi comme un loir la première nuit, les suivantes avaient été plutôt agitées. Quant à en profiter…

C'était un peu trop le cas, à son avis. Il n'aurait jamais dû laisser les choses aller si loin, lors de cette balade sous la neige. Sa seule excuse était qu'il n'avait pas fait l'amour depuis longtemps.

Pitoyable. Et tellement grossier ! Si sa femme avait pu lire dans ses pensées, elle aurait eu honte de lui.

En même temps, ce n'était pas si sûr… Sous ses dehors presque prudes, Paula pouvait être totalement désinhibée. C'était sans doute ce qui l'avait troublé dans l'attitude de Mira : elle avait réveillé les souvenirs qu'il tentait d'enfouir au fond de sa mémoire…

Pour en finir, peut-être valait-il mieux coucher avec elle. Du moins, si elle arrivait. Elle avait plus d'une demi-heure de retard. Et lui qui attendait toujours, comme un minable, en lui inventant des justifications !

Aucune n'était plausible, sauf si son père était tombé malade, mais M. Dupris venait de lui faire un petit signe de la main en franchissant le seuil de l'hôtel.

Bien, autant monter en haut de la piste et la descendre, histoire de rentabiliser la location de son matériel. Mais tout seul… cela ne lui disait rien.

Il prit ses skis, ses bâtons, et se dirigea vers le télésiège.

— Jack !

C'était elle… Il faillit feindre de ne pas l'avoir entendue, mais décida de se retourner et oublia aussitôt sa rancune.

Toute vêtue de blanc comme lors de leur première rencontre, elle le rejoignait à la hâte, les skis sur l'épaule gauche, les cheveux volant au vent.

— Pardon. Je croyais que tu serais parti.

— Navré de te décevoir.

— Pourquoi ? J'ai dû faire une visite à une patiente. J'ai essayé de t'appeler dans ta chambre, mais tu n'y étais plus, apparemment. Et je n'avais pas ton numéro de portable.

Quel imbécile ! Il n'avait même pas pensé à le lui donner ! Il était sorti tôt faire une marche dans la neige pour s'éclaircir les idées, combattre cette attirance inopportune. En ne la voyant pas arriver, il avait supposé qu'elle regrettait leurs agissements de la veille au soir.

Mais à présent, elle était là… Et il ne savait plus que faire.

Le plus raisonnable aurait été de prendre le prochain vol pour le Texas, mais son coach ne l'accueillerait sûrement pas à bras ouverts. Ce qui n'avait rien de si épouvantable, mais que serait sa vie sans son travail ? Si jamais il devait rester chez lui à regarder les murs, ne retomberait-il pas dans la spirale infernale à laquelle il n'avait échappé qu'à grand-peine ? Le remords était un poison qui ne tuait pas tout à fait.

Encore deux semaines et demie à passer ici… Il pourrait

coucher avec Mme Botox, c'était plus sûr. Pourquoi avait-il si peur de le faire avec Mira ?

— C'est ma faute. Je n'ai même pas pensé à te donner mon numéro, vendredi soir.

Elle lui adressa un large sourire.

— Ni moi à te le demander. Nous avions autre chose en tête…

Il se surprit à sourire aussi.

— Tu as raison. Et alors, comment va la patiente qui t'a mise en retard ?

— Une fillette de huit ans, qui s'en remettra ; le diagnostic n'était pas sorcier, vu la montagne de papiers de bonbons au pied de son lit…

— Très excitante, la médecine ici, docteur Dupris !

Elle eut une légère grimace.

— Ce n'est pas aussi mouvementé qu'au Texas, je n'en doute pas, mais nous avons tout de même de grands moments.

Elle désigna le télésiège.

— Tu sais monter là-dessus ?

— Euh… J'y suis parvenu tant bien que mal les deux premières fois, mais sans doute ai-je manqué d'élégance.

Il observa les sièges, si peu ergonomiques. Il lui était tellement plus facile de sauter sur sa planche de surf et de pagayer pour s'éloigner du rivage. Au moins, tout était sous son contrôle du début à la fin.

Elle s'approcha du banc et chaussa ses skis.

— Fais comme moi et je t'explique la suite.

Elle lui fit signe de le suivre dans la file d'attente et ils montrèrent leurs passes.

— C'est à nous après. Place-toi sur la ligne bleue.

Il obéit ; ils attendirent que le couple qui les précédait soit parti, puis avancèrent vers la seconde marque.

— Regarde derrière toi et ne perds pas le siège de vue. L'employé va le retenir pour nous laisser le temps de nous asseoir.

Enfin, ils entamèrent l'ascension, en zigzaguant un peu au-dessus de la neige.

— Tu es déjà tombée ?

— Hmm, quand j'étais petite. Et toi ?

— A l'arrivée, en tentant de descendre, oui.

Il ne se souvenait qu'avec réticence de cette première chute qui avait sans doute entraîné la seconde, le jour où elle l'avait secouru…

Il s'installa au mieux pour profiter du panorama. Magnifique, cette chaîne de sommets blancs au loin et ces skieurs pas plus gros que des têtes d'épingle au-dessous d'eux… Ils n'étaient pourtant pas si haut !

La vue le détournait un peu, mais pas beaucoup, du désir aigu qu'il avait de la femme assise à ses côtés. Son bonnet rose laissait échapper des mèches rousses et leurs épaules se touchaient. A chaque secousse, il revivait leur soirée en traîneau.

Elle le mettait dans tous ses états, au point qu'il se moquait totalement désormais d'être surpris. Pourquoi l'avait-il arrêtée, en fait, la veille ? Peut-être avait-il pris conscience qu'en lui cédant, il franchirait le point de non-retour. Ou son affirmation qu'il lui fallait plus de temps et d'espace reflétait-elle la vérité ?

Elle posa les doigts sur le dos de sa main et il se concentra pour l'écouter.

— Tu vois là-bas, l'ouverture de la mine de Vendry, dont je t'ai parlé ?

Le point qu'elle désignait se trouvait à environ trois kilomètres de la station ; il devinait une entrée en planches.

— On peut la visiter ?

— Oh ! non ! Ce serait très dangereux d'y descendre, sans compter le risque d'avalanche par là-bas. Les équipes de secours surveillent d'ailleurs l'endroit, car pas mal de gens font du hors-piste dans ce secteur.

— Pardon ? Que font-ils ?

— Ils sortent des pistes balisées ; certains de ces trajets sont ouverts et d'autres interdits, en fonction de leur état, mais tous sont réservés aux skieurs expérimentés. La neige peut cacher des arêtes rocheuses ou des débris divers.

— Je doute que ce soit pour moi.

Elle eut un sourire malicieux.

— Trouillard ! Attention, on arrive !

Il parvint à garder ses skis pointés vers le haut et se laissa glisser sur le derrière — sans heurter personne, cette fois —, le long du petit passage qui l'éloignait du télésiège.

Mira le rejoignit bientôt.

— Parfait !

— Mira !

En la voyant lever les yeux au ciel, il comprit qui l'appelait.

Son ancien moniteur, Robert, se tenait au sommet avec une douzaine de débutants. Même de loin, Jack remarqua qu'il se rembrunissait devant le dédain de son ex-fiancée.

— Tu es prêt, Jack ?

Il la sentait tendue, désireuse de disparaître au plus vite.

— Continue toute seule, si tu veux, moi je suis obligé de commencer par la piste verte…

Elle le regarda d'un air de défi.

— Tu crois je vais détaler comme un lapin ?

Euh… Non, juste qu'elle pouvait avoir envie d'éviter cet individu.

Ils gravirent la colline en plantant leurs bâtons dans la neige pour cheminer de biais. Robert était occupé à donner des explications à ses élèves, mais Jack avait conscience qu'il gardait l'œil sur Mira et lui.

Résolu à ne pas s'en laisser imposer, il soutint son regard quelques secondes jusqu'à ce que l'autre se détourne, puis s'aperçut que Mira, loin de s'intéresser à ce qu'il faisait, observait la mine abandonnée qu'elle lui avait montrée du télésiège.

— Qu'y a-t-il ?

— Je ne sais pas, peut-être rien…

Elle ôta un gant avec les dents, sortit son téléphone portable de sa poche, scruta plusieurs fois l'écran et le ciel nuageux d'un air intrigué, puis rangea l'appareil.

— Bon, tu préfères passer devant, ou me suivre ?

— Les dames d'abord.

— Parfait, j'aime qu'on me laisse l'initiative.

Avant qu'il ne puisse décider si le double sens était intentionnel, elle avait démarré. Admirant son aisance, il partit dans son sillage, heureux que son propre équilibre semble s'améliorer. Bien entendu, il n'aurait pu la rattraper. Elle était presque en bas alors qu'il n'était qu'à mi-pente…

Du coin de l'œil, il avisa un skieur qui arrivait à toute allure et le dépassa en effectuant un virage coupé à droite, soulevant une gerbe de neige qui l'atteignit au torse.

— Oh ! navré, N° 5 !

Quoi ? Luttant pour ne pas tomber, il regarda cet imbécile poursuivre sa descente et contourner Mira, la forçant à s'arrêter.

Furieux, il poussa sur ses bâtons et s'efforça d'accélérer. Mais quand il fut à sa hauteur, l'ex était déjà reparti, faisant la démonstration de ses talents de slalomeur. C'était bien la seule chose dont il pouvait se glorifier.

— Que te voulait-il ?

— Rien, ne t'en fais pas.

— C'est quoi, cette histoire de n° 5 ? Un code entre vous, pour dire de dégager la piste ?

— Pardon ?

— Quand il a fait son petit dérapage devant moi en m'arrosant de neige, il s'est excusé et a ajouté « n° 5 ».

— Euh… crois-moi, ce type dit n'importe quoi !

Ce n'était pas crédible. Elle aurait dû paraître étonnée et s'interroger avec lui. Elle savait donc, mais préférait le laisser dans le flou.

Elle s'approcha et brossa son blouson pour en faire tomber la neige.

— Navrée qu'il soit si idiot. Il s'exhibait pour épater ses élèves, c'est tout.

Qu'avait-elle pu trouver à un type pareil ? Cela ne l'empêchait pas d'apprécier sa proximité, son contact, même à travers plusieurs épaisseurs de vêtements.

Elle reprit son portable et y jeta un coup d'œil.

— Ça t'ennuie qu'on prenne la direction de la mine ? Sans aller jusqu'au bout, il y a une ou deux autres pistes assez faciles, pas plus difficiles que celle-ci, en fait, qui doivent rester sous surveillance ; j'aimerais vérifier quelque chose.

— D'accord.

Plus ils s'éloigneraient de son ex, plus il serait heureux. Ce type ne lui faisait pas peur, mais il détestait qu'elle soit harcelée ainsi.

— Que veux-tu regarder, là-bas ?

— Je ne sais pas. D'où nous sommes, l'une des congères semble avoir bougé, c'est peut-être une question d'angle… Je ne vois pas d'alerte sur le site de la météo, mais à mon avis la neige retombera d'ici ce soir.

En effet, il s'était réjoui du ciel lourd de nuages noirs, car il préférait éviter le soleil direct qui lui brûlait les yeux même à travers ses lunettes…

— Ce serait un problème pour la station ?

— En principe, non. Je te le dirai quand nous serons plus près. Suis-moi, ne sors pas de mes traces.

Comme s'il en avait envie !

Elle le guida pour descendre une piste jusqu'à un plateau qui menait à une autre piste bien entretenue. Elle consulta encore plusieurs fois son portable. Que cherchait-elle ?

Un flocon glacé lui toucha la joue, puis un autre… Il la saisit par son blouson pour l'arrêter.

— Il neige déjà !

Elle mit sa main en visière pour scruter la zone, et il ne vit que des skieurs et un second télésiège qui emmenait des gens vers le sommet.

— C'est ce que je craignais.

Tandis que les flocons se faisaient plus drus, elle planta ses bâtons, observa de nouveau son écran et se mordit la lèvre.

— Tu penses pouvoir rentrer tout seul à l'hôtel ?

— Pourquoi ?

— Je ne sais pas.

Soudain, il entendit un grondement sourd, qui cessa presque aussitôt.

— Un orage ? On aurait dit le tonnerre.

Sans répondre, elle remonta ses lunettes sur le sommet de sa tête, et passa un coup de téléphone.

— Il me semble que la coulée a avancé vers la mine de Vendry.

Elle attendit quelques secondes, puis poursuivit.

— Non, je n'en suis pas certaine, mais je ne crois pas qu'elle était si bas vendredi soir.

Ah ? Vendredi soir, pendant qu'ils s'embrassaient à l'arrière du traîneau, elle avait regardé à quelle distance la coulée de neige était de la mine ? Il fut un peu vexé qu'elle ait pu se concentrer sur autre chose…

— Et il reneige en ce moment. Je n'arrive pas à joindre mon père sur son portable, j'aimerais que tu préviennes.

Elle leva les sourcils.

— Quoi ? Tu en es sûr ? Il est allé en ville ?

Un léger nuage, semblable à une bouffée de fumée, s'éleva dans l'air au-dessus de la mine. Un feu déclenché par la foudre ? Les arbres étaient rares dans cette zone, et il n'y avait pas eu d'éclair…

— D'accord, je ne bouge pas. Je te rappelle dans une demi-heure.

Elle se frotta la joue contre l'épaule.

— Oui. Moi aussi. Salut.

Avant de ranger son téléphone, elle scruta de nouveau son écran. Jack crispa les mâchoires. Qui était son interlocuteur, au fait ? Robert ?

— Un problème ?

Elle parut se souvenir soudain de sa présence et se tourna vers lui.

— Pas vraiment. Ne te vexe pas, mais à mon avis tu ferais mieux de rentrer.

— C'était ton ex ?

Il s'en voulut aussitôt. Il était ridicule. Comme si elle avait pu lui donner rendez-vous ici ! Non, elle était inquiète, assez pour souhaiter que son père soit mis au courant au plus vite.

Elle lui lança un regard glacial.

— N'importe comment, ça ne te regarde pas.

Bon… Il l'avait cherché. Il posa la main sur la sienne.

— Pardon, je me suis mal exprimé. En fait, j'aurais aimé que tu m'expliques ce qui se passe.

La neige recouvrait à présent son bonnet rose et s'accrochait à ses longs cils. Elle sourit.

— D'accord, au cas où ça t'intéresserait, je n'ai pas l'intention de renouer avec lui, ni maintenant ni jamais. Mais, dit-elle en indiquant la mine, je dois surveiller la situation de plus près, et je n'ai pas besoin d'un débutant sur ces pentes difficiles.

— Celles qui sont les plus proches de la mine ?

— Oui. La congère semble s'être déplacée depuis notre balade en traîneau.

— J'ai entendu, mais qu'est-ce que ça signifie ?

— Il a neigé vendredi soir, et ça recommence. Pas très fort, mais assez pour ajouter du poids à la couche déjà épaisse. Si elle descend encore, ça pourrait devenir dangereux.

Il ôta quelques flocons de son nez rosi par le froid, et de ses joues. Elle était adorable ainsi, en dépit de son expression préoccupée…

Le tonnerre gronda de nouveau, et elle se retourna aussitôt vers la mine d'où s'éleva un second nuage de… fumée. Ou plutôt de poudreuse, la même que celle dont Robert l'avait aspergé au passage un peu plus tôt.

Si c'était bien de la vapeur de neige qu'il voyait, quelque chose remuait là-bas. Mais quoi ?

Le grondement reprit, augmenta de volume… Il entendit vaguement Mira murmurer « Oh ! mon Dieu ! » puis la moitié de la montagne se mit en branle, déboulant en soulevant des gerbes de plus en plus grosses. En dessous, vers le bas de la pente, se trouvait une vingtaine de skieurs…

Il comprit enfin ce qui angoissait Mira. Sa poitrine se serra, et il expira tout l'air de ses poumons.

Tel un tsunami qui s'enfle avant de se déverser sur le rivage, l'avalanche prenait de l'ampleur et de l'élan, et se dirigeait droit vers le groupe.

7.

— Ne bouge pas d'ici, Jack !

Une fois que le grondement eut cessé, le seul souci de Mira fut de rejoindre ces gens pour les aider.

Si elle avait bien compté, sept personnes avaient été englouties en un clin d'œil par l'avalanche, les autres ayant réussi à dévier de son trajet et à rallier les skieurs du bas de la pente, qui étaient indemnes. Certains tentaient de remonter pour porter secours à leurs compagnons, mais rien n'assurait que la coulée s'arrêterait là…

— Je t'accompagne.

— Ces pistes sont vraiment ardues, je ne tiens pas à m'inquiéter de toi en plus.

— Ne t'en fais pas. Une fois au bas de celle-ci, je grimperai à pied. J'ai fait de l'escalade, je me débrouillerai. Tu ne peux pas secourir tous ces blessés seule !

Il n'avait pas tort. Jusqu'à l'arrivée des sauveteurs, elle ne s'en sortirait pas.

— D'accord, vas-y.

Il amorça la descente tandis qu'elle rappelait le bureau de la station. Ils devaient déjà être au courant de la catastrophe, mais ils auraient besoin de précisions.

— Chuck ? Sept skieurs ensevelis. Appelle les secours. Demande-leur d'amener Anson Graves et son chien, ça peut servir.

En espérant qu'il arrive à temps… Elle avait eu l'occasion de travailler avec cet expert du sauvetage, le meilleur des alentours.

Tel un voilier contre le vent, elle descendit en slalom, utilisant son élan pour chasser sur le côté. Elle avait l'habitude du hors-piste, mais n'avait jamais skié dans ces circonstances dramatiques…

L'un de ses skis sauta par-dessus un rocher, elle faillit perdre l'équilibre et se rétablit de justesse. Une fois les battements de son cœur calmés, elle perçut des cris étouffés et d'autres de détresse. Robert la rattrapa à mi-pente.

— Qu'est-ce que je peux faire ?

Il savait aussi bien qu'elle que l'heure n'était plus aux escarmouches ; toute aide était la bienvenue.

— Rassemble des moniteurs et envoie-les là-bas. Nous devons dégager ces gens le plus vite possible, avant qu'ils ne meurent asphyxiés.

— O. K.

Robert sortit son portable et passa un coup de fil, puis repartit après un bref salut.

Elle regarda Jack, qui avait déjà ôté ses skis et remontait l'autre pente en soulevant ses lourdes chaussures.

Elle prit de la vitesse, entraînant quelques amas de neige dans son sillage, et jeta un coup d'œil à sa montre : la privation d'oxygène pouvait être fatale aux victimes, même si le froid jouait en leur faveur.

Deux minutes. Encore un hors-piste — le plus périlleux —, et elle y serait.

Elle inspira profondément pour rassembler son courage. Elle n'avait suivi ce trajet que deux ou trois fois, c'était aussi pourquoi elle avait insisté pour que Jack ne la suive pas : il lui fallait se concentrer au maximum pour ne pas chuter elle-même.

En passant devant un arbre, elle le rasa de si près que sa manche se prit à une branche. Elle secoua le bras pour se dégager et ne pas perdre l'équilibre, et perçut le bruit du tissu qui se déchirait.

Enfin, après quelques mètres de plus de creux et de bosses, elle fut dans une section moins accidentée, mais la pente était raide et glissante. Les yeux toujours fixés sur le petit groupe de rescapés, elle s'arrêta lorsque ses skis se fichèrent dans une couche plus épaisse. Certains des skieurs étaient remontés et l'un d'eux creusait à environ dix mètres.

— Il y en a un ici ! cria un homme non loin d'elle.

Elle déboucla ses fixations et parcourut la courte distance en s'enfonçant dans la neige jusqu'aux cuisses avant de s'agenouiller près de lui.

— Vite, dégagez-lui le visage !

Elle se mit à déblayer avec lui, et à quelques centimètres en dessous de la surface, toucha un blouson. Une chance, la victime, une jeune femme, était sur le dos. Elle prit aussitôt le pouls, cherchant des signes de respiration.

Aussitôt, la poitrine de la jeune femme se souleva et elle ouvrit les paupières ; soulagée, Mira se leva et se tourna vers son compagnon.

— C'est bon. Pouvez-vous continuer à creuser pour la libérer ? Ne la déplacez pas, attention. Je vais aider ailleurs.

Robert arriva presque en même temps que Jack. Malgré son regard furieux, il ne manifesta aucune surprise de le trouver là. Il avait dû apprendre qu'il était médecin.

A en juger par son allusion au « n° 5 », il avait sans doute surpris une conversation entre Ellory et elle…

Mais l'heure n'était pas aux futilités. Il fallait sortir ces gens de la neige, et vite.

— Robert ? J'en ai vu au moins deux tomber à environ vingt mètres sur ta droite !

— Je m'en charge.

— Au secours ! cria quelqu'un. Celui-ci ne respire plus !

Jack tâcha d'avancer en direction de l'appel.

— Je m'occupe de la réa, continue à chercher !

L'inquiétude de Mira croissait. Outre le risque d'asphyxie, il y avait celui de blessures causées par écrasement sous le poids de la neige…

Son portable sonna ; elle attendit que Jack soit parvenu à bon port pour répondre.

— Pas le temps de parler, Chuck !

— Anson vous rejoint dans cinq minutes.

— O. K.

Elle rangea son téléphone, s'enfonçant dans la neige qui lui arrivait à présent presque aux hanches.

Inutile de monter davantage : elle était certaine qu'il n'y avait personne plus haut, et de toute façon, les éventuelles victimes auraient été entraînées vers le bas.

— Vous savez combien il en manque ? cria-t-elle dans la mêlée générale.

Elle en avait compté sept, mais comment être sûre ?

— Non, mais mon frère doit être quelque part là-dessous ! hurla une voix féminine derrière elle.

Elle s'approcha de la jeune femme à l'air affolé.

— Je suis Mira. Pouvez-vous situer le point où vous l'avez vu pour la dernière fois ?

L'autre désigna l'endroit en question.

— Ici ! Moi, c'est Astrid.

Mira consulta sa montre : cinq minutes, déjà ! Il fallait faire vite.

— Bien, on part de là et on descend petit à petit. Tenons-nous côte à côte.

Son bâton retourné, pointe en haut pour ne blesser personne, elle planta le bout dans la neige à intervalles réguliers.

Elle entendait des cris signalant qu'on avait découvert une autre victime, mais n'avait pas le temps de s'en préoccuper. De toute façon, les moniteurs de la station avaient tous leur diplôme de secouriste, ils savaient ce qu'il fallait faire. Son souci était de repérer tous les manquants avant qu'ils n'aient cessé de respirer.

Enfin, son bâton heurta quelque chose, à environ un mètre de la surface.

— Ici !

Astrid la rejoignit aussitôt et elles commencèrent à creuser frénétiquement.

Une main apparut, pâle et inerte.

— Marty ! gémit la sœur.

Elles devaient faire vite. L'angle du bras indiquait que le corps se trouvait dans le sens de la pente, mais la neige s'était empilée, la tête était plus profondément enfouie. Soudain, elles aperçurent des cheveux… Bon sang, le blessé était à plat ventre ! Mira se mit à creuser autour du crâne jusqu'à pouvoir poser le pouce sur la carotide.

Pas de souffle, pas de pouls…

Elle jura entre ses dents.

— Continuons à déblayer et essayons de le retourner.

En priant pour qu'il n'ait pas de fracture spinale… N'importe comment, sans la respiration artificielle, la mort serait inévitable.

Quinze secondes plus tard, elles avaient dégagé un grand costaud, qui pesait certainement son poids.

— Venez de mon côté ! dit-elle à sa sœur.

Ensemble, elles tentèrent de le soulever, mais la neige qu'elles avaient entassée pour le dégager les gênait… Mira sentit les larmes lui monter aux yeux. Soudain, Jack surgit à son côté et elle lui jeta un regard reconnaissant.

Il se faufila entre les deux femmes.

— Attrapez-le par ce que vous pouvez, il faut d'abord le mettre sur le flanc pour pouvoir le pousser de l'autre côté. Attention, je compte jusqu'à trois.

— Un, deux, trois !

Ils tirèrent aussi fort que possible. Le corps bougea, oscilla un peu, puis Mira glissa, lâcha sa prise sur l'anorak et jura.

— On recommence !

— Anson est arrivé. Je peux vous aider.

Robert venait à la rescousse ; il pria Astrid de s'écarter pour prendre sa place.

— Allons-y ! A trois ! cria Jack sans même lever les yeux.

Cette fois, Marty se retrouva sur le flanc, et ils utilisèrent l'élan pour le sortir du trou.

Immédiatement, Jack chercha le pouls.

— Rien. Mira, tu commences le massage cardiaque ?

Entendant Astrid sangloter, Mira regarda son ex.

— Robert, s'il te plaît ?

Aussitôt, il s'approcha de la sœur, prêt à l'éloigner d'eux.

Mira ouvrit le blouson de Marty, trouva le point sur son torse, posa une main sur l'autre et se mit à appuyer rythmiquement en comptant à haute voix.

La neige fondue aurait pu obstruer les voies aériennes, mais les poumons ne rejetèrent aucun liquide, et Jack, qui avait attendu cinq compressions pour s'en assurer, inclina la tête du patient en arrière et se pencha pour faire le bouche-à-bouche entre les suivantes.

— Préviens-moi quand tu veux que je te relaie !

Totalement absorbée par sa tâche, Mira priait pour que Marty recommence à respirer. A vivre.

Une minute plus tard, elle entendit un bruit qu'elle trouva le plus beau du monde : un hoquet suivi d'une toux. Elle s'arrêta, avança les doigts pour prendre le pouls de la carotide. Jack l'avait devancée. Bien que glacée, sa main nue était réelle et vivante, tout comme leur patient, dont les globes oculaires roulaient à présent sous les paupières.

Elle jeta à Jack un regard plein de gratitude. Sans lui, elle serait sans doute encore en train de chercher à sortir le corps inerte de ce trou…

Dans ses yeux, elle perçut une lueur de triomphe, qu'il ponctua d'un bref hochement de tête. Elle ne put s'empêcher de sourire et murmura « Merci ».

Ses doigts étaient toujours posés sur les siens ; il les captura et les pressa légèrement. Craignant de se mettre à pleurer, elle se dégagea.

Un bras passé autour des épaules d'Astrid, Robert les observait, les mâchoires crispées.

— Merci, Robert ! Pourrais-tu aller voir si d'autres ont besoin d'aide ? Anson, peut-être ?

Après l'avoir fixée une seconde, Robert s'éloigna.

Mira alla vers Astrid.

— Il respire. Asseyez-vous à côté de lui et parlez-lui pendant que nous l'examinons.

Les joues ruisselant de larmes, la jeune femme tomba à genoux et prit le visage de son frère en coupe.

— Marty, je suis là !

L'homme ouvrit enfin les paupières, posa les yeux sur sa sœur et fit mine de vouloir dire quelque chose.

— Tais-toi ! Laisse-les d'abord s'assurer que tu n'as rien de grave.

Jack et elle se partagèrent le travail. Il n'y avait pas de fractures apparentes, Marty bougeait ses membres avec facilité. La colonne vertébrale était donc intacte, ce qui relevait du miracle après le traitement qu'ils lui avaient fait subir pour le sortir du trou. Cependant, mieux valait ne pas crier victoire trop vite, il n'était peut-être pas hors de danger.

Mira se tourna vers Jack.

— Ta première réa, plus bas sur la piste, ça a marché aussi ?

— Oui. Tous ceux qu'on a retrouvés sont sains et saufs.

Elle jeta un regard alentours : la première femme qu'elle avait dégagée était debout, soutenue par quelqu'un, en train d'assister aux derniers sauvetages. Elle remarqua Anson et son chien qui cherchaient toujours, bien à l'écart, sur la droite. Etait-il possible qu'une victime ait été charriée si loin ?

Elle posa de nouveau les yeux sur Jack, qui paraissait songeur.

— A quoi penses-tu ?

— Ça me rappelle une lame de fond, de celles qui aspirent et emportent tout avec elles.

Elle hocha la tête. En dépit de sa méconnaissance de l'océan, elle comprenait la comparaison : que l'on soit asphyxié par l'eau ou la neige, le résultat était le même. La même mort, la même terreur.

Brusquement, Marty s'agita. Sa sœur le calma d'un froncement de sourcil autoritaire.

— Reste tranquille, tu es peut-être blessé malgré tout !

Enfin, les secouristes arrivèrent, nombreux, munis de brancards pliants qu'ils portaient dans des sacs à dos. Ils progressaient lentement sur ces pentes raides, mais ils étaient entraînés et leurs raquettes leur permettaient d'avancer sans trop de risques.

Jack se releva.

— Je vais les mettre au courant, et apporter mon aide à ceux qui en ont besoin.

Elle le suivit des yeux ; peu après, un mégaphone résonna.

— Les victimes, signalez-vous, l'un de nous se dirigera vers vous !

Elle leva la main pour Marty... Six mains se dressèrent en même temps que la sienne, personne n'avait été oublié.

Etait-ce si sûr ? Anson cherchait toujours... Pourquoi, alors qu'au moment de la coulée elle avait vu sept skieurs tomber ?

Un sauveteur vint vers elle.

— Salut, Mike ! Mon patient est un peu faible pour lever la main lui-même...

Après avoir résumé brièvement le sauvetage, elle aida le secouriste à remesurer les constantes du patient et à stabiliser sa nuque. Enfin, le secouriste déplia le brancard et s'apprêta à y transférer Marty.

Soudain, elle frissonna en entendant les jappements caractéristiques du chien d'avalanche : il avait trouvé quelqu'un d'autre. Elle consulta sa montre et ferma les yeux, découragée. Vingt minutes s'étaient écoulées... Une éternité pour un être vivant privé d'oxygène.

Quand elle rouvrit les yeux, Jack était déjà en train de pelleter la neige avec Anson. S'efforçant de dissimuler son angoisse, elle se releva en adressant un sourire d'encouragement à Astrid. Puis elle entreprit de les rejoindre. Ils avaient dû localiser la victime, car ils avaient cessé de creuser...

Jack sauta dans la dépression et disparut, puis réapparut presque aussitôt en secouant la tête.

Non ! Elle s'arrêta net, les larmes lui picotant les paupières. Puis elle se remit en route, refusant de s'avouer vaincue : il restait un espoir, le froid ralentissait les processus vitaux. Jack ignorait tout des montagnes, il pouvait se tromper.

Ils perdaient du temps !

Elle sentit monter la colère. Anson n'abandonnerait pas si vite. Elle reprit sa marche et arriva jusqu'à eux.

— Venez, aidez-moi à le sortir de là !

Jack lui saisit le bras.

— Il est trop tard, Mira.

— Pas sûr ! En hypothermie, le corps résiste plus longtemps à…

Elle regarda dans le trou, et les mots s'étranglèrent dans sa gorge.

En bas, des yeux vitreux la fixaient. La position du cou ne laissait aucune équivoque : la nuque était brisée.

Elle déglutit. Jack avait raison, il n'y avait plus rien à faire.

Le chien creusait la neige de sa patte en geignant, comme s'il ne comprenait pas les humains. Anson lui caressa la tête et le gratta derrière l'oreille, jetant un regard sombre à Mira. Ce n'était sans doute pas la première fois qu'il était impuissant…

— Bon sang. Personne ne le connaît ?

Elle se frotta les joues, surprise de sentir ses paumes à la fois moites et glacées.

— Il faut trouver son identité. Tout le monde doit être au courant, maintenant. On n'a signalé aucune disparition. Soit il était seul, soit quelqu'un l'attend encore dans une chambre…

Jack vint vers elle.

— Mira… Même si nous l'avions découvert plus tôt, ça n'aurait rien changé. Tu le sais, n'est-ce pas ?

Il lui entoura les épaules de son bras.

— Et même si nous nous étions précipités dès le premier

signe de l'avalanche, nous n'avions pas le temps de les prévenir avant qu'elle ne frappe.

— Hmm.

Malgré elle, elle s'inclinait vers lui. Elle regarda Anson.

— Merci d'être venu.

— De rien. Tu crois qu'il peut y en avoir d'autres ?

— Tout est possible… Je pensais en avoir repéré sept quand la coulée les a atteints, mais…

Elle désigna le trou dans lequel gisait le corps inerte.

— Avec lui, ça fait huit.

— Je passe à l'hôtel demander s'il manque quelqu'un. Je ne rentrerai pas chez moi sans m'assurer qu'aucune victime ne nous a échappé.

— Merci. Peux-tu aussi demander à la Sécurité d'interroger chacun des clients pour savoir qui est cet homme ? Mon père doit être là, à présent.

— D'accord.

— Merci encore, Anson.

Elle les suivit du regard, lui et son chien, jusqu'au bas de la pente, et frissonna. Elle était gelée.

Jack l'attira contre lui et l'entraîna sur la droite, loin du cadavre. La plupart des rescapés avaient été emmenés et les derniers étaient transférés sur les brancards.

— Tu devrais rentrer, maintenant.

Elle redressa le dos.

— Pas avant que tout le monde soit parti. C'est mon devoir. Mais vas-y, toi. Tu ne profites pas beaucoup de tes vacances…

— Bof ! Ce n'est pas moi qui en ai eu l'idée…

Une horrible pensée la traversa.

— Tu es marié ?

L'air soudain furieux, il s'écarta d'elle.

— Tu plaisantes ? Tu as oublié notre promenade en traîneau ?

Elle déglutit. Bien sûr que non.

— Quelquefois, ça ne prouve rien.

Elle était bien placée pour le savoir…

— Ici, peut-être, mais pas là d'où je viens.

— Ce qui signifie ?

— J'ai l'impression que, sur ces pentes, on prend les vœux de mariage très à la légère.

Pourquoi disait-il… Oh ! bien entendu, la brune !

Elle haussa les épaules.

— Des gens comme ça, il en existe dans le monde entier. Y compris au Texas, je parie.

— Eh bien, je n'en fais pas partie.

Ses yeux avaient foncé, comme sous l'effet d'une émotion intense. Il poussa un profond soupir.

— Je te demande pardon.

— De quoi ? C'est ma faute, c'est moi qui ai commencé.

Un nouveau frisson la parcourut ; elle fouilla sa poche pour trouver ses gants, puis se souvint les avoir jetés dans la neige avant de débuter le massage cardiaque.

Elle tourna les talons pour aller les chercher, mais Jack lui tendit les siens.

— Mets ça.

— Merci, mais…

Il lui toucha les doigts.

— Mets ça, tu as plus froid que moi.

C'était vrai. Il n'avait pas les mains chaudes, mais comparées aux siennes…

— D'accord. Merci, Jack.

Elle enfila les gants trop grands pour elle et sourit quand il lui enfonça son bonnet sur les oreilles.

Il lui rendit son sourire.

— De rien. Eh bien, permettez-moi de vous dire, madame, que vous avez une notion assez particulière d'un « rendez-vous ».

— En effet.

Il lui caressa la joue du pouce.

— Il y a toujours des surprises avec toi.

— Je te prie de croire que je ne suis pas spécialement fan des avalanches.

Son regard erra sur le manche de pelle qui dépassait du trou. Tout le monde à la station pleurerait ce mort comme s'il était un proche. Malgré toutes les précautions, la nature pouvait être la plus forte…

— Je suis abattue.

— Je le sais, murmura-t-il en lui entourant les épaules de son bras.

Cela la réconforta. Habituée à être le seul médecin sur place, elle appréciait de partager pour une fois son fardeau avec un confrère. S'en serait-elle sortie sans lui ?

— Merci de m'avoir épaulée, Jack.

— Je suis heureux d'avoir été là.

— Même si venir à la montagne n'était pas ton idée ?

Bien entendu, sa réflexion était méchante, mais pourquoi ne s'expliquait-il pas plus ?

Anson les rejoignit, accompagné de sauveteurs. Il avait transmis son message, et, après être remonté pour s'assurer qu'il n'oubliait personne, redescendait remplir son rapport.

Dès qu'il fut parti, Jack se tourna vers Mira.

— Ce n'était pas mon idée, en effet, mais je commence à croire que mon coach n'avait pas tort.

— C'est-à-dire ?

Il hésita une seconde avant de répondre.

— C'est une longue histoire.

— D'accord.

En fait, il n'avait aucun compte à lui rendre. Pourquoi connaître en détail la vie du n° 5 ? La question du mariage exceptée, évidemment, car le fait qu'il ne porte pas d'alliance ne prouvait rien.

Le cœur de Mira se serra. Il était peut-être temps de passer au suivant, pour ne pas revivre les mêmes angoisses qu'avec ses ex… Encore un qui ne lui convenait pas. Il reconnaissait qu'il n'était pas venu de son plein gré et qu'il préférait les plages et le surf. Si ça n'avait pas marché avec des hommes originaires de Silver Pass, comment pourrait-elle s'attacher à un type qui n'aimait pas la montagne ? Jack et elle étaient incompatibles.

Avant qu'elle puisse parler, il lui prit la main.

— Je te raccompagne ?

— Merci, volontiers.

Elle pouvait ajourner leur séparation jusqu'à ce qu'elle ait regagné sa chambre. Elle n'irait pas dîner comme prévu. Ce léger obstacle franchi, elle pourrait dormir sur ses deux oreilles et annoncer à Ellory qu'elle continuait.

Comme la vie.

Elle aurait aimé encore voir Jack sourire quelques fois, mais il serait désormais dans son rétroviseur. Son reflet s'estomperait avec le temps, jusqu'à s'effacer pour de bon. Il regagnerait le Texas et reprendrait son existence tranquille, entre son équipe, son coach et ses amis.

Et il sortirait de la sienne à jamais.

8.

Mira l'avait laissé tomber…

Le dîner terminé, la soirée avait tourné court. Assis au comptoir du bar, Jack réfléchissait. Après l'avalanche, il leur aurait été facile de décommander le repas et de rentrer chacun dans leur chambre. Pourtant, en arrivant à l'hôtel, il n'avait pu s'empêcher d'insister.

— Nous allons toujours au restaurant ?

Elle n'avait hésité qu'une fraction de seconde avant d'accepter.

Pourquoi y avait-il tant tenu ? Pour ne pas rester seul, après avoir vu un mort de plus ?

Il commanda son premier verre et avala une longue gorgée malgré sa gorge serrée. Une épouse ou une amante pleurerait-elle cet homme autant qu'il pleurait Paula ?

Paula… l'une des meilleures spécialistes en oncologie pédiatrique, qui travaillait sans relâche pour ses jeunes patients, pour qu'ils se sentent bien jusqu'à la fin. Et il l'avait privée de cela, comme il avait privé de son talent ceux qu'elle aurait pu aider par la suite.

Tout ça parce qu'il avait à tout prix voulu devenir le médecin d'une grande équipe de football. Avant de décider, ils auraient pu comparer leurs spécialités, évaluer laquelle était la plus utile à l'humanité.

Paula qui s'acharnait à sauver tout le monde…

Mira possédait cette flamme, il l'avait constaté lors du drame. Lorsque l'avalanche avait frappé, rien ne prouvait que c'était terminé. Au lieu d'appeler simplement les secours, d'attendre qu'ils lui amènent les blessés pour les soigner, elle s'était précipitée elle-même à leur recherche. Et quand elle avait couru vers Anson en leur hurlant de sortir la dernière victime de la neige… en soutenant que tout espoir n'était pas perdu.

Comme Paula. Une phrase qu'il avait entendue si souvent…

« Tout espoir n'est pas perdu. »

Jusqu'à ce qu'un avion — où il lui avait demandé de monter — ne s'écrase.

Ou jusqu'à ce que Mira ne baisse les yeux vers le trou où gisait l'homme à la nuque brisée. Plus d'espoir.

Ses sombres pensées revinrent le hanter. Il but encore une gorgée, retrouvant la brûlure de l'alcool dans sa gorge, puis dans son estomac.

Le repas avec Mira, excellent, l'avait aidé à se détendre et à oublier qu'il aurait dû l'éviter comme la peste. Elle avait réussi à le faire sourire une ou deux fois. Elle était belle et passionnée, il aurait pu l'écouter toute la soirée. Sauf qu'elle était désormais à l'autre bout du bar, en train de parler avec tout autant de passion à son amie blonde, Ellory.

Se disputaient-elles ? Sans doute pas. Il lui semblait plutôt que Mira essayait de convaincre Ellory. On aurait dit deux footballeurs mettant une stratégie au point au milieu du terrain…

Mi-temps ! Elles venaient de s'enlacer et se séparaient.

Pendant le dîner, il avait eu de mauvaises pensées, qu'il s'était gardé de chasser jusqu'à ce que la culpabilité ne revienne le torturer…

Comme si Mira avait pris une décision, elle regarda dans sa direction, et redressa les épaules. Bientôt elle fut là, devant lui, les mains sur les hanches, les yeux rivés aux siens.

Il posa son verre sur le comptoir.

— Oui ?

— Rien.

Elle s'éclaircit la gorge.

— Je m'aperçois que je n'ai pas le cran.

— De quoi ?

— De te demander si tu veux sortir d'ici.

Il s'y attendait si peu qu'il s'immobilisa sur son tabouret, la respiration bloquée. Etait-il passé dans un autre univers où son imagination devenait réalité ?

De toute façon, il le préférait à celui dans lequel il vivait…

— Pour aller où ?

— Dans ta chambre, ou la mienne, à ta guise.

Elle se pencha vers lui.

— A moins que tu n'en aies pas envie.

Le client assis à côté faillit se dévisser la tête à regarder Mira. Et son expression disait : « Si tu ne te décides pas, laisse-moi ta place ».

— Je t'invite.

Autant rester sur son territoire. Mais…

Bon sang, il n'avait rien prévu pour ce genre de situation.

Comme leur voisin les dévisageait toujours, il lui jeta un regard assassin en plaquant le montant de sa consommation sur le comptoir. Puis il descendit de son siège et saisit la main de Mira. De loin, son amie les observait.

Et après ?

Arrivé à la moitié du couloir, il s'assura qu'ils étaient seuls et l'attira à lui, la pressant contre son torse juste assez pour sentir l'aiguillon du désir lui transpercer le ventre.

Il posa la joue contre la sienne, inhala son parfum de vanille et de neige, et se délecta du contact de sa peau avant de presser les lèvres à son oreille.

— Mira, tu m'as pris de court. Je ne demande pas mieux que de t'emmener dans ma chambre, mais, à moins que votre boutique de cadeaux ne fournisse certains… articles…

— Aucune idée, mais peu importe.

Elle rejeta la tête en arrière et l'étudia un instant.

— Ellory pense que je dois coucher avec toi. Le reste… n'est pas mon problème.

Ah, c'était l'avis d'Ellory ? Elle avait dû remarquer l'électricité qui se dégageait d'eux chaque fois qu'ils étaient ensemble.

— C'est moi, ton problème, c'est ça ?

Elle hocha la tête.

— Elle m'assure que c'est ce qui m'empêche d'aller de l'avant. En principe, je ne couche pas avec les inconnus, mais je peux faire une exception. Si tu es clean, ne t'inquiète pas, je prends la pilule.

Ah. Elle prenait la pilule. Pour pouvoir coucher avec ce salaud de moniteur de ski ?

— Tu n'essaierais pas de rendre ton ex jaloux ?

En fait, même si c'était le cas, il la désirait trop pour la repousser. Parce qu'il était sorti de sa zone de confort ? Peut-être était-il las de se complaire dans son chagrin, son deuil ?

Elle fit mine de s'écarter, le menton levé.

— Si tu dis ça pour me décourager, c'est réussi.

Il la retint et l'attira plus près.

— Pardon. Si tu cherches une aventure, je suis ton homme.

Il posa les lèvres sur son cou.

— Je dois t'avertir que je n'attendais pas de visites. Ma chambre n'est pas un modèle d'ordre.

La tête rejetée en arrière, elle lui offrit sa gorge.

— Si tu crois que c'est le lieu qui m'intéresse, tu te trompes.

— Je dois pouvoir trouver de quoi détourner ton attention.

Il se força à se redresser et renonça à l'embrasser. Mieux valait être patient.

Il lui prit la main et l'entraîna vers l'ascenseur.

— Et les victimes de l'avalanche ?

— On les a emmenées à l'hôpital. L'équipe a mon numéro en cas de besoin.

Il entra dans la cabine et appuya sur le bouton du dernier étage. Les yeux de Mira s'arrondirent.

— Tu loues une suite en terrasse ?

Il haussa les épaules.

— Ce n'est pas moi qui ai choisi. Mon coach, toujours.

Elle s'adossa à la cloison.

— Il a bon goût, et de gros moyens.

Il la prit par les hanches pour l'attirer à lui.

— En effet, ils n'ont pas lésiné.

— Ils doivent beaucoup t'apprécier, murmura-t-elle en lui passant les bras autour du cou.

Il n'avait aucune envie de parler de son coach, ni de l'argent que les Hawks étaient prêts à dépenser pour le remettre en piste.

— Et toi, tu m'apprécies ?

Une ombre voila son regard.

— Sinon, je ne t'aurais rien proposé.

Au moins, ils savaient l'un et l'autre où ils en étaient : il était sevré de sexe depuis trop longtemps pour résister, mais se sentait incapable d'avoir une relation durable. Et puisqu'elle ne voulait qu'une simple aventure, elle ne s'accrocherait pas. Après cette soirée, ils tourneraient la page et partiraient chacun de leur côté.

Sur le seuil, Mira attendit que Jack ait introduit sa carte dans la serrure et guetta le « clic » de l'ouverture, hésitante.

Et si Ellory se trompait ? Faire l'amour avec Jack pouvait au contraire empirer les choses, car, si elle tardait tant à passer au sixième, c'était que le n° 5 lui plaisait plus que la moyenne…

Il poussa la porte, et elle pénétra dans le grand salon dallé de marbre. Elle connaissait ces appartements, mais pas en tant qu'hôte, et n'avait pas souvent l'occasion d'y entrer. Curieuse, elle jeta un regard circulaire à la pièce : si les étages en dessous étaient meublés dans un style rustique, ici tout était moderne et subtilement luxueux. Du tapis blanc de haute laine aux tubes d'acier des meubles étincelants, la pièce évoquait le décor de neige de l'extérieur.

Il referma la porte du pied.

— Je croyais que ma chambre ne t'intéressait pas ?

Elle se retourna, souriante.

— J'avais oublié combien ces suites étaient fastueuses.

Au fait, elle n'avait pas remarqué de désordre…

— Oui, on s'y sent bien.

Il se dirigea vers un petit bar.

— Je t'offre quelque chose ? demanda-t-il en passant derrière le bar.

Excellente idée, cela lui donnerait du courage. Tout à coup, elle prit conscience qu'elle ne s'était jamais jetée à la tête d'un homme avant celui-ci. Et maintenant ? Que faire ?

Boire un verre, c'était un début.

— Volontiers. Du vin rouge, si possible. Il doit y avoir des minibouteilles…

— Je crains qu'il n'y ait rien de mini. Tout est grand.

Lui aussi était immense, et ces fesses qu'elle avait admirées quelques jours plus tôt…

Elle déglutit.

— Jack ? En fin de compte, je préfère ne rien prendre.

Son visage devint grave et il s'accouda au comptoir.

— Je pensais la même chose. Viens ici.

Elle le rejoignit, les jambes tremblantes.

— Plus près.

Elle se passa la langue sur les lèvres, puis se pencha au-dessus de la surface polie du bar jusqu'à frôler Jack.

— Mmm !

Il lui passa une main derrière la nuque et ses doigts s'égarèrent dans sa chevelure, puis il l'attira à lui et colla sa bouche à la sienne.

— C'est à peu près ce que tu envisageais ?

— Oui, murmura-t-elle.

— Parfait.

Au contact de ses lèvres chaudes, elle eut envie de se fondre en lui, de le saisir par sa chemise et de l'attirer à elle. Mais pas question. Il lui mordillait la lèvre, l'agaçait, jusqu'à ce qu'elle soit avide de sentir sa langue explorer sa bouche, comme vendredi soir sur le traîneau. Cette fois, ils n'avaient pas de témoins. Et elle n'avait pas l'intention de s'arrêter avant de conclure.

S'apercevant qu'il s'écartait, elle lui prit la tête à deux mains. Pas encore, ils venaient à peine de commencer à s'embrasser !

Elle reposa les lèvres sur les siennes et ouvrit la bouche. Avec un grognement, il enfonça une main dans ses cheveux et approfondit le baiser, qui se fit plus violent, plus exigeant. En sentant sa langue passer sur ses dents, elle frissonna tout entière.

Un gémissement jaillit du plus profond d'elle lorsqu'il s'écarta un instant pour revenir encore plus près. Et quand il la lâcha enfin, elle haletait, essayant de recouvrer ses esprits.

— Viens, tu es trop loin, murmura-t-il en s'emparant de sa main.

Il la fit passer derrière le bar.

— Là, c'est mieux.

Il se remit à l'embrasser avec ardeur, et le désir explosa en elle. Elle sentit ses mains descendre le long de ses flancs jusqu'à la taille, qu'il enserra.

— A trois, tu sautes !

Toujours hors d'haleine, elle réussit à obéir et se retrouva assise sur le comptoir ciré. Perplexe, elle l'observa.

Il recula en souriant et fit passer sa chemise par-dessus sa tête.

Oh ! c'était agréable… Elle l'admira : il était fort et musclé sans être corpulent, avec une peau hâlée, habituée au soleil. Un surfeur…

La toison brune qui couvrait son torse s'étrécissait en une ligne qui disparaissait sous la ceinture de son pantalon noir moulant. Quand elle releva les yeux, elle vit qu'il la scrutait. Puis il s'approcha pour poser les paumes sur ses cuisses, juste au-dessus du genou, et elle se mordit la lèvre. Il remonta ensuite en la caressant vers l'endroit sensible entre ses jambes sur lequel il exerça une douce pression du pouce. Elle sentit sa bouche s'assécher et eut l'impression de perdre la tête.

Puis il la saisit par les hanches et la fit venir au bord du comptoir, jambes écartées à hauteur de sa taille. Elle s'offrit davantage encore et son lent sourire lui indiqua que c'était exactement ce qu'il attendait d'elle.

— Quel génie a eu l'idée d'installer ce bar dans ma chambre ? demanda-t-il.

Probablement son père, songea-t-elle... Elle ne risquait pas de lui en parler !

Glissant les mains sous son T-shirt, il le releva et se pencha pour l'embrasser sur le ventre. Ses lèvres se posèrent sur sa peau nue.

A ce contact, elle sentit ses muscles se contracter, et presque malgré elle, ferma les yeux et plaqua les paumes sur ses épaules viriles. Quand il atteignit sa hanche, il y fit jouer sa langue, envoyant une décharge électrique droit à son centre le plus secret. De plus en plus folle de désir, elle brûlait qu'il se presse contre elle, mais il gardait une certaine distance, et elle savait qu'il ne se laisserait pas déconcentrer.

Soudain, il descendit la fermeture Eclair de son jean et elle se félicita d'avoir choisi un shorty en dentelle, pour une fois.

— Joli, murmura-t-il.

Elle sourit, puis croisa son regard grave.

— Tu soulèves et je fais glisser.

Quel double sens. Elle eut une vision de ses hanches qui se soulevaient tandis qu'il la pénétrait...

Se hissant sur les mains, elle se décolla du comptoir pendant qu'il faisait coulisser le pantalon sur ses cuisses et ses jambes.

Il promena les doigts sur l'élastique de son sous-vêtement et les nœuds qui le fermaient sur les côtés.

— Je les dénouerai avec plaisir, mais je vais m'occuper de ce T-shirt d'abord.

Il se recula, ce qui lui fit froncer les sourcils. Attendait-il qu'elle le fasse elle-même ?

Le voyant lever les bras au-dessus de son torse, elle comprit qu'elle devait l'imiter. Elle saisit le bas de son T-shirt et le passa par-dessus sa tête, puis le laissa tomber sur le plancher, dévoilant un soutien-gorge assorti à son shorty.

S'enhardissant, elle mit les mains derrière son dos.

— Je l'enlève ?

— Pas encore.

Il se rapprocha, posa les paumes sur ses genoux qu'il écarta pour se placer de nouveau entre ses cuisses.

Elle comprit ce qu'il avait en tête lorsqu'il se baissa pour poser les lèvres juste au-dessous de son soutien-gorge, puis descendit vers son nombril. Il l'investit une seconde de sa langue, avant de jouer avec le haut de son shorty.

— Jack !

Une supplique, ou une protestation, elle n'en savait rien. Il avait si bien manœuvré qu'elle ne pouvait plus fermer les jambes… Et son corps tout entier en avait une conscience aiguë. Elle éprouvait une envie folle qu'il entre en elle.

Il trouva les attaches de son sous-vêtement.

— Tu préfères que je te laisse tranquille ?

Si elle répondait oui, tout serait fini, elle en était certaine ; elle serait trop gênée pour continuer. Et elle ne voulait pas que cela cesse. Elle attendait qu'il lui montre ce qu'il voulait d'elle, avec le pressentiment qu'elle ne serait pas déçue.

— Non. S'il te plaît, ne t'arrête pas !

Il ferma les paupières un instant, lui cachant ses splendides yeux bruns, puis les rouvrit.

— Je te ferai répéter ces mots dans un moment.

Submergée par un désir de plus en plus violent, elle patienta jusqu'à ce qu'il ait défait les nœuds de son shorty, qui tomba derrière le bar. Son soutien-gorge le rejoignit très rapidement. Un bras passé sous ses fesses, il l'attira contre son torse jusqu'à ce que son intimité entre en contact avec sa peau.

— Ah !

Elle mourait de se frotter contre lui…, mais il recula de nouveau, la laissant pantelante. Quel était ce jeu ?

Elle était prête à le recevoir tout de suite en elle, pour trouver le soulagement que son corps réclamait.

— Emmène-moi dans le lit !

Il lui embrassa le ventre.

— Bientôt.

La chaleur de son souffle la fit frissonner.

— Tu te souviens de ce que je t'ai dit, en haut de la piste ?

Quoi ? Il lui demandait de se rappeler de *paroles* ? A un moment pareil ?

— Non.

Il avait reposé les mains en haut de ses cuisses, qu'il frôlait de ses pouces.

— Dommage, c'était la devise du gentleman.

Elle se souvint en un éclair. « Les dames d'abord », c'était ce qu'il avait dit !

Il se pencha pour embrasser sa cuisse droite, lécha la peau tendre de l'intérieur, et elle frissonna.

— Allons dans la chambre. Je… J'en meurs d'envie.

— Oh ! ma chérie, moi aussi, plus que tu ne peux l'imaginer. Mais je ne peux pas. Pas tout de suite.

Il lui écarta encore les jambes et mit la bouche très près de son centre qui palpitait.

— Ton odeur m'enivre, le goût de ta peau…

Il avait murmuré contre elle et son corps entier s'embrasa tandis que du feu liquide coulait dans ses veines. Son ventre se contracta et tout à coup, en sentant sa langue s'activer tout autour du point sensible qu'il évitait, elle s'immobilisa. Elle posa les coudes sur le comptoir pour ne pas se laisser submerger par les sensations incroyables que ce contact provoquait en elle.

— Jack, je t'en supplie…

Il l'attira plus près pour pouvoir lécher toute sa peau. Il lui passa les jambes au-dessus de ses épaules et enfin, lui donna satisfaction. Elle arqua le dos, utilisant ses plantes de pied pour se rapprocher au maximum de cette source inégalable de jouissance. Soudain, elle hurla en lui agrippant les épaules. La violence de son plaisir faillit lui faire perdre conscience. Une extase inouïe, telle qu'elle n'en avait jamais ressentie.

Elle resta immobile quelques secondes, cherchant son souffle et toujours aussi emplie de désir…

Quand elle reprit ses sens, elle le vit qui l'observait, la bouche encore entre ses jambes.

Incroyable, qu'elle l'ait laissé faire cela, et sur le comptoir du bar de sa chambre d'hôtel par-dessus le marché… Mais elle ne pouvait pas le regretter.

— Méchant !

Il se releva en riant et l'enlaça. Sans doute pour l'aider à descendre… Elle se trompait.

— Ma chérie, tu n'imagines pas à quel point je peux l'être.

9.

Pourquoi avait-on fermé ce cercueil ? Comment allait-elle respirer ? Terrifié, Jack s'agrippait frénétiquement au lourd couvercle pour tenter de l'ouvrir…

Les doigts passés sous le rebord de la surface polie comme un miroir, la respiration sifflant à travers ses dents serrées, les muscles tremblant d'épuisement, il tirait de toutes ses forces vers le haut…

En arrière-fond, il entendait de la musique douce et les bavardages de petits groupes de gens qui profitaient du buffet, des assiettes pleines à la main. Pourquoi était-il le seul à s'alarmer ? Ne voyaient-ils pas qu'elle était piégée, qu'elle allait étouffer ?

Ses doigts glissèrent, sa prise lui échappa et il s'affala à plat ventre sur le tapis. Affolé, il jeta un coup d'œil à la ronde et avisa un pied-de-biche posé contre le mur à côté d'un sofa de velours bleu… Il rampa vers l'outil et le saisit à deux mains, surpris par son poids. Puis il se releva et le traîna derrière lui jusqu'au cercueil. La musique augmenta brusquement de volume, et malgré la mélodie qui semblait n'avoir pas changé, le ton devint sinistre.

Vite, le temps passait ! Bientôt…

Visiblement, les autres s'étaient enfin aperçus de quelque chose. Ils se rassemblaient autour de lui sans lâcher leurs assiettes, tandis qu'il soulevait le pesant levier pour crocheter le couvercle. Il déglutit, doutant tout à coup du bien-fondé de son geste. Mais les regards étaient à présent braqués sur lui…

Tout le monde attendait la suite… y compris une blonde, au fond de la salle, dont le visage lui semblait familier…

D'où la connaissait-il ?

Peu importait. Il fallait se hâter. Il emplit ses poumons et compta jusqu'à trois dans sa tête.

A « trois », il pesa de tout son poids sur la barre de métal et réussit à l'abaisser ; le bois craqua, son terrible effort n'avait pas été vain. Le couvercle céda et se souleva de quelques centimètres… puis le pied-de-biche lui échappa et tomba sur le sol dallé avec un fracas qui se répercuta dans toute la pièce. L'important, c'était qu'il avait brisé ce qui scellait hermétiquement le couvercle.

Il passa les doigts dessous et l'ouvrit lentement… L'éclat du satin bleu — le même que celui du sofa — frappa ses pupilles ; il leva davantage, baissa les yeux… sur la peau fraîche et pâle de sa joue. Son nez… Ses lèvres décolorées. Elle ne dormait pas, sa poitrine restait inerte.

Lorsqu'il souleva complètement le couvercle, l'horreur le saisit tout entier.

Ce n'était pas Paula. C'était… Mira !

Epouvanté, il lâcha le couvercle qui se défit en une série de rectangles disjoints, telle une pile de clichés qu'on effeuille du pouce pour donner l'illusion d'un mouvement. Il s'abattit sur le cercueil avec un craquement assourdissant qui le fit sursauter.

Ses paupières s'ouvrirent sur l'obscurité. La panique monta en lui, et il chercha à tâtons Paula à son côté. Ses doigts rencontrèrent un corps chaud et, soulagé, il laissa retomber sa tête sur l'oreiller.

Il émergea lentement de son mauvais rêve, puis des souvenirs lui revinrent, d'avoir fait l'amour avec elle, exploré chaque pouce de son corps. De s'être retenu jusqu'à la limite de l'intolérable, où il n'avait pu résister à se répandre en elle. De l'avoir tenue serrée jusqu'à ce que son souffle soit redevenu normal.

Il déglutit et regarda sur sa gauche. Ce n'était pas avec Paula.

C'était avec Mira, et elle était toujours là. Et il avait eu du plaisir, beaucoup trop, il avait ri et joué les méchants jusqu'à la fin.

Bon sang.

Il se cacha les yeux des bras et tenta de se souvenir exactement de ce qui s'était passé.

Une aventure. Oui, elle avait employé ce mot. Et lui aussi, en esprit.

Le lit bougea en même temps qu'elle. Percevant un soupir, il ne put s'empêcher de se retourner de nouveau. Ce devait être le matin, forcément, mais sans doute encore avant l'aube, à en juger par l'obscurité. Malgré tout, il surprit la courbe d'une épaule blanche qui émergeait de dessous la couette épaisse. Elle lui tournait le dos. Il eut la vision de son visage endormi…

C'était celui qu'il venait de découvrir dans le cercueil fourré de satin bleu.

Il se redressa et s'assit sur le bord du lit, tentant de se débarrasser de l'impression atroce qui pesait toujours sur son esprit. Son flacon de somnifères trônait sur la table de chevet, intact — le « désordre » qu'il avait souhaité lui cacher…

Il ouvrit le tiroir et le rangea. Inutile de le laisser exposé. Mira risquerait de devenir curieuse…

Et il n'avait pas envie de donner d'explications.

Pas plus que d'interpréter ce cauchemar à la fois familier et étrange, où le visage de Paula était devenu celui de Mira, et où certaines circonstances avaient changé.

Ce devait être les conséquences de l'avalanche : l'angoisse causée par ces gens qui étouffaient, ensevelis sous la neige, et dont l'un était mort. Mira avait été présente, ce qui expliquait peut-être pourquoi c'était elle qu'il avait découverte dans le cercueil. Dans la réalité, celui de Paula était resté fermé. Et vide. Sans corps à l'intérieur, puisque sa femme avait été portée disparue, comme la plupart des passagers.

Ou alors, c'était un message de son subconscient, qui lui conseillait de refermer le couvercle sur sa relation avec Mira et de le sceller… Non, impossible : il ne s'agissait que d'une aventure sans lendemain.

Cette simple pensée eut un effet calmant. Il avait éprouvé beaucoup de plaisir, et ce n'était pas un crime. Pourquoi, dans ce cas, se sentait-il si déprimé ? Son sentiment de culpabilité, sans doute. L'impression d'avoir été déloyal envers la femme adorée qu'il avait perdue.

Il le savait, elle aurait voulu qu'il se remette à vivre, mais lui ne le souhaitait pas. Il ne se rappelait que trop bien s'être demandé avec angoisse, face au cercueil aussi brillant que dans son rêve, comment il allait pouvoir continuer.

Jamais plus il ne courrait le risque d'aimer.

Il se leva et se dirigea vers la salle de bains. Lorsque Mira lui avait laissé le choix du lieu, il aurait dû préférer sa chambre à elle. Ainsi, il aurait pu se rhabiller pendant qu'elle dormait et éviter les au revoir, les hésitations entre la remercier ou s'excuser.

Il prit son temps. Il se brossa les dents et se doucha, essayant de préparer ce qu'il dirait quand il rouvrirait la porte. Mais la seule image qui lui venait était celle du corps de Mira arquée sous lui juste avant qu'elle ne jouisse.

— S'il te plaît, ne t'arrête pas !

Comme il le lui avait dit, il l'avait obligée à répéter ces mots. Au lieu d'en être fier, en bon mâle qui se respectait, il en avait éprouvé… de la honte ?

Non. Une émotion impossible à nommer, qu'il avait trouvée oppressante. L'impression d'une menace qui pesait, telle la neige qui s'était amoncelée peu à peu jusqu'à dévaler la pente, balayant tout sur son chemin.

Il était face à un phénomène tout aussi dévastateur.

Il s'enveloppa dans un drap de bain et fixa son reflet dans le miroir. Il aurait dû prendre ses vêtements avec lui dans la salle de bains. Habillé, il aurait eu moins de mal à annoncer clairement à Mira que la nuit était finie, et qu'ils devaient tous deux poursuivre leur route séparément.

Mais son esprit, assiégé par les visions, les sensations de plaisir donné et reçu, lui suggérait de nouvelles idées. Dont celle, persistante, de retourner profiter encore un peu de sa compagnie avant la séparation…

Il s'aperçut soudain que sa peur l'avait quitté, qu'il se détendait. Pourquoi pas ? Il avait envie d'elle, il rêvait de caresser son corps délicat et de la pénétrer de nouveau. Elle ne le refuserait pas, elle avait paru apprécier autant que lui… La griffure qu'il portait à l'épaule en témoignait.

Oui, il en voulait davantage, de ces égratignures et de ces baisers. Oublié, le mauvais rêve… Son subconscient avait amalgamé des éléments de son cauchemar récurrent avec d'autres provenant de l'avalanche, voilà tout.

A présent impatient de la rejoindre, il dénoua la serviette et la laissa tomber à ses pieds.

J'espère que tu es prête, ma chérie…

Après avoir éteint la salle de bains pour ne pas la surprendre, il ouvrit la porte avec précaution et parcourut la moitié de la chambre avant de s'apercevoir que le lit était plat. Il s'approcha, saisi d'un doute… Mira n'était plus sous la couette, et un profond silence régnait dans la pièce.

Il regarda au sol : plus de vêtements. Les siens avaient été placés sur une chaise à l'autre bout de la pièce.

Elle était partie, comme lui l'aurait fait s'ils étaient allés chez elle. Elle s'était levée sans bruit, habillée discrètement, et s'était enfuie de sa vie.

« Couche avec lui. Vous vous en sentirez mieux tous les deux. »

Mira reposa sa brosse à cheveux sur la petite coiffeuse de sa chambre. Les mots d'Ellory résonnaient dans sa tête.

En fait, elle s'en voulait d'être partie comme une voleuse. Elle aurait mieux fait de feindre de s'éveiller quand Jack revenait de la salle de bains, de s'habiller et de sortir sur un : « Merci pour tout. »

Oui, le remercier de l'avoir assise sur le comptoir pour lui faire connaître le plaisir le plus intense… Et de lui avoir refait l'amour avec passion entre les draps.

En réalité, elle n'avait pas fermé l'œil de la nuit, trop abasourdie par ce qui venait de lui arriver. Un sourire dont elle ne parvenait pas à se défaire flottait toujours dans son miroir, tel celui de Chessie, le chat du Cheshire en peluche qu'Ellory lui avait offert pour son dernier anniversaire.

Elle l'attrapa et le jeta sous le lit.

— C'est ça, continue à sourire là-dessous !

Elle se surprit à sourire encore en se caressant le ventre…

— Oh ! Ellory, qu'est-ce que tu m'as fait faire ?

Bien entendu, son amie n'était pas là le lendemain matin pour lui donner des conseils !

Elle ne rêvait que de revoir Jack, et ce n'était pas prévu. Elle s'attachait à lui…

— Quelle imbécile !

Elle passa les options possibles en revue : s'enfermer dans sa chambre jusqu'à ce qu'il reparte, porter un masque pour qu'il ne la reconnaisse pas… ou oublier ce pari stupide et agir à sa guise.

Mais si elle s'engageait dans une nouvelle relation, Ellory se ferait du souci. Et tout bien réfléchi, elle aurait dû s'en faire, elle aussi. Après trois fiançailles ratées, et juste après avoir rompu les dernières…

Il fallait trouver autre chose. Elle bâilla : pourquoi ne pas s'endormir, telle la Belle au Bois dormant, et ne plus se réveiller avant un long moment ?

Ou alors, se comporter en adulte, retourner chez Jack pour le remercier de cette merveilleuse nuit en lui indiquant nettement qu'il n'y en aurait pas d'autres.

L'idée lui plaisait. C'était simple et direct.

Elle se leva, tira la langue à Chessie dont la tête émergeait de sous le lit, et alla se doucher pour rassembler ses esprits.

Se passant énergiquement un gant de crin sur tout le corps, elle tenta d'oublier les événements de la veille au soir. Si seulement elle parvenait à effacer l'odeur de Jack de sa peau et de sa mémoire... La friction et l'eau chaude lui calmèrent les nerfs, et elle eut de nouveau envie de dormir, au moins quelques heures. Le jour était levé, mais il était encore tôt, elle pouvait se le permettre.

Malgré le bruit de la douche, elle perçut la sonnerie du téléphone. Trop tôt pour que ce soit Jack.

Pourtant, elle se précipita pour répondre, avec tant de hâte qu'elle glissa sur le carrelage mouillé.

Bon sang, inutile de se casser une jambe !

C'était Robert, qui l'appelait depuis les pistes.

— Mira, tu as un moment ?

Que voulait-il donc ?

— Pourquoi ?

— Le n° 5 est ici avec moi, et à mon avis, une aide ne serait pas de trop.

Le cœur de Mira se mit à cogner dans sa poitrine et elle eut une seconde de vertige. Ainsi, alors qu'elle se torturait, il était déjà sur les pentes...

— Jack est là-haut ? Que se passe-t-il ?

— Une jeune fille a fait une chute du télésiège, et selon le... Dr Perry, elle souffre de multiples fractures. Pourrais-tu nous rejoindre ? Les secours sont prévenus, mais avec ces routes verglacées, ils n'arriveront pas tout de suite, d'autant qu'ils sont occupés par des accidents de la circulation. Ton... copain voudrait la stabiliser sur place pour pouvoir la transporter au chaud en les attendant.

— Je viens. Quelle piste ?

Question idiote, si Jack était au sommet...

— La 2.

Bon. Un peu plus ardue que la 1, mais cependant accessible à un débutant comme lui.

— Euh… Mira, dit Robert, il y a de fortes chances qu'elle l'ait fait exprès. Des témoins l'ont vue se jeter dans le vide.

Encore ! Ses tempes se mirent à battre : tous les deux hivers, quelqu'un, décidant que la vie était trop dure à supporter, sautait d'un télésiège pour se suicider. Mais, en général, cela se produisait plutôt sur les pistes difficiles…

Elle était si bouleversée qu'elle eut du mal à répondre.

— Accorde-moi quelques minutes. Appelle-moi sur mon portable en cas de besoin.

Elle s'habilla à la hâte. A cause de la branche qu'elle avait accrochée en descendant la piste, la manche de sa parka était déchirée — comme son cœur. Elle chercha en vain ses gants une minute, et découvrit dans sa poche ceux que Jack lui avait prêtés la veille.

Sa gorge se serra davantage. Etait-ce vraiment la veille ? Cela semblait si loin !

Elle avait l'habitude de ce genre d'urgence, mais elle avait si peu dormi… A présent, l'adrénaline l'avait réveillée pour de bon. Elle releva ses cheveux encore mouillés en un chignon qu'elle fixa à l'aide d'un élastique. Avec son bonnet et sa capuche par-dessus, elle ne sentirait pas le froid.

Elle baissa les yeux vers le chat du Cheshire.

— Surveille ma chambre, d'accord ?

Dix minutes plus tard, après avoir prévenu la réception, elle était dehors avec son équipement. Elle boucla ses fixations. Elle allait monter jusqu'en haut en télésiège pour redescendre vers la blessée.

Elle passa devant les skieurs de la file en s'excusant et prit le premier siège disponible. Scrutant l'étendue neigeuse qui s'étendait sous ses pieds, elle découvrit vite un petit rassemblement d'environ cinq ou six personnes. Au milieu, proche de la jeune fille allongée, elle reconnut Jack dont les mèches plus claires scintillaient sous le soleil.

Son cœur se serra. Au moins, la jeune désespérée était en de bonnes mains. Il s'y connaissait forcément en orthopédie et les fractures n'avaient pas de secrets pour lui. De toute façon, il serait plus compétent qu'elle-même.

Maîtrisant son impatience, elle patienta jusqu'au sommet, se laissa glisser du siège et commença sa descente, qui fut brève. Bientôt, elle s'arrêta à côté du groupe.

Robert se tenait à l'extérieur du cercle, visiblement chargé d'éloigner les curieux, il la salua d'un signe de tête. Il faudrait qu'elle lui demande de ne plus appeler Jack « le n° 5 ». Oh ! bien sûr, elle aussi l'avait fait, mais dans le but de garder de la distance émotionnelle. Elle eut un petit rire amer. Apparemment, elle avait réussi… Mais en ce moment, c'était le cadet de ses soucis.

Elle s'agenouilla près de Jack, qui avait étalé plusieurs gouttières de diverses dimensions sur la neige. Il en fixait une au bras de la blessée. La jeune fille, ou mieux, l'adolescente, gémissait de douleur, les yeux agrandis. Jack avait déchiré la manche droite de son anorak et de son pull jusqu'à hauteur du coude, révélant une horrible plaie sanglante à l'avant-bras.

Fracture ouverte. Un morceau d'os couleur ivoire pointait.

Frissonnante, Mira se pencha vers lui.

— Alors ?

Il leva la tête vers elle et pinça les lèvres un instant.

— Stacy Painter, seize ans. Cassure du radius, fracture ouverte du cubitus, et les deux fémurs fracturés au col, d'après ce que je déduis de la position de sa jambe gauche. Sans doute aussi des côtes brisées du côté droit.

Mira ferma les yeux. Deux cols du fémur fracturés… Cela pouvait signifier, si ces deux sections restaient trop longtemps sans oxygène, le remplacement des deux hanches par des prothèses. Sur une adolescente. Mais inutile d'y penser pour le moment. Il était urgent de la préparer à son transfert.

— Que veux-tu que je fasse ?

— Je stabilise la fracture ouverte, et je dois la protéger. Mais il faut aussi que je m'occupe du radius et des hanches.

Il leva de nouveau la tête vers elle.

— Pas d'antalgiques, bien entendu. Tu peux lui parler pendant que je la soigne ?

Malgré elle, Mira éprouva un frisson d'horreur. C'était le protocole. Pas d'antidouleur jusqu'à ce qu'on ait examiné la patiente pour découvrir d'éventuelles blessures internes. Stacy devait souffrir le martyre. C'était l'un des pires côtés de ce métier. Une fois de plus, elle fut heureuse que Jack soit là.

Sans discuter, elle se pencha sur la jeune fille.

— Bonjour. Je suis Mira, et le Dr Perry va t'arranger tout ça.

Stacy cligna des paupières et quelques larmes coulèrent sur ses joues. Puis elle fixa Mira.

— Il… il m'a dit de l'appeler Jack.

Mira leva la tête, s'aperçut que Jack l'observait, et s'adressa de nouveau à la patiente.

— C'est vrai ? Quelle chance ! Ce n'est pas donné à tout le monde.

En fait, elle en connaissait certains qui le désignaient par « le n° 5 »…

Elle chassa cette pensée et poursuivit.

— Raconte-moi ce qui t'est arrivé.

Le menton de l'adolescente trembla et une autre larme roula. Elle gardait les yeux baissés.

— Je… je suis tombée du télésiège.

Mira en eut le cœur serré. Avait-elle rêvé, ou Stacy avait hésité avant d'employer le mot « tombée » ?

Il y avait des témoins, selon Robert… Elle regarda, au-dessus d'elle, les sièges qui emmenaient vers le sommet des skieurs visiblement intéressés par la scène. C'était si haut…

— Tu avais mis la barre de sécurité ?

Jack toucha la jambe de Stacy, et elle grimaça.

— Non, j'avais oublié.

Comme par hasard… Qu'est-ce qui avait pu l'inciter à commettre un tel un acte ?

— Où sont tes parents ? Quelqu'un les a contactés ?

Stacy secoua la tête, puis poussa un hurlement déchirant et éclata en sanglots. Jack venait de passer sous sa cuisse droite une longue attelle, qu'il fixait à présent.

Mira se déplaça pour se rapprocher de Stacy et, par la même occasion, lui cacher les gestes de Jack.

— Je compatis, ma chérie, c'est très douloureux. Le Dr… euh… Jack est en train de stabiliser tes fractures pour que tu ne souffres pas trop quand les sauveteurs te transféreront.

L'adolescente ferma les yeux un instant et les rouvrit.

— C'était tellement bête, vous savez !

De peur qu'elle ne se renferme dans sa coquille, Mira n'osa pas lui demander de préciser.

— Oui, je comprends. Tu me dis où sont tes parents ?

— A la maison. Je suis ici avec mon équipe. Je suis la cheerleader de mon lycée.

Mira frissonna. Encore pire. Ses blessures pouvaient entraîner un changement de vie radical, et s'agissant d'une étudiante qui avait besoin de force et d'agilité pour faire ce qu'elle aimait…

D'en bas, le hurlement d'une sirène retentit.

Enfin ! En dépit des routes verglacées, les secouristes arrivaient plus vite qu'elle ne l'avait espéré. Elle toucha l'épaule de Jack, qui lui parla sans relever la tête.

— J'ai entendu. Je veux stabiliser l'autre jambe pour qu'ils puissent l'emmener tout de suite.

Il chercha le regard de Mira, et elle y lut le reflet de sa propre horreur, de sa propre peur.

— Dernière étape. Tu t'occupes de la calmer ?

— Pas de problème.

Il approcha une seconde longue gouttière de la blessée.

— Prête ?

Il saisit la cuisse pour remettre l'os en place.

Le cri abominable de Stacy tordit les entrailles de Mira, qui ne put s'empêcher de trembler.

— J'ai mal ! J'ai tellement mal !

Mira lui caressa la joue.

— Je sais ; c'est presque fini.

Il y avait au moins un point positif à cette douleur : si la colonne vertébrale avait été touchée, Stacy n'aurait rien senti.

Mira releva la tête ; son ex était toujours là, à surveiller les opérations, l'air sombre. Elle n'avait pas le temps de s'en préoccuper pour l'instant.

— Robert, peux-tu aller voir si tu trouves l'un des adultes qui accompagnent Stacy ?

La jeune fille se mordit la lèvre.

— On est venues seules, l'une de nous a le permis de conduire. On a dit aux parents qu'on allait à un stage d'entraînement.

— Quoi ? Personne ne sait que vous êtes ici ? Combien êtes-vous ?

— Cinq.

Mira se mordit la lèvre. C'était épouvantable… Impossible de remplir un formulaire d'autorisation de soins dans ces conditions.

— Vous êtes toutes du même âge ?

— On est parties hier à la sortie de l'école, et on comptait rentrer demain.

Stacy hésita une seconde avant de poursuivre.

— Mon… mon petit ami a téléphoné il y a quelques heures, pour… me dire qu'il ne voulait plus de moi.

Elle ferma un instant les paupières et eut un rictus.

— Quelle idiote ! Comme si ça pouvait changer quelque chose…

Mira frissonna. En effet, ça n'avait pas de sens, au moins Stacy semblait-elle avoir pris conscience de l'absurdité de son geste.

Mira posa une main sur le bras de Jack, qui fronça les

sourcils, mais arrêta son geste pour lui laisser le temps de questionner la jeune fille.

— Tu peux me donner le numéro de tes parents, ma chérie ? Nous devons les prévenir le plus vite possible.

De son doigt ganté, elle écrivit dans la neige les chiffres que Stacy lui dictait.

— Vous ne leur direz rien, n'est-ce pas ?

Comment lui faire comprendre sans trop la contrarier que c'était impossible ? Bien entendu, ses parents seraient mis au courant de tout, de même que les autorités et les services sociaux. Toute tentative de suicide à la station devait être signalée ; l'adolescente serait forcément examinée par un psychologue.

— A mon avis, ils seront heureux de te retrouver vivante.

— Vous croyez ?

— J'en suis sûre.

Elle souligna le numéro qu'elle venait de graver dans la neige et regarda Robert.

— C'est lisible ? Essaie de récupérer son groupe et de contacter les parents.

— D'accord… Ensuite, il faudra que nous parlions.

— Fais ce que je te demande, rien d'autre n'a d'importance.

Du coin de l'œil, elle vit les mains de Jack blanchir sur l'attelle. Que pensait-il de cette affirmation ? Rien n'avait d'importance, en effet, à part s'occuper de leur patiente. Elle prit une profonde inspiration et posa une main sur le front de la blessée.

— Jack doit continuer, ma chérie. Tu es prête ?

Les secouristes montaient déjà la pente, munis d'un brancard et d'un kit médical.

— Oui.

— Garde les yeux dans les miens, ce sera terminé dans une minute.

Derrière elle, elle entendit un bruit de glissement, celui de la gouttière qui passait sous la jambe.

La tête rejetée en arrière, Stacy hurla de nouveau, de plus en plus fort, et Mira sentit ses yeux s'embuer. Elle avait l'habitude de ce genre de situations, mais c'était la première fois qu'elle soignait une mineure non accompagnée, de surcroît désespérée par l'abandon de son petit ami au point de vouloir en finir avec la vie. Stacy sanglotait de nouveau, Mira lui caressa les cheveux.

— Voilà, c'est fait.

Elle poussa un soupir de soulagement. Désormais, Stacy ne souffrirait plus, car tous les autres traitements se feraient sous antalgiques. Pourtant, une fois que les parents seraient au courant, la douleur morale prendrait le relais, en même temps que les blessures physiques guériraient. Pourvu qu'un bon psychologue apporte à Stacy le soutien dont elle avait besoin.

A l'arrivée des secouristes, Jack exposa les faits et Mira resta à côté de Stacy. En fin de compte, ils ne l'avaient pas transportée au chaud comme Jack le souhaitait, mais mieux valait qu'elle n'ait subi qu'un déplacement.

Après leur départ, Mira reprit ses skis et se tourna vers Jack.

— Je dois descendre chercher le reste de son équipe. Nous devons appeler les services sociaux.

— Hmm. J'accompagne Stacy à l'hôpital.

Il s'approcha de Mira et lui caressa le menton. Il portait des gants, qu'il avait dû louer puisqu'elle avait les siens.

— Et en revenant, je viendrai frapper à ta porte, pour que tu m'expliques ce que signifie exactement ce n° 5 qui est attaché à moi partout où je passe.

Puis il retourna à côté de Stacy pour faire son rapport aux secouristes.

Mira se mordit la lèvre. Comment lui révéler qu'il était le cinquième d'une longue série ? Il fallait qu'il comprenne qu'elle devait se trouver sans tarder un n° 6.

10.

Une résolution de nouvel an ?

Jack n'était pas certain d'avoir bien entendu.

Ayant rejoint Mira dans sa chambre, il l'écoutait expliquer ce qu'elle et sa blonde amie avaient décidé le soir du réveillon.

Sa mâchoire se crispa. Après des heures à attendre à l'hôpital l'arrivée des parents de Stacy, il ne lui manquait plus que cela pour finir la journée en beauté.

— Pour vous amuser, vous avez parié que tu sortirais avec vingt-cinq types dans l'année ?

Assise sur son lit, agrippée à un drôle d'animal en peluche, elle baissa les yeux.

— Pas tout à fait, et c'était très sérieux ! Avec Ellory, nous avons une tradition… Bref. Ce qui s'est passé avec toi n'était pas prévu.

Il était assommé, comme si on l'avait roué de coups avant de l'expédier dans un rêve fou. C'était presque pire que dans ses cauchemars.

— Tu n'avais donc pas prévu de coucher avec tous ?

Devait-il se réjouir de cette exception, ou se sentir insulté ?

— J'aurais dû répondre aux avances de cette brune, la semaine dernière ; c'était moins compliqué !

Il vit passer sur ses traits une ombre fugitive qu'il interpréta comme de la souffrance, puis elle détourna la tête.

— Sans doute.

Bon sang, il regrettait déjà cette réflexion méchante… Mais comment imaginer qu'elle ait recherché sa compagnie à cause d'un pari ?

— Et d'où t'est venue cette idée bizarre ?

— J'étais malheureuse après ma rupture avec Robert… J'ai juré de ne plus m'engager avec aucun homme.

— Et tu te disais que passer d'un type à l'autre était une alternative acceptable ?

— Non, ça s'est fait dans l'instant. Peu importe. De toute façon, Ellory prétend que je n'arriverai jamais au bout sans m'attacher.

— Ah ? Pourtant à mon avis, tu ne te débrouilles pas trop mal !

Enfin, la colère montait et il s'en réjouit. Au moins, c'était une émotion qu'il connaissait bien.

— Quand avais-tu l'intention de me l'avouer ?

Elle se mordit la lèvre. Il avait compris.

— Jamais, pas plus qu'aux autres, je suppose ?

Inexplicablement, la pensée qu'elle puisse s'afficher avec trois ou quatre types de plus avant son départ lui tordit les entrailles. Fierté masculine, sans doute. Comme lorsque son ex avait voulu la prendre à part, ce matin…

Que pensait Robert de son comportement ? A l'évidence, il était au courant, puisqu'il l'avait appelé par son numéro… Sa fureur augmenta.

— Et tu trouves normal que ton ex-fiancé le sache et s'en amuse ? Tu aurais dû nous mettre un tampon sur la main, pour que les choses soient plus claires !

Elle se leva et jeta la peluche sur le lit.

— Ce n'était pas une blague, en tout cas pour moi. J'essayais juste de ne pas répéter les mêmes erreurs, pour ne plus souffrir.

Ces mots tempérèrent sa rage. N'était-ce pas ce qu'il faisait lui-même ? Eviter de s'engager pour ne pas perdre la femme aimée ? Mais il n'avait pas décidé de sortir avec un million d'autres pour atteindre son but. Au contraire.

— Et je peux te jurer qu'Ellory et moi n'en avons parlé à personne.

— Comment Robert est-il au courant, dans ce cas ?

Elle haussa les épaules.

— Je suppose qu'il nous a entendues discuter…

— Il veut renouer avec toi.

— Pas vraiment. C'est juste parce qu'il ne peut plus m'avoir. Cette brune qui te draguait, devant le restaurant ? Ils ont été intimes, tous les deux.

Quoi ? Son ex avec cette… ?

— Tu en as la preuve ?

— Je ne les ai pas vus, mais un moniteur les a surpris dans un entrepôt de matériel ; quand je lui ai demandé des explications, il n'a même pas pris la peine de nier. Et il a aussi admis qu'il y en avait eu d'autres, en particulier parmi ses élèves.

— Quel salaud !

Elle eut un sourire dur.

— C'était déjà mon troisième fiancé, et j'ai quitté les deux premiers pour les mêmes raisons. Puisque je ne distingue pas les coureurs de jupons des hommes fidèles, je me suis dit que peut-être, après une année de relations légères et sans conséquences, j'aurais appris à faire la différence.

Qu'elle le classe dans la catégorie des « relations légères et sans conséquences » n'était pas une consolation…

— Et tu en étais au n° 5, c'est-à-dire moi.

— Tais-toi !

— C'est bien ainsi que tu m'appelais, n'est-ce pas ? Comme ton amie Ellory, et Robert.

— Je te demande pardon.

Il ramassa un bonnet rouge sur la table, celui qu'elle portait le matin.

— Tu comptes poursuivre ta série dans les prochaines semaines ? Avant que je sois reparti ?

— Aucune idée. Je n'en suis pas à une conquête par jour.

Pourtant, belle comme elle l'était, elle ne devait pas avoir de difficultés à attirer les candidats… Et son ex était un abruti, pire que les autres. Soudain, la solution lui apparut.

— Et si je te demandais de me consacrer du temps pendant le reste de mon séjour ?

Si elle avait l'intention de rencontrer n'importe qui n'importe quand, autant que ce soit lui…

— Je ne vois pas ce que tu veux dire.

Il reposa le bonnet et vint vers elle. Lui prenant le visage en coupe, il la regarda dans les yeux.

— J'aimerais que tu me serves de guide quand tu n'es pas de service. Que tu me fasses visiter la région. Ainsi, j'aurai les vacances que mon coach souhaite pour moi, et toi un homme qui désire simplement se promener avec toi.

Ces mots avaient un goût amer, un peu comme s'il la priait d'être son *escort-girl*… Mais il ne pouvait rien lui promettre de mieux. Pour lui, Paula avait accepté d'abandonner des patients qui l'aimaient autant qu'elle les aimait. Jamais plus il n'exigerait une telle abnégation de personne.

— Mais… Je croyais que tu serais fâché…

— J'avoue que je suis déçu, mais ce n'est pas la première fois, après tout…

— Jusqu'à quand es-tu là ?

— Je repars dans un peu moins de deux semaines.

Ainsi formulé, ce délai lui parut brusquement très court, trop court. Son coach aurait-il eu raison de l'expédier à la montagne ?

Elle hésita, baissa la tête comme si elle réfléchissait.

— Donc, nous ne ferions que nous promener ensemble, et je te montrerais des endroits intéressants.

— Tu as bien compris. Mais je te répète la condition : pas de n° 6 avant mon départ.

— D'accord.

Elle lui posa une main sur le bras.

— Je me doute que ça ne changera rien, mais je te demande pardon. Hier soir, tu n'étais pas un numéro.

— Eh bien, si tu tiens à le savoir, toi non plus.

Un frisson le parcourut, et son cauchemar lui revint dans

tous ses détails terrifiants. En fin de compte, la découverte de Mira gisant dans le cercueil où il pensait trouver sa femme était un avertissement limpide : s'il s'engageait trop avec elle, il risquait de la tuer comme il avait tué Paula…

Dans ce cas, pourquoi exiger l'exclusivité ? Parce qu'il appréciait sa compagnie, et que le temps était venu de se remettre à vivre. La nuit passée le lui avait prouvé, il était de nouveau capable d'éprouver du plaisir et d'en donner. Tout bien réfléchi, s'il avait fait l'amour avec elle, c'était aussi pour oublier la vision de ce type à la nuque brisée qui l'avait bouleversé. Comme elle, il tentait d'échapper à une situation douloureuse.

Elle croisa son regard.

— Bien. Par quoi veux-tu commencer ?

Sans hésiter, par ce qui se cachait sous ses vêtements… Mais il ne le dirait pas. Sa faim d'elle n'était pas calmée, tout au contraire, les souvenirs la ravivaient. Mieux valait ne plus y songer et espérer que cela s'estompe avec le temps.

— Euh… pour l'instant, je ne connais rien de la propriété, à part la route des mines d'argent. Et encore, j'avoue que je n'étais pas hyper concentré…

Elle sourit.

— Je peux y remédier.

Il leva le sourcil.

— On y retourne ?

— On peut se promener autrement qu'en traîneau.

— Si tu envisages une randonnée à cheval, je ne sais pas monter.

— Pas plus que tu ne sais skier, oui. Tu es né sur une plage… Mais ne t'inquiète pas, je ne pensais pas à de vrais chevaux.

— Ah ? Et à quoi ?

— Je suis assez occupée aujourd'hui mais, si tu es d'accord, je te montrerai ça demain matin.

— Mets d'abord ton casque !

Mira fit ronfler le moteur du scooter des neiges. Il lui avait été prêté par son père, et leur permettrait d'échapper à la foule et d'explorer des pistes privées, seulement connues d'elle et du personnel de la station.

— Allez, grimpe !

Un peu dubitatif, il boucla la courroie de son casque et monta.

— Tu es sûre de savoir conduire ce truc ?

— Je l'ai fait toute ma vie.

Il s'esclaffa.

— Tu es pleine de surprises !

— Tu n'en es pas au bout. Prêt ? Accroche-toi bien !

Tandis qu'elle sortait du hangar en slalomant vers le télésiège, il lui enlaça la taille… Aussitôt, elle le revit la saisir à bras-le-corps pour l'asseoir sur le comptoir ; elle s'efforça de chasser cette image de sa tête.

Elle salua les employés d'un geste de la main, puis descendit une légère pente, et s'engagea vers une piste qui serpentait entre les arbres.

— Où allons-nous ?

— Dans un endroit sympa que je connais.

Elle avait prévenu son père qu'elle s'absentait pour la journée, peut-être même jusqu'au lendemain, selon comment les choses se présenteraient. Dans le coffre arrière se trouvaient de quoi déjeuner et une bouteille de vin. Ainsi qu'une couette épaisse. Malgré une cheminée en parfait état de marche, il pouvait faire froid au chalet.

— Attention, j'accélère !

Du pouce, elle appuya sur le levier et le véhicule prit de la vitesse, accrochant sur la neige pour se propulser en avant. Ils étaient à environ six kilomètres de leur but, installé dans un site enchanteur. Jack bougea, son corps épousa le sien et ses cuisses se pressèrent contre les siennes. Le faisait-il exprès ?

— C'est un peu la même chose que le jet-ski ! cria-t-il dans son oreille. Sauf que c'est l'eau que l'on pousse pour avancer.

— Je n'ai jamais essayé.

— Je suis sûr que ça te plairait !

Elle aussi en était sûre. Dommage, il ne lui apprendrait jamais à en faire. Ni à surfer, d'ailleurs. Ce n'était pas prévu au programme… Autant se contenter d'apprécier l'instant.

Ils restèrent silencieux un moment, puis elle ralentit pour contourner un arbre, accéléra de nouveau, et les chenilles projetèrent une gerbe de neige.

Elle n'aurait jamais imaginé faire un jour du scooter des neiges avec l'une de ses conquêtes, pas plus, du reste, qu'une promenade en traîneau.

Ni secourir des blessés après une avalanche, ou venir en aide à une adolescente qui souffrait de troubles émotionnels bien plus graves que les siens…

Jack et elle s'entendaient à merveille dans le travail. C'était sans doute ce qui la retenait de se séparer de lui… Pendant leur discussion, la veille, il avait visiblement été offensé en découvrant qu'il n'était qu'un numéro sur sa liste ; comment lui donner tort ?

Mais elle ne pouvait pas abandonner si tôt ! Ou peut-être que si… N'aurait-elle pas intérêt à déclarer forfait, à donner ses cent dollars à Ellory en admettant l'absurdité de son idée ? Cette quête était si contraire à sa nature…

Les bras de Jack lui enlaçaient la taille, il lui était facile de s'imaginer blottie contre lui, en train de profiter au mieux du peu de temps qu'il leur restait à passer ensemble.

Leurs casques se heurtèrent dans un virage et un frisson la parcourut. En fait, elle était tellement heureuse de le sentir si proche qu'elle en fut effrayée. Et si elle se contentait de conduire tout l'après-midi sans mettre pied à terre ?

Trop tard, le chalet était en vue… C'était là que ses parents avaient vécu, à leur arrivée, et qu'elle était née. Son père avait toujours gardé ce premier foyer pour se souvenir des origines. Elle aurait pu l'habiter au lieu de dormir à l'hôtel, mais elle préférait venir de temps en temps, pour en conserver l'attrait. Ce qu'on voit trop souvent finit par lasser…

Robert était-il allé chercher ailleurs parce qu'ils passaient tout leur temps ensemble ?

Tout bien réfléchi, elle s'en moquait, à présent. Elle n'était même plus sûre de l'avoir aimé ; peut-être s'était-elle contentée d'espérer que leurs goûts communs les réuniraient ?

Elle stoppa devant la porte. Après une légère hésitation, Jack descendit. Elle enjamba la selle pour le suivre, puis changea d'idée et s'assit en amazone.

— Alors, ça t'a plu ?

Il eut un sourire de biais.

— C'était intéressant.

Seulement ? Elle escomptait un peu plus d'enthousiasme, mais il semblait se borner à des réactions très mesurées, désormais. En réalité, il avait un petit côté homme des cavernes…

Elle s'esclaffa.

— Bon. C'est mieux que rien.

Elle se leva, ouvrit le coffre et en sortit le panier contenant leur repas. Jack le lui prit des mains, l'air perplexe.

— Qu'est-ce que…

— C'est l'heure du déjeuner, non ? Tu n'as pas faim ?

Elle attrapa la couette, qu'elle lui posa sur le bras.

— Si, en fait, dit-il. C'est à toi, ce chalet ?

— A ma fam… A mon père.

— Il ne le loue pas ?

— Il préfère y venir de temps en temps.

— Tes parents sont divorcés ?

Elle se dirigea vers l'entrée, ôta ses gants et chercha la clé.

— Tu as deviné.

— Navré. Tu as toujours ta mère ?

— Bien sûr, elle habite Aspen. Et toi, tu as encore les tiens ?

— Oui. Depuis que mon père est à la retraite, ils sont en Floride, sur la côte Est.

Elle ouvrit la porte.

— En bord de mer ? Directement sur la plage ?

Il rit.

— Comment le sais-tu ?

— Un fana de surf comme toi doit forcément tenir cette passion de quelqu'un !

Il la suivit à l'intérieur et examina la pièce unique.

— Incroyable ! Je ne m'attendais pas à ça !

Elle tenta de voir son ancien foyer avec des yeux neufs. L'extérieur était rustique, mais la maison possédait un équipement moderne ; son père avait presque tout aménagé lui-même, des planchers de cèdre aux boiseries en chêne. Tant de souvenirs s'y rattachaient ! Des bons, et de moins bons…

— Pas aussi luxueux que l'hôtel, n'est-ce pas ?

— Ça ne me dérange pas du tout. La cheminée fonctionne ?

— Evidemment ! Elle chauffe très bien. Dessous, il y a du bois d'allumage, papa stocke les grosses bûches dehors. Tu peux faire du feu pendant que je m'occupe du déjeuner ?

Elle porta le panier de l'autre côté de la pièce. Du coin-cuisine-salle à manger, on voyait le salon. Elle ne put s'empêcher d'admirer le large dos de Jack qui s'était accroupi pour prendre des bûchettes sous l'âtre…

Elle déballa le poulet grillé, les haricots qu'elle réchaufferait, du fromage et des crackers, et prépara une salade de pommes de terre. Se restaurer leur ferait du bien, après cette équipée dans le froid. Elle tira une casserole du placard et alluma la cuisinière.

— Préfères-tu le poulet chaud ou froid ?

— C'est égal, comme toi.

La voix, qui venait de juste derrière elle, la fit sursauter.

— Tu m'as fait peur !

— Toi aussi.

La gravité de son ton laissait entendre qu'il évoquait un sujet plus sérieux, mais ce n'était pas autorisé. Il leur restait moins de deux semaines à passer ensemble, et elle se sentait déjà trop proche de lui, sans doute parce qu'ils avaient fait l'amour. En principe, pour les femmes, c'était important… Où allait-elle chercher ces idées toutes faites ? Et pour les hommes, ça ne l'était pas ? Jack luttait peut-être contre les mêmes obstacles qu'elle.

Mieux valait poursuivre en mode léger.

— Eh bien, j'espère que tu n'auras pas peur de ce pique-nique ! Le poulet grillé de Marie, notre chef cuisinière, est délicieux. Il y a longtemps qu'elle est avec nous… Je l'ai toujours connue.

— Tu as vécu à Silver Pass toute ta vie ?

Il ouvrit son anorak et s'assit sur l'un des tabourets hauts du comptoir.

— Oui. Après le divorce de mes parents, je suis restée deux ans chez ma mère, mais j'ai grandi ici. Et après avoir obtenu mon diplôme, je suis revenue.

— Moi qui suis un habitué de l'océan, j'ai tout de même visité pas mal de plages différentes. Mon père était militaire, nous bougions sans cesse.

Elle baissa le feu et se retourna.

— Ellory aime aussi les voyages, elle a sillonné le pays entier. Mais elle a passé son enfance avec moi. Sa mère travaillait à l'hôtel.

— Et toi, tu n'as jamais songé à voyager ?

Drôle de question. Justement, si, ces derniers temps… Elle aspirait à voler de ses propres ailes, à se créer des souvenirs personnels ailleurs, à présent qu'elle avait fait la paix avec son père.

— Je suis partie pour étudier la médecine, bien entendu. Sinon… C'est à envisager, mais je crois que je ne suis pas tout à fait prête. Il me faudrait une motivation.

Il serra la mâchoire.

— Attention que cette motivation soit bien la tienne, Mira, qu'elle ne te soit pas imposée.

C'était sibyllin : faisait-il allusion à son expérience ? Regrettait-il d'avoir été ballotté d'une plage à l'autre ?

Elle se retourna pour remuer les haricots. La chaleur de la cheminée et celle de la cuisinière commençant à se faire sentir, elle ôta sa parka qu'elle posa sur le comptoir.

— Tu aurais préféré passer toute ton enfance au même endroit ?

— Quoi ? Oh ! non, je trouvais normal de déménager, ça me plaisait plutôt. Bref, tu avais raison, cette cheminée chauffe vraiment bien.

Il alla accrocher son vêtement à la patère près de l'entrée, puis resta debout à contempler les flammes dans l'âtre, le dos tourné.

Elle remua encore les haricots, qui n'allaient pas tarder à être chauds, en se remémorant son étrange conseil : « Attention que cette motivation soit bien la tienne… »

A quoi faisait-il référence ? Avait-il changé d'Etat à cause de quelqu'un d'autre ? Non, il avait visiblement choisi le Texas pour exercer son métier, parce qu'il adorait les Hawks… Mais dans ce cas, pourquoi son coach l'aurait-il obligé à prendre des vacances, comme il l'avait laissé entendre ?

Elle sortit du placard deux assiettes et deux verres ballon qu'elle rinça et essuya, puis fit de même avec les couverts en argent. Enfin, elle plaça le tout sur deux sets de table sur le comptoir.

— Je pense que c'est prêt !

Il la rejoignit dans la cuisine et elle servit le vin.

— Merci pour le feu, il est magnifique.

— Pas de quoi.

Il contempla un moment son plat.

— Mira… quand je parlais d'une motivation imposée, tu pensais que j'avais souffert des nombreux déménagements de mes parents, mais ce n'était pas à eux que je songeais.

Elle se raidit, pas très sûre de vouloir connaître la suite.

— A qui, alors ?

— Je t'ai dit que j'avais été marié ?

Elle en fut ébahie. Lorsqu'elle avait suggéré qu'il puisse

l'être, il s'était presque mis en colère, et elle en avait conclu que c'était un célibataire endurci…

— Non.

— J'ai épousé Paula très jeune, en Californie. Nous avons fait nos études ensemble. Elle était devenue oncologiste pédiatre, elle adorait ses patients et ses collègues de travail.

Il se tut et fixa le manche de sa fourchette, qui semblait tout à coup le fasciner.

— Il y a quatre ans, les Hawks m'ont contacté pour me demander d'être leur médecin. A l'époque je travaillais avec une petite équipe, ça représentait une importante promotion pour moi. J'ai demandé à Paula de m'accompagner, au prétexte qu'elle pourrait ouvrir un cabinet n'importe où, avec ses compétences, et aider d'autres enfants malades ailleurs.

Mira était perplexe : avaient-ils divorcé à cause de ça ?

— Elle n'a pas voulu ?

— Oh ! si ! Mais il aurait mieux valu qu'elle refuse.

— Je ne comprends pas.

Il jeta sa fourchette dans son assiette et se tourna pour lui faire face.

— L'avion qui amenait ma femme au Texas s'est écrasé dans le golfe du Mexique. On n'a jamais retrouvé son corps.

11.

Mira était choquée, Jack le lisait sur son visage.

Parce qu'il avait été marié, ou parce que sa femme était morte à cause de lui ?

Elle posa les doigts sur les siens.

— Mon Dieu, Jack, je n'imaginais pas… Je suis navrée.

Pas autant que lui. D'avoir été si avide de grimper les échelons, d'avoir entraîné Paula sans aucun égard pour sa carrière et ses patients. Et de ne pas avoir pu s'en excuser avant qu'elle ne disparaisse.

— Mon but n'était pas de susciter ta compassion, mais de te conseiller d'éviter des décisions que tu puisses regretter ensuite.

Elle le regarda fixement quelques secondes, sans cacher les diverses émotions qui passaient sur son beau visage. Puis elle esquissa un sourire.

— Trop tard. J'ai fait des choses que j'ai regrettées ensuite, je me suis déjà fait du mal.

— Ce moniteur de ski, par exemple ?

Son sourire s'élargit.

— Je veux croire que tu t'es mal exprimé, Jack Perry. Ce n'est pas joli de dire que je me suis *fait* Robert.

Le soulagement l'envahit. Elle n'avait pas l'intention de disséquer son récit ou ses remords, ni de lui donner des conseils. Elle plaisantait, elle ne s'attardait pas sur ses confidences, et il en était heureux.

Il eut un sourire en biais.

— Dans ce cas, et moi ? Est-ce que tu regrettes de m'avoir attrapé dans tes filets ?

De l'index, elle traça des cercles imaginaires sur le comptoir.

— J'ai l'impression que c'est le contraire, docteur. Si mes souvenirs sont bons, c'est plutôt toi qui m'as pris dans tes filets.

— Comment ça ?

Il sentit un endroit précis de son corps manifester son intérêt pour le tour que prenait la conversation.

— Tes haricots vont être froids, dit-elle en prenant une bouchée des siens.

— Je peux t'assurer que ce sont les seuls ici à refroidir.

C'était culotté, mais c'était elle qui avait amené le sujet… Après tout, pourquoi ne pas profiter du reste de son séjour ? Il n'y avait rien de mal à ça, s'ils étaient d'accord sur le principe…

Il se mit à manger avec appétit. Remis à plus tard, le projet n'en serait que plus délicieux.

— A quelle heure dois-tu être rentrée ?

— En fait, on ne m'attend pas avant demain, sauf urgence.

— Ah ? Je n'ai pas de vêtements de rechange.

Elle fit la moue.

— Qui a dit que tu en aurais besoin ?

Parfait, au moins, c'était sans équivoque.

— Tu m'as conduit ici pour ça ?

— Non, mais puisque nous y sommes, je trouve l'idée intéressante. A moins que tu ne préfères retourner ce soir à l'hôtel.

— Pas du tout. Je n'ai pas d'emploi du temps, je suis entièrement disponible.

— Tant mieux. La couette que j'ai apportée sera très bien devant le feu.

Il se servit du poulet et mordit dans une cuisse en la regardant dans les yeux.

— Je pense à autre chose qui sera encore mieux.

— Mmm, moi aussi.

Ses joues prirent une jolie teinte pivoine.

— Bon sang, je me demande si c'est toi ou Ellory qui déteint sur moi… Je ne suis pas si audacieuse, d'habitude.

Il avala une gorgée de vin.

— Ça me plaît. Je trouve plus confortable de savoir où on en est. Quand il faut deviner, c'est beaucoup plus compliqué.

C'était l'une des interrogations qui le tourmentaient depuis la mort de Paula : avait-elle eu envie de l'accompagner au Texas, ou avait-elle accepté simplement pour ne pas lui déplaire ? Son sentiment de culpabilité prenait racine dans cette incertitude. S'il lui avait posé la question, et qu'elle ait exprimé clairement qu'elle refusait de quitter la Californie, il aurait renoncé à ce poste. Maintenant, il n'aurait jamais la réponse… Il chassa cette pensée angoissante.

Mira goûta son vin.

— C'est drôle, j'ai toujours été une fille sage et obéissante. C'est pour ça qu'Ellory me plaît tant. Elle est spontanée et courageuse, elle fait ce qu'elle veut et ne se laisse pas mettre de bâtons dans les roues.

— Et toi, si ?

— Ça m'arrive. Je crois que j'essaie trop de correspondre à ce que les autres attendent de moi. J'en oublie qui je suis.

Il reposa son verre et lui caressa la joue.

— Pour moi, tu es celle qui est assise ici en ce moment, et celle qui a tant fait pour sauver les blessés après l'avalanche. Tu te sous-estimes, Mira Dupris.

Il glissa les doigts vers son cou.

— Et tu m'épates, quand je te regarde, quand je te parle. Je n'ai pas connu beaucoup de femmes depuis la mort de Paula, et je me suis juré qu'elle serait la seule avec qui je passerais du temps. Mais avec toi…

Il inspira profondément.

— Mais avec toi, je me surprends à avoir envie d'une prochaine fois, et encore d'une suivante.

— C'est pareil pour moi. Tu étais censé être un numéro de ma série, et je constate que c'est impossible.

Il fit pivoter son tabouret pour la tourner vers lui, puis l'attira plus près.

— J'en suis content.

Lorsqu'il pressa la bouche sur la sienne, la chaleur l'envahit, toujours aussi intense, aussi violente que lors de leur premier baiser. Une douceur extrême combinée à un désir inextinguible, une sensation qui le touchait au plus profond…

Elle lui passa les doigts sur la nuque, hésita… Pas question.

Son pull en angora crème était si doux qu'il rêvait de se perdre en lui avant de se perdre en elle. Il laissa glisser ses paumes fébriles sur ses flancs et les plaqua dans son dos.

Bon sang, il était au paradis. Peu importait la suite, il désirait profiter au maximum de sa compagnie, absorber un peu de sa joie de vivre, tel un vampire.

Elle eut un léger bruit de gorge, de ceux qui caressaient un homme comme du velours et lui donnaient envie d'en entendre d'autres.

— Installons cette couette, tu veux ?

Une seconde, elle le considéra d'un air égaré, puis descendit de son tabouret et se dirigea vers le sofa. Il la suivit du regard, les yeux fixés sur ses fesses qui tanguaient et roulaient à chaque pas.

Hmm, il était bien accroché…

Il la rejoignit, prit un pan de la couverture pour l'étendre devant la cheminée, impatient de contempler l'éclat de sa peau à la lumière des flammes, décidé à honorer cet autel particulier jusqu'à l'aube.

Il eut un instant de perplexité quand elle lui fit signe de ne pas l'approcher, puis comprit : elle se débarrassa de son pull, dévoilant un soutien-gorge couleur pêche si arachnéen qu'on voyait ses mamelons bruns pressés contre la soie. Il en eut l'eau à la bouche.

Elle passa les mains dans son dos.

— Ne l'enlève pas, murmura-t-il.

En se mordant la lèvre, elle fit mine de déboutonner son jean en le regardant d'un air interrogateur.

— Vas-y, oui…

Tandis qu'elle faisait glisser son pantalon sur ses hanches d'une façon suggestive, le désir monta en lui, tout son corps se raidit et ses tempes se mirent à battre.

Son shorty était assorti à son soutien-gorge, comme la première fois, mais sans nœuds sur les côtés. Tant mieux. Il connaissait tant de manières de le lui ôter… ou pas. Tout dépendrait de ce qu'il éprouverait à ce moment-là.

Il se retint de se jeter aussitôt sur elle. Surtout, pas de précipitation…

Elle s'allongea pour se débarrasser entièrement de son jean, puis se releva sur les genoux en lui faisant signe de la rejoindre. Quand il voulut s'agenouiller devant elle, elle l'en empêcha en plaquant les mains sur ses jambes. Puis elle l'attira plus près et, la bouche à hauteur de sa fermeture Eclair, entreprit de l'ouvrir.

— A ton tour.

Lorsqu'elle baissa son jean et son boxer-short à la fois, il jura intérieurement. Bien entendu, il voyait où elle voulait en venir, son corps en tremblait tout entier. Elle lui rendait la politesse…

Il enfouit les mains dans ses cheveux.

— Oh ! oui, Mira !

Sa voix était si rauque qu'il en fut surpris.

Il sentit ses lèvres chaudes se refermer sur son érection, qui se fit plus intense encore, et elle passa les mains derrière lui pour l'attirer plus près. Son ventre s'embrasa et des flammes ardentes lui encerclèrent les reins. Il perdit momentanément la vue, mais lutta pour conserver le contrôle de son corps. Il n'avait pas l'intention de se laisser faire.

Quand il tenta de reculer, elle le suivit, et il dut lui prendre les bras pour qu'elle lâche prise. Le froid soudain qu'il ressentit autour de son sexe était une sensation douce-amère de triomphe et désespoir mêlés…

Il la releva et elle le regarda en se léchant les lèvres. Un violent choc électrique lui traversa l'abdomen. Puis elle fit la moue.

— Ce n'est pas juste, je n'avais pas terminé.

— Oh ! presque !

Elle l'ignorait, mais quelques secondes de plus et c'était trop tard. Il lui passa les poignets derrière le dos et les tint d'une main, approchant son visage du sien, cherchant ses lèvres. Il plongea la langue dans sa bouche ouverte et pressa son érection contre son ventre afin de lui montrer à quel point il avait envie d'elle. Il fallait qu'il se maîtrise…

Puis il la libéra, remonta les mains dans son dos pour dégrafer son soutien-gorge, et recula de nouveau pour se débarrasser de ce qu'il lui restait de vêtements.

Il laissa son regard errer sur elle, admirant les muscles qui lui venaient de la pratique du ski. Une fille de la neige et du givre, dont la peau crémeuse s'assortissait à la froideur du climat.

Mais qui n'était pas de glace… Elle était chaude et lisse, et il la désirait comme aucune femme avant elle. Il tendit les bras et elle s'y blottit, plaquant ses seins contre son torse. Quand il posa les paumes sur ses fesses pour l'attirer plus près, il sentit sous ses doigts la caresse de son shorty de soie. Bon sang, ce qu'il avait envie d'elle ! Mais il rêvait surtout de l'entendre hurler de plaisir, de la regarder jouir. Il se mit en devoir de la satisfaire, baissa la tête vers un sein qu'il prit dans sa bouche jusqu'à ce qu'elle gémisse.

C'était ce qu'il voulait être pour elle : celui qui l'éveillait à la vie et la conduisait au paroxysme de la jouissance.

Il se mit à lécher son mamelon, et se laissa guider par ses gémissements pour contrôler la durée et la violence de ses gestes. Manifestement, elle pouvait supporter beaucoup. Les doigts agrippés à ses cheveux, elle lui faisait savoir qu'il pouvait aller plus loin…

En revanche, lui était au bout de sa résistance : tout son corps devenait douloureux de désir inassouvi, et sa chair réclamait en silence.

Il glissa les mains vers l'avant de son shorty et les introduisit entre le tissu et la peau. Sa moiteur lui indiqua qu'elle était prête… Il la caressa, relevant la tête pour l'embrasser, se délectant de ses petits cris.

Enfin, il la lâcha, entoura ses cuisses d'un bras et passa l'autre sous ses épaules pour l'allonger sur la couette. Sans interrompre le baiser, il la suivit à terre et la sentit s'arquer vers lui.

Il acheva de la dévêtir, coinça un genou entre ses jambes, et, tremblant, se remit à agacer l'endroit le plus sensible de son anatomie.

— Jack, maintenant !

Son ventre monta de nouveau vers lui…

C'était l'encouragement qu'il espérait. Il se fraya un passage entre ses cuisses et la pénétra, redoutant de ne pas pouvoir se maîtriser longtemps. Son corps était à bout, il allait exploser d'un instant à l'autre.

— Attends un peu, ma chérie.

Il amorça un mouvement de va-et-vient entre ses jambes qui l'enveloppaient, le happaient pour l'entraîner en elle plus profondément et plus fort tandis qu'elle soulevait les hanches pour se hausser à sa rencontre. Elle gémit, cria, jusqu'au moment où la jouissance l'atteignit, lui faisant fermer les yeux et se raidir tout entière. Alors, il céda à son tour à la déferlante qui les submergeait, et se laissa porter jusqu'au rivage.

Il resta immobile quelques secondes, se demandant s'il vivait encore ou s'il avait été projeté au paradis. De toute façon, il n'y avait pas pour lui de meilleure place au monde que dans les bras de cette femme.

Et c'était terrifiant, parce que cela pouvait tout lui coûter. Il venait de perdre la bataille contre son cœur.

Que signifiait le changement d'attitude de Jack ?

En s'asseyant au restaurant le lendemain soir, Mira se tourmentait toujours à ce sujet.

Toute la nuit, il l'avait tenue serrée contre lui, mais sans essayer de lui refaire l'amour ; et pendant le trajet de retour, au matin, il n'avait pas prononcé un mot.

Avait-elle fait ou dit quelque chose de mal ? Ou était-ce sa nature de faire marche arrière après s'être laissé aller ?

Peut-être s'était-elle montrée trop avide de plaisir, mais il avait paru apprécier…

Sauf qu'ensuite, il s'était comporté d'une étrange manière : il s'était écarté d'elle, les yeux fixés au plafond, puis l'avait relevée en lui donnant un bref baiser et lui avait proposé de prendre sa douche la première.

L'idée ne l'avait pas effleuré qu'ils puissent se doucher ensemble…

Ensuite, ils avaient dîné, dans une ambiance plutôt morose, de conserves trouvées sur place, puis étaient restés assis devant le feu, muets, jusqu'au moment de se mettre au lit.

A quoi pouvait-il bien songer ? Il semblait s'être refermé comme une huître…

Aujourd'hui, elle avait soigné deux patients — un ado avec une bosse au front et une fillette qui s'était coincé les doigts dans une porte —, la routine. Pendant tout ce temps, elle n'avait cessé de passer de l'euphorie à la tristesse, et c'était épuisant.

Elle se servit de salade. Ellory, partie pour la journée, lui avait laissé un mot à la réception : elle espérait, disait-elle, que sa rencontre avec « n° 5 » avait été productive, et ajoutait que ce Jack lui faisait bonne impression.

Eh bien, pas à elle. Son état actuel était aussi affreux et menaçant que les prévisions météo pour la semaine à venir. La première grosse tempête de la saison était annoncée, ainsi qu'un froid rigoureux. La combinaison des deux pouvait avoir des résultats détonants. Silver Pass n'échapperait pas à une importante chute de neige… La station prenait déjà ses précautions en s'efforçant de ne pas affoler les clients.

Elle aussi aurait dû se préparer à toute éventualité avec

Jack… Mais que faire ? Lui déclarer que, pour gagner son pari, elle ne voulait plus le voir ? N'était-ce pas exagéré ?

Elle réfléchissait, tête baissée. Quand des chaussures d'homme apparurent dans son champ de vision, son cœur fit un bond dans sa poitrine. Elle leva la tête pour découvrir… Robert. Zut ! Il n'aurait pas pu tomber plus mal !

— Je peux m'asseoir ?

Elle désigna le siège en face d'elle.

— Ne te gêne pas.

Elle n'eut pas besoin de le lui répéter. Il s'installa et posa sa tasse.

— Mira… Nous n'avons pas encore eu l'occasion de discuter.

— De quoi ?

— Ton père m'a rendu visite tout à l'heure. Tu lui as parlé de notre rupture ?

— Oui, pourquoi ? Il t'a fait une remarque à ce sujet ?

— Non. Il était préoccupé, prêt à fermer les pistes en cas de tempête.

Il passa une main dans les boucles blondes qui lui donnaient l'air d'un dieu nordique. Elle comprenait pourquoi il plaisait aux femmes… Pourtant, il ne lui faisait plus aucun effet.

— Et toi, tu es inquiet ?

— Que lui as-tu dit exactement ? Tu penses qu'il va me virer ?

Ah, c'était donc ce qui l'angoissait ! Et si elle le laissait mijoter un peu, pour se venger de ses allusions perfides de ces derniers temps ? Mais elle connaissait trop bien l'angoisse de ne pas connaître les intentions de quelqu'un à votre égard… Elle ne souhaitait cela à personne.

— Tu peux être tranquille. S'il veut des précisions, je lui redirai ce que je lui ai déjà dit : que nous avons constaté que notre union était vouée à l'échec, et décidé de rompre d'un commun accord.

— Merci, Mira.

A sa grande surprise, il posa une main sur la sienne et la pressa.

— Je me doute que ça ne signifie rien pour toi, mais je te demande pardon. J'aurais dû t'avouer franchement que je n'étais pas prêt à me fixer.

En effet, cela lui aurait épargné de souffrir autant, et de se lancer dans ce pari stupide… qui lui faisait maintenant horreur.

Mais à quoi bon lui faire des reproches ?

— Eh bien, tâche d'être plus sincère, la prochaine fois.

Il fit la moue.

— Compris. Si jamais par la suite…

— Non. Je pense vraiment que ça ne marcherait pas entre nous.

— A cause de ce type qui te suit partout ?

Elle déglutit, tentant de chasser de son esprit la vision de Jack, de ses yeux soudain assombris quand il s'était étendu sur elle. Et elle s'aperçut que Robert avait raison, c'était à cause du n° 5.

Elle était amoureuse de lui. Parce qu'elle le savait incapable de tricher avec ceux qu'il aimait, mais pour des tas d'autres raisons aussi.

A quoi bon ? Il n'avait pas caché qu'il ne s'attacherait plus jamais à une femme. Et pourtant, ses mots lui revinrent.

« Mais avec toi, j'ai envie qu'il y ait une prochaine fois. Et encore une suivante. »

De toute façon, cela ne regardait pas Robert.

— Je n'ai de relation avec personne, c'est juste que je sais que ça ne marcherait pas avec toi.

Il la fixa un instant et hocha la tête.

— D'accord. Si jamais tu changes d'avis, fais-moi signe, je serai par là.

Il reprit sa tasse et s'éloigna, et elle le suivit des yeux. Son regard croisa celui du n° 5, qui se tenait à deux mètres, son café à la main, et les observait.

Bon sang ! Les avait-il entendus ?

Sans doute, car il partit s'installer à l'autre bout du bar.

Ah, non ! Elle ne le laisserait pas s'enfuir ainsi ! S'il ne voulait plus la revoir, il faudrait qu'il le formule sans équivoque.

Elle se leva, se dirigea vers sa table et s'assit sans demander la permission.

— Salut !

Malgré son apparent courage, son cœur battait la chamade.

Les jointures de Jack blanchirent sur sa tasse.

— Salut. J'espère que je ne l'ai pas fait fuir…

— Pas du tout. Comment vas-tu ?

— C'est la question de l'année, on dirait.

— Pardon ?

Il poussa un long soupir.

— Non, rien.

Elle attendit en vain que son rythme cardiaque s'apaise, et finit par se lancer à l'eau.

— Hier…

— Je venais justement t'en parler. Tu adores cet endroit, Mira, n'est-ce pas ?

— Silver Pass ? Bien sûr, j'y suis née. Pourquoi ?

— Simple curiosité.

Bizarre, que cela l'intéresse… Et d'ailleurs, quel rapport avec leur séjour au chalet ?

Avant qu'elle n'ait pu ouvrir la bouche, il poursuivit.

— Je ne sais pas si tu as entendu les prévisions météo, mais je dois rentrer au Texas dans une petite semaine, juste après la tempête annoncée ; et comme je ne veux pas prendre le risque que mon vol soit annulé, je…

Il s'en allait. Plus tôt que prévu, peut-être même aujourd'hui.

— Quand pars-tu ?

— On essaie de me prendre un billet pour le premier avion. J'ai cru que je n'aurais pas le temps de te dire au revoir, mais quand on m'a informé que tu étais au restaurant, je me suis dit que c'était l'occasion…

« L'occasion ? » De prendre congé d'une vague connaissance, ce qui la remettait à sa place. Il ne s'embarrassait pas de scrupules pour lui montrer le peu d'importance qu'elle avait dans sa vie.

Malgré le déchirement qu'elle éprouvait, elle ne se mettrait pas à genoux pour le supplier de rester. Le métier de Jack l'attendait au Texas, elle le savait depuis le début. Lorsqu'on vivait dans une station de ski, on apprenait à considérer les gens comme de passage. A ne pas s'attacher pour ne pas avoir le cœur brisé. Etait-ce pour cela qu'elle avait accepté ce pari ? Pour s'endurcir ?

Eh bien, c'était raté.

— Parfait. J'ai passé un bon moment, merci de ta compagnie. Et bon voyage.

Quand elle se leva, il lui saisit le poignet et serra fort.

— C'était plus qu'un bon moment, tu ne peux pas le nier. Mais je ne peux pas faire ça.

Quoi, « ça » ? Elle n'en avait aucune idée, mais ce qu'elle avait compris, c'était qu'il ne voulait plus d'elle.

Elle releva le menton.

— Personne ne te le demande.

La fierté qu'elle affichait était factice… Une immense tristesse s'était abattue sur elle, en même temps que le désespoir qu'elle avait déjà éprouvé dans ses bras, la veille au soir.

Voilà, c'était fait… Le n° 5 la quittait sans qu'elle ait besoin de l'en prier.

Elle aurait pu essayer de le convaincre de rester, de lui faire part de ses sentiments, mais à quoi bon ? Robert avait dit « ne pas être prêt à se fixer »… Jack non plus ne l'était pas, visiblement.

Il la lâcha et elle se frotta le poignet pour tenter d'effacer la trace de son contact, mais en vain. Elle l'avait dans la peau, comme s'il l'avait marquée au fer, et ce, depuis la première fois que leurs mains s'étaient touchées dans la neige.

Maintenant, elle devait réussir à le laisser partir.

12.

— Ah bon, il part plus tôt que prévu ?

Plantée au milieu de la chambre de Mira, Ellory fronçait les sourcils.

— Il y a un risque de tempête la semaine prochaine, il a peur de rester coincé ici.

— Je ne doute pas qu'il ait la trouille, mais ce n'est pas du mauvais temps ! Que s'est-il passé ?

Mira lui raconta leur visite au chalet et ses confidences à propos de sa femme.

— Bizarre qu'il t'ait raconté ça… En principe, on n'aborde pas un sujet si grave avec les gens qu'on n'a pas l'intention de revoir.

Mira s'affala sur le lit et saisit Chessie.

— Il a changé d'attitude après… tu sais.

Ellory eut un sourire entendu.

— Après votre partie de jambes en l'air devant le feu ?

— Ellory !

Son amie se jeta à côté d'elle et enfonça son poing dans le chat en peluche.

— Je croyais que tu devais prendre ça à la légère et te laisser aller !

Oh ! elle l'avait fait… C'était bien le problème. Si elle avait maîtrisé un peu plus ses émotions, elle aurait pu éviter ce gâchis.

Pas vraiment… Elle était consciente qu'elle se mentait.

— Bien. Récapitulons. Un, son épouse est morte dans un accident d'avion. Deux, il t'a priée de ne sortir avec personne d'autre avant son départ. Jusque-là, c'est ça ?

— Oui, mais…

— Attends, je réfléchis. Trois, il te confie des trucs essentiels sur sa femme, vous vous donnez du bon temps et ensuite, il reprend ses distances.

— Hmm. J'ai pensé que j'avais été trop entreprenante.

— Réveille-toi, ma fille ! Les hommes adorent ça. Donc, quoi d'autre ?

La question l'irrita. Elle aurait voulu qu'Ellory la console, pas qu'elle disserte sur ce qui avait cloché…

— Qu'est-ce que ça peut faire ?

— C'est important.

Mira leva les yeux au ciel.

— D'accord. Quatre, il me demande si j'aime vivre à Silver Pass, cinq, il déclare qu'à cause de la tempête annoncée il doit partir tout de suite pour ne pas…

Sa voix s'étrangla dans sa gorge et elle poursuivit avec peine.

— Je réponds que j'ai passé un bon moment, salut. Il me retient et dit que c'était plus que bon, et que je le sais, mais qu'il ne peut pas faire… « ça ».

— « Ça » ?

— Oui, il me demande si je suis bien ici, et ensuite… Oh ! mon Dieu !

Elle se saisit les épaules, laissant choir Chessie sur le plancher.

— J'ai compris ! Il ne peut pas « me demander de l'accompagner ».

— Ah ?

— Sa femme est morte en le rejoignant au Texas. Elle avait quitté le travail et la région qu'elle adorait pour le suivre.

Ellory ramassa Chessie et le jeta sur l'oreiller.

— Il a peur que tu meures aussi ?

— J'espère qu'il a l'esprit plus logique que ça. C'est son sentiment de culpabilité qui l'empêche d'exiger que je choisisse entre lui et la station. Il m'a demandé à brûle-pourpoint si je me trouvais bien à Silver Pass, juste après m'avoir vue parler à Robert. J'ai trouvé ça étrange, puisqu'il avait dit qu'il voulait reparler de notre séjour au chalet…

— Je pense que tu as mis dans le mille. Dans ce cas, qu'est-ce qui te retient ?

— A mon avis, il est déjà parti.

— Et alors ? Tu as peur de ne pas trouver le Texas ? C'est immense, tu sais, et c'est sur toutes les cartes.

Mira ferma les paupières. En effet, qu'est-ce qui la retenait ? La peur d'être rejetée. La peur… qu'il ne l'aime pas.

Après tout, qu'avait-elle à perdre ? Elle n'avait rien fait pour l'empêcher de partir. S'il lui disait qu'il ne voulait pas d'elle, ce ne serait qu'une petite blessure d'amour-propre de plus.

Mais elle devait être sûre, une bonne fois pour toutes.

— Tu as raison, c'est sur la carte.

Elle prit Ellory dans ses bras et la serra fort.

— Merci, Elly. Souhaite-moi bonne chance.

Son amie s'esclaffa.

— Je l'ai déjà fait le soir du nouvel an. J'ai envoyé un message dans l'espace pour demander de me laisser gagner notre pari. Le n° 5 était pratiquement mon seul espoir.

Assis dans la salle d'attente de l'aéroport, Jack remonta ses lunettes de soleil sur son nez. Il lui avait fallu deux tentatives avant de réussir à sortir de la station ce matin, deux semaines exactement après avoir descendu la piste verte pour la première fois et rencontré Mira.

Il abandonnait deux choses : la première qui ne signifiait rien, et la seconde tout.

Le « rien », c'était ses somnifères qu'il avait jetés dans les toilettes le lendemain de leur nuit au chalet. Il n'en aurait plus besoin, il était temps d'affronter ses peurs et ses rêves.

Le « tout », c'était Mira. Il ne parvenait pas à croire qu'il avait pu la quitter. Mais lui demander de le suivre était impossible. Il avait pourtant failli le faire… Il était inutile qu'elle le sache, mais la tempête n'avait été qu'un prétexte. Une intempérie l'avait sauvé, lui évitant de commettre avec elle la même erreur qu'avec Paula.

Si Mira voulait vivre toute sa vie à Silver Pass, ce n'était pas lui qui l'entraînerait ailleurs.

Si elle l'avait prié de rester, aurait-il accepté ? Sans doute, mais il ne lui avait pas donné l'opportunité de réagir autrement qu'en lui disant adieu.

Et si elle le regrettait ? Si elle avait envie de faire encore l'amour avec lui, de passer du temps en sa compagnie ? N'avait-elle pas voix au chapitre ?

Il soupira. Lui demander son avis aurait été plus juste.

Même en le souhaitant très fort, il ne changerait pas le passé. En revanche, il pouvait modifier l'avenir. Et s'il lui proposait de rester à Silver Pass avec elle ?

Bien entendu, cela supposait qu'il abandonne les Hawks, mais il pouvait pratiquer la médecine n'importe où, et pas forcément auprès d'une équipe de sportifs. En fait, il trouverait sans doute aisément un poste d'orthopédiste dans un hôpital proche de la station. Il pouvait remercier son coach, qui, s'étant aperçu qu'il n'avait pas le cœur au travail, l'avait envoyé en vacances forcées. Pour lui éclaircir les idées, pour l'aider à faire un choix.

Et cela avait marché. Jamais Jack n'avait eu une notion aussi claire de ce qu'il voulait faire de sa vie.

Il déchira son billet d'avion en petits morceaux, fourra le tout dans sa poche et sortit, accélérant à mesure qu'il se rapprochait de la porte.

— Jack !

Il s'arrêta net et se retourna, mais son regard ne rencontra que les visages anonymes de passagers qui se hâtaient vers la zone d'embarquement. Un effet de son imagination ? Puis il vit une main se lever, s'agiter…

Il rêvait ! Mira ! Il fit demi-tour pour aller à sa rencontre tandis qu'elle s'avançait vers lui, les cheveux attachés en queue-de-cheval, en veste légère, beaucoup trop pour le climat…

— Qu'est-ce que tu fais ici ?

Elle lui tendit un rectangle de papier.

— Je pars pour le Texas. Sur le même vol que toi, en fait. Si tu acceptes que je t'accompagne.

Il fixa sa main sans comprendre, puis la lumière se fit : elle avait choisi de le suivre. De son plein gré, tout comme il avait décidé de rester à Silver Pass avec elle…

Il éclata de rire, pour la première fois depuis quatre ans.

— Qu'y a-t-il de si drôle ?

Il sortit de sa poche les morceaux de son billet.

— Ça.

— Qu'est-ce que c'est ?

— Tu viens d'acheter un billet, et moi j'ai déchiré le mien.

— Ah ? Pourquoi ?

— Parce que je ne veux pas rentrer tout de suite.

— Mais la tempête… Ton poste…

— Tout ça peut attendre. Je voulais te retrouver.

Il poussa un soupir. Par où commencer ?

— En allant au restaurant hier, j'avais prévu ce que j'allais te dire. Cela m'avait demandé un sacré courage, crois-moi.

Il se tut un instant, hésitant à poursuivre.

— Et puis je t'ai vue avec Robert, je l'ai entendu tenter de regagner tes faveurs, et j'ai compris que tu serais mieux à Silver Pass, avec un homme qui partageait tes goûts et tes passions, qu'avec moi.

— Mais…

— Une minute.

Il posa son sac, lui entoura les épaules de son bras, et sentit son cœur s'alléger à la seconde même. C'était ce qu'il aurait dû faire au bar.

— En attendant mon avion, je me suis demandé pourquoi je ne pourrais pas être cet homme. Je t'aime, Mira. Je ne connais rien de la montagne, je ne sais, ni skier, ni faire du snow-board, ni conduire un scooter des neiges, mais je jure de t'être fidèle et de passer le restant de ma vie à apprendre. Si tu veux de moi.

Elle le fixa un instant, puis se blottit contre lui. Elle tremblait tout entière.

Bon sang, qu'avait-elle ?

Si elle avait l'intention de le rejoindre au Texas, c'est qu'elle avait compris ses sentiments… Mais qu'éprouvait-elle réellement pour lui ?

— Mira, qu'y a-t-il ?

Elle se recula, les yeux ruisselant de larmes qu'elle essuya d'un revers de main. Elle ne pleurait pas, elle riait !

— Incroyable ! Les grands esprits se rencontrent. J'ai même commandé une planche de surf que j'ai fait envoyer au siège des Hawks. Tu imagines leur tête quand le colis arrivera ?

— Quoi ?

— Je t'aime, Jack. Et je veux être avec toi, où que tu sois. Tu ne peux pas me forcer à te quitter. Mais…

Son cœur se serra d'appréhension.

— Quoi ?

— Eh bien, j'espère que les requins se tiennent loin de l'endroit où tu m'apprendras à surfer. J'en ai une peur bleue.

Souriant, il lui posa sur les lèvres un baiser ardent.

— Ecoute, nous devrions en discuter une fois rentrés à l'hôtel. Parce que je suis soudain pris d'une envie urgente.

— Je peux t'aider ?

— Je pense que tu es la seule à pouvoir le faire.

Trois heures plus tard, Jack et Mira étaient pelotonnés tous les deux sous la couette dans la chambre de Mira, encore haletants. Il était contre elle et lui caressait la hanche du pouce.

Bon Dieu, ce qu'elle l'aimait ! Peu importait ce que l'avenir leur réservait, elle n'aurait pas échangé sa place pour un empire.

— Donc, tu renonces au n° 6 ?

Une manière de signaler sa possessivité…

— Mmm… J'y réfléchirai.

Il descendit la main sur ses fesses. Elle sentit son désir se réveiller aussitôt et commença à le caresser, jouissant de ses gémissements de plaisir.

— D'accord, si tu le prends comme ça, oui, je laisse tomber.

— Mira ! Tu vas me tuer !

Elle lui tourna brusquement le dos.

— Tu es sûr de ne pas avoir envie de rentrer avant le mauvais temps ? Je t'accompagnerai, c'est une décision que personne ne m'impose. J'ai déjà prévenu mon père de me trouver un remplaçant. Il se remarie dans quelques mois, il n'a plus besoin de moi.

— Ecoute, il faut que tu saches où tu mets les pieds. J'ai encore des choses à éclaircir dans ma tête… Je lutte depuis quatre ans.

— Peu importe, je serai patiente.

Il l'attira à lui.

— Pour l'instant, je veux seulement profiter de la tempête ici avec toi.

— Plutôt profiter de moi tout court, je suppose !

Il éclata de rire, et elle se blottit contre lui.

— Ce qui m'attriste, c'est de devoir cent dollars à Ellory. Elle avait parié que je tomberais amoureuse de ma cinquième conquête.

— Et tu es amoureuse de moi ?

— C'est bien possible.

— Si cela t'embête tant que cela, je peux résoudre le problème, être égoïste, ennuyeux, essayer de prendre vingt kilos.

— Même comme cela, tu ne parviendrais pas à me dégoûter de toi, mon amour. Je t'aime, et c'est pour toujours.

Alors il referma les bras sur elle. Ils avaient l'éternité pour s'aimer.

AMALIE BERLIN

Un troublant regard

Traduction française de
CAROLINE JUNG

BLANCHE

HARLEQUIN

Titre original :
BREAKING HER NO-DATING RULE

Ce roman a déjà été publié en 2015.

Prologue

— Je sais que tu as envie de gérer la situation toi-même, Mira, dit Ellory, mais il faut aussi que tu te reposes. Laisse-moi prendre le relais pendant un jour ou deux.

Elle sourit à Mira. A l'annonce de la tempête, la plupart des touristes avaient heureusement déserté les pistes. Seule une poignée d'employés était restée pour faire tourner l'hôtel, ainsi que quelques fanatiques, qui avaient voulu profiter de la neige le plus longtemps possible. De toute façon, même si elle prenait les choses en main, Mira restait sur place, et serait joignable à tout moment.

— Profite de tes vacances avec ton grand amour n° 5. Je te promets de ne plus faire allusion au fait que, contrairement à toi, j'ai tenu ta résolution du nouvel an ! reprit-elle en se penchant par-dessus le bar.

Elle attrapa un paquet de serviettes en papier au logo de l'hôtel pour se donner une contenance, et ne pas avoir l'air trop contente d'elle.

Elle considérait Mira comme sa sœur, bien qu'aucun lien génétique ne les unisse. Elles étaient devenues amies dès leur première rencontre, lorsque la mère d'Ellory était venue travailler dans l'hôtel appartenant à la famille de Mira. Elles étaient toutes petites alors, et ne s'étaient plus quittées depuis. Ellory travaillait désormais dans ce très bel hôtel, au milieu d'un splendide domaine skiable, où Mira exerçait, elle, la profession de médecin. Son amie était brillante, rationnelle, fiable, intelligente, entre autres, et ses nombreuses qualités faisaient l'unanimité.

— Tu n'as pas gagné ton pari tant que tu ne m'as pas vraiment expliqué pourquoi tu étais revenue ici, répliqua Mira.

— Je n'ai croisé aucun candidat potentiel, depuis mon retour du Pérou. On peut donc dire que j'ai tenu ma résolution.

Elle détourna les yeux. Elle parvenait à se passer d'homme, certes, mais sentait que quelque chose clochait chez elle, sans pouvoir vraiment l'identifier. Jusqu'à présent, elle avait traversé la vie en se fiant à son instinct, et en fuyant résolument tout ce qui était susceptible de la faire souffrir, à tel point qu'elle avait maintenant l'impression d'avoir oublié l'objet de sa souffrance. Cela faisait des années qu'elle cherchait à se protéger, sans savoir vraiment de quoi. Cela dit, ignorer les causes de son tourment ne l'empêchait aucunement de le ressentir.

Elle avait fini par rentrer au Colorado, dans ses montagnes natales, avec la conviction intime de devoir s'occuper de ce problème et de le résoudre. En bannissant les hommes de son existence, elle pourrait au moins se pencher sur la question sans être distraite. Pendant une décennie, elle était passée d'un petit ami à un autre, mais cela ne l'avait pas menée à l'illumination… Tout au plus, avait-elle vécu des moments agréables.

Elle était loin de l'objectif qu'elle s'était fixé en quittant la région. Et elle revenait dans le même état d'errance : elle n'avait toujours pas le sentiment d'avoir donné un sens à sa vie.

Avant que la conversation n'aille trop loin, et que Mira ne perçoive la mélancolie qui l'envahissait, elle revint sur le sujet auquel elle savait que son amie ne résisterait pas.

— Il va falloir que je trouve un surnom à Jack.

Comme s'il l'avait entendue, Jack entra dans sa chambre.

— Bonjour, docteur Love ! s'exclama-t-elle avant de secouer la tête. Non, c'est trop facile. Il faut que je trouve autre chose.

Sur ces mots, elle fit un petit clin d'œil à Mira, et sortit de la pièce.

1.

Pour quantité de raisons, Ellory Star n'avait, jusqu'à présent, jamais joué le rôle de sentinelle.

Elle s'était fixée pour mission de découvrir qui elle était, et voilà où elle en était : elle avait délaissé les forêts grouillant de vie du Pérou, pour les montagnes enneigées du Colorado, où, les pieds gelés et les cheveux atteints d'électricité statique, elle attendait que les secouristes ramènent à l'hôtel les derniers touristes égarés sur les pistes.

Une demi-douzaine de points lumineux apparurent derrière l'épais rideau de neige que les rafales de vent faisaient tourbillonner. Elle sentit le soulagement l'envahir. Les secouristes étaient enfin de retour !

Dès que l'avis de tempête avait été prononcé, les vacanciers qui le pouvaient avaient quitté le domaine. La plupart des employés de l'hôtel étaient également partis rejoindre leurs familles, avant que les conditions météorologiques ne rendent les déplacements impossibles. Les secouristes étaient censés revenir avec les rares personnes encore présentes sur le domaine. C'était du moins ce qu'elle espérait.

— Bien. Vous vous souvenez de ce qu'on a dit ? lança-t-elle au personnel encore présent, sur un ton qu'elle voulut plein d'autorité.

D'ordinaire, on ne lui confiait pas de responsabilités, et cela lui convenait parfaitement. Elle avait moins de risques de décevoir, si l'on n'attendait rien d'elle. Cette fois, elle avait accepté de prendre en charge l'arrivée des secouristes. Mais n'était-il pas saugrenu qu'elle assume soudain autant de responsabilités dans l'hôtel, simplement dans le but que son amie puisse passer du temps avec son petit ami ?

Elle laissa échapper un soupir. Ellory, gardienne du Temple de l'amour !

Un employé de l'hôtel alla déposer une bûche dans le feu déjà flamboyant.

Plus tard, elle se sentirait probablement coupable d'avoir contribué à l'émission d'autant de carbone dans l'atmosphère. Mais pour l'heure, son cœur balançait entre le désir d'apporter du réconfort aux personnes présentes autour d'elle, et celui de la survie de la planète. Certains choix de vie étaient plus difficiles à faire que d'autres…

Les derniers arrivants allaient être transis de froid — il fallait d'ailleurs espérer que leurs maux ne soient pas plus graves. On pouvait remédier relativement facilement au froid, grâce à la chaleur du feu de cheminée, ajoutée à des boissons et à des couvertures chauffantes. Même si toute cette chaleur augmentait son impact sur l'empreinte carbone, et lui donnait plus que jamais l'impression d'être un gros monstre pollueur et hypocrite.

Elle secoua la tête. Ce genre de raisonnement ne la mènerait pas loin. Pas de négativité ! Elle avait un travail, une mission dont elle viendrait à bout. Elle essaierait de ne décevoir personne, à commencer par Mira, enfermée dans la chambre de son petit ami, et qu'elle ne dérangerait qu'en cas d'extrême urgence.

Dehors, les lumières grossissaient en se rapprochant de l'hôtel. Elles étaient six, exactement le nombre de motoneiges qui étaient sorties. C'était déjà bon signe.

Elle remonta la fermeture Eclair de son manteau, avant d'enfoncer son bonnet de laine jusqu'aux oreilles, et de glisser ses mains dans les moufles. Un accoutrement certes un peu léger pour les montagnes du Colorado ! Avec sa jupe, elle sentirait probablement ses jambes geler, dès qu'elle aurait passé plus de trois minutes à l'extérieur, mais au moins, ses organes vitaux et son cerveau seraient au chaud.

Les motoneiges approchèrent, pour s'arrêter à quelques mètres de l'entrée. Elle prit une profonde inspiration, et poussa la lourde porte.

Un vent glacial plaqua sa grande jupe sur ses jambes, et lui fit monter les larmes aux yeux, l'empêchant de les garder ouverts. La main en visière pour se protéger des flocons tombant dru sur son visage, elle compta les personnes descendant des motos. Dix adultes et un chien.

Elle se mordit la lèvre. Il manquait une personne.

Elle recompta rapidement. Les six sauveteurs, reconnaissables à leur tenue orange, étaient présents, ce qui signifiait que la personne manquante était un client de l'hôtel, resté quelque part sur le domaine, où la tempête s'aggravait d'heure en heure.

Oh ! Non, ce n'était pas possible !

Elle allait devoir appeler Mira.

— Puis-je vous aider ? demanda-t-elle en avançant vers le groupe.

L'homme qui était en train d'ouvrir la cage à l'arrière de sa motoneige, s'interrompit et leva la tête vers elle.

— Rentrez immédiatement ! cria-t-il sur un ton peu affable.

Elle retint un sursaut. Peut-être le vent déformait-il sa voix…

A cet instant, un énorme chien bondit dans la neige, avant de se diriger vers la porte de l'hôtel, attendant qu'on la lui ouvre.

Le blizzard redoubla de violence, mais elle souhaitait se rendre utile, en dépit de sa tenue peu appropriée. Elle ouvrit la porte et la tint, tandis que le chien ainsi que les rescapés de la tempête entraient se mettre au chaud.

L'homme qui lui avait parlé si durement s'avança, et après avoir ôté son masque, lui jeta un regard torve, plus noir que le ciel. Puis il l'attrapa par le coude, et la poussa à l'intérieur.

— Je ne plaisantais pas. Dépêchez-vous de rentrer. Vous n'êtes pas suffisamment habillée.

— Je n'avais pas l'intention de me rouler dans la neige, répliqua-t-elle, en le regardant par-dessus son épaule.

Une fois entrée, elle se dégagea, afin de mettre un peu de distance entre eux. Car, de tout près, sans le col qui lui couvrait le visage ni le masque qui cachait ses yeux, il se dégageait de sa personne un charisme qui la réchauffa brusquement.

Elle n'avait pas du tout l'habitude d'éprouver ce genre de sensation auprès d'un homme. Sans doute, s'agissait-il plus sûrement d'une réaction au froid glacial du dehors. Et puis, maintenant que tout le monde était à l'abri, elle avait autre chose à faire que de se pâmer devant M. Grognon.

Tandis que les personnes s'approchaient de la cheminée, tout en ôtant masques et bonnets, elle évalua rapidement l'état de chacun. Ils étaient manifestement tous épuisés, les secouristes comme les secourus. Mais les clients qui étaient rentrés à l'hôtel, alors qu'un membre du groupe — leur parent ? Leur ami ? — était toujours dehors, ceux-là semblaient hagards. Ils arboraient la même expression de choc, qu'elle avait lue sur les visages des victimes de catastrophes naturelles, tremblements de terre, coulées de boue et autres inondations. Se faire surprendre par une tempête de neige était une épreuve terrible.

Les membres du personnel attendaient ses instructions. Ce soir, c'était elle qui dirigeait l'équipe. Sur la liste des urgences, éviter l'hypothermie figurait évidemment en première position.

— Bien, dit-elle d'une voix forte, il faut aider chaque personne à enlever sa parka et ses chaussures. L'envelopper dans une couverture, et servir des boissons chaudes… des chocolats chauds.

Elle jeta un regard circulaire à la ronde. Tout le monde aimait le chocolat chaud, et les calories qu'il dispensait ne seraient pas de trop, après une journée aussi éprouvante.

Pendant que les employés s'exécutaient, elle revint vers l'homme au chien, à l'autorité manifestement plus marquée que la sienne.

— Il manque une personne, lui dit-elle à voix basse. Où est-elle ?

L'homme se rembrunit aussitôt. Il se massa l'épaule à travers sa parka.

— C'est un homme. Il a voulu aller chercher des secours, mais les quatre autres ont préféré ne pas s'aventurer sous le blizzard.

— A quel endroit se trouvaient-ils à ce moment-là ?

— A la mine du Sud.

Elle grimaça. La zone entourant les mines n'était pas damée, précisément pour décourager les touristes curieux de les explorer. Les mines étaient des endroits périlleux, balisées par de nombreuses pancartes signalant le danger. Cela dit, elles pouvaient, au pire, servir de refuge.

Elle laissa échapper un soupir. Au pire.

— Avez-vous vu des traces de son passage ? demanda-t-elle.

Elle allait devoir rapporter par la suite un maximum d'informations à Mira.

— Il y a un chemin, mais c'est celui que les autres ont emprunté. Si l'homme est prudent, et que nous avons de la chance, il le suivra à son tour. Il y a une chance qu'il revienne lui aussi de cette façon à l'hôtel. Et si cela se produit pendant que nous poursuivons les recherches, vous me préviendrez par radio. C'était impossible de prendre ce chemin directement avec les motoneiges, mais nous allons y retourner. Avec un peu de chance, nous le croiserons soit dans les mines, soit sur le chemin.

— Vous allez attendre que la tempête soit passée ?

— Non.

Il se tourna vivement, et appela ses hommes, qui tenaient dans leurs mains un bol de chocolat fumant.

— On y retourne dans dix minutes ! lança-t-il.

— Vous n'allez pas ressortir maintenant ! s'exclama-t-elle.

Elle se morigéna aussitôt pour son ton un peu trop impérieux, et s'efforça de poursuivre plus doucement.

— Ils annoncent encore une dégradation des conditions météo.

— Il nous reste un peu de temps, répliqua-t-il d'une voix grave.

Elle se sentit rougir.

Il avait ce genre de voix qu'une femme aime entendre murmurer à son oreille, comme une caresse, à la fois ferme et douce…

Elle sursauta.

— Pardon ? Excusez-moi, je n'ai pas entendu.

Elle se mordilla la lèvre. Ou plutôt pas écouté. Mais que lui prenait-il soudain ?

— Vous êtes médecin ? demanda l'homme.

— Non.

Pour le coup, elle cilla. De toute évidence, il avait besoin de savoir si elle était capable de gérer la crise.

— Où est le Dr Dupris ? reprit-il en se tournant vers la cheminée, autour de laquelle les gens s'étaient assis, une fois débarrassés de leurs vêtements et de leurs chaussures.

Elle hocha la tête. Ce qui signifiait qu'il fallait passer à l'étape n° 2.

Elle tourna les talons, et se dirigea vers les rescapés de la tempête, espérant que M. Grognon la suivrait.

— Le Dr Dupris est à l'hôtel, répondit-elle tout en marchant, mais avant de la solliciter, je dois évaluer la situation. Nous avons fait chauffer de l'eau, au cas où certains clients aient des engelures. J'ai également fait allumer les saunas, mais j'ignore si c'est indiqué dans ce genre de cas. Qu'en pensez-vous ?

Elle lança la question, mais sans attendre la réponse, se dirigea vers la personne qui lui semblait la plus fragile du groupe, une femme toute petite qui, contrairement aux autres, ne buvait pas son chocolat chaud. Elle se tenait, les mains crispées sur les genoux, et semblait souffrante.

L'homme la rattrapa, et saisissant un stéthoscope au vol

sur le plateau où était posé le matériel de premiers secours, l'accrocha autour de son cou.

La grimace de douleur qui déforma ses traits réguliers, lorsqu'il leva le bras n'échappa pas pour autant, à Ellory. Lui aussi était manifestement souffrant.

— Comment vous appelez-vous ? demanda-t-elle à la femme assise.

— Chelsea, répondit cette dernière en claquant des dents. J'ai mal aux mains et aux pieds. Ça brûle.

Elle souleva doucement les bras pour inspecter ses doigts.

— S'il vous plaît, reprit Ellory d'une voix forte pour attirer l'attention de toutes les personnes présentes. Il faudrait que vous ôtiez vos chaussettes, nous allons passer vérifier l'état de vos mains et de vos pieds.

Elle examina plus attentivement les doigts de Chelsea qui étaient très rouges. Etaient-ce les signes avant-coureurs des engelures ?

Elle posa délicatement sa main sur celle de Chelsea, qui hoqueta aussitôt de douleur. Le bout de ses doigts était effectivement brûlant.

— Je suis désolée, murmura-t-elle en reposant les mains de Chelsea sur ses genoux.

M. Grognon s'était à son tour agenouillé près d'elle, pour examiner ses pieds. Ses orteils étaient aussi blancs que ses doigts étaient rouges. D'une couleur surnaturelle, dérangeante, cadavérique.

— Ce sont des… ?

Elle n'eut pas le temps de finir sa phrase, qu'il avait déjà opiné.

— Bonjour, je suis le Dr Graves. Anson Graves, ajouta-t-il en regardant Chelsea dans les yeux. Nous allons devoir réchauffer vos pieds dans les plus brefs délais. Ce ne sera pas agréable. Vous souffrez d'engelures au premier stade, semble-t-il.

— Je vais perdre mes orteils ? s'exclama-t-elle d'une voix paniquée, qui fit converger vers elle tous les regards.

Anson la fixa d'un air sombre, les joues rougies par le vent, mais secoua la tête.

— Non, vous aurez l'impression de les perdre, cela risque d'être douloureux, mais ce sera le seul moyen de les conserver.

Ellory le regarda en coin. Il parlait sans ambages, sans même évoquer « l'inconfort » auquel les médecins préféraient d'ordinaire faire allusion.

Chelsea hocha la tête, les yeux emplis de larmes.

Anson se tourna alors vers elle.

— Aidez-la à relever son pantalon. A quelle température avez-vous chauffé l'eau ?

— Le thermomètre affiche 45°C, répondit-elle avec assurance.

— C'est un peu chaud. Ajoutez de l'eau froide jusqu'à atteindre 40°C. Il faudra maintenir la température entre 38 et 40°C. Cela risque d'être un peu compliqué, mais il est important qu'elle reste constante pendant une bonne demi-heure.

Elle relaya aussitôt les ordres d'Anson dans la cuisine, puis revint aider Chelsea à relever son pantalon. Lorsque l'eau eut atteint la bonne température, on la versa dans de grandes bassines. Ellory prit doucement les pieds de Chelsea pour les plonger dans l'une d'entre elles.

Chelsea serra les lèvres, réprimant un cri de douleur. Ellory avait passé beaucoup de temps dans des zones sinistrées, où elle avait été témoin de la détresse humaine sous toutes ses formes. Malgré cela, son expérience ne l'avait pas endurcie face au spectacle de la souffrance physique ou psychologique. Cela lui brisait systématiquement le cœur.

— Je vais vous chercher quelque chose contre la douleur, dit-elle en se levant.

— Mon fiancé est toujours là-bas, murmura Chelsea, exprimant en quelques mots ce qui la faisait sans doute souffrir davantage que ses pieds meurtris.

Elle passa un bras autour de ses épaules et la serra doucement.

— Il faut avant tout que votre corps se réchauffe, et que vous cessiez de trembler, dit-elle doucement en approchant de ses lèvres le bol de chocolat, auquel elle n'avait pas encore touché. Je vais vous faire boire en attendant que vos doigts puissent le porter tout seuls.

— Ohh… Du chocolat !

— Le chocolat produit le même effet sur moi, répondit-elle avec un sourire. C'est parfois la seule chose qui puisse me consoler. Cela dit, j'aurais préféré qu'il soit de meilleure qualité. Celui-ci doit être plein de conservateurs…

— Plein de conservateurs ? demanda Chelsea d'un air perplexe.

— Oui, enfin…

Elle secoua légèrement la tête, mal à l'aise. Voilà qu'elle se remettait à parler à tort et à travers, comme chaque fois qu'elle était stressée !

— Je veux dire… C'est juste que j'aurais préféré qu'il soit biologique.

Quelle idiote ! Belle façon de réconforter des gens en souffrance !

La plupart de ses patients recevaient des soins à long terme, étalés sur plusieurs séances. Ils avaient donc le temps de s'habituer à ses manies et à ses excentricités. Mais en général, son travail consistait à faire faire des mouvements aux gens, et à les masser, pas à prendre des décisions importantes concernant leur santé. Pauvre Chelsea !

— Ne faites pas attention à ce que j'ai dit. Ce sont des réminiscences de mon enfance.

— Vous vous intéressiez à l'alimentation biologique quand vous étiez petite ? demanda Anson, agenouillé près du patient voisin.

Elle réprima un sourire. Ce qui signifiait qu'il l'écoutait, et qu'il avait sans doute perdu le peu de confiance qu'il aurait pu avoir en elle, si elle n'avait pas débité autant de bêtises depuis son arrivée.

— Oui, si l'on veut.

Elle se tourna vers lui. Il était concentré sur le pied de son patient, mais il lui fit le même effet que s'il la fixait.

— C'est-à-dire ?

La seule façon d'échapper à cette conversation était de faire comme si elle n'avait pas lieu. Donc de ne pas répondre.

Elle tendit le bol de Chelsea à un autre employé de l'hôtel.

— Tenez, continuez à faire boire Chelsea. Je vais assister le Dr Graves.

Elle s'agenouilla devant le dernier patient, pour contrôler l'état de ses pieds et de ses mains. Anson tourna à son tour la tête vers elle, et la fixa d'une façon qui sous-entendait qu'il n'était pas dupe, et que sa tactique pour changer de sujet ne lui avait pas échappé.

Puis il se remit à soigner son patient, et elle bénit le ciel d'avoir échappé à l'intensité de ce regard.

— Faites-leur prendre un bain de pieds à tous, reprit-il Mais, contrairement à l'eau de Chelsea, la température n'aura pas à être maintenue constante.

— Et le sauna ? Est-ce indiqué dans ce genre de situation ?

— Peut-être plus tard. Pour l'instant, mieux vaut attendre, au cas où leur état empirerait. Et ne pas ajouter le stress du sauna à des organismes déjà éprouvés.

Elle hocha la tête.

— Maintenant, je vais m'occuper de mes hommes, reprit-il. Et de Max.

En entendant son nom, le gros chien noir s'étira, et fixa son maître.

Elle assista les employés qui apportaient de l'eau dans les bassines. Elle frémissait chaque fois qu'elle jetait un coup d'œil aux baies vitrées. Les éléments étaient de plus en plus déchaînés. Après être allée chercher des couvertures chaudes supplémentaires, elle revint vers Anson et Max.

Le chien, au moins, serait-il peut-être prêt à l'écouter.

2.

— Et si vous n'êtes pas revenu d'ici une demi-heure, quand ils auront terminé leur bain de pieds ? Vous ne trouvez pas ça un peu bizarre, un médecin qui sort par un temps pareil, au lieu de soigner ses patients au chaud ? demanda Ellory en regardant Anson droit dans les yeux.

— Essuyez-leur les pieds délicatement, et enveloppez-les dans de la gaze, sans serrer, répondit-il tranquillement. Je suis médecin urgentiste, mais je fais aussi partie de l'équipe de secourisme pendant la saison de ski.

Elle le dévisagea. Etait-ce un fanatique de sports extrêmes ? Un drogué à l'adrénaline ? Pas étonnant qu'il ait envie de retourner affronter la tempête. Son regard glissa de nouveau vers la baie vitrée. La neige, déjà dense lorsqu'ils étaient revenus à l'hôtel, tombait maintenant avec une intensité accrue.

— Ne vaudrait-il pas mieux attendre une accalmie avant de ressortir ? reprit-elle, insistante.

Sans ouvrir la bouche, il la fixa de ses yeux verts.

Elle hocha lentement la tête. La réponse était claire.

Il se tourna vers son équipe.

— On part dans cinq minutes, dit-il en sortant de sa poche un sac en plastique froissé, dont il tira un morceau de viande séchée, qu'il tendit à Max.

Le chien engloutit la friandise en un clin d'œil.

— Où allons-nous ? demanda un secouriste.

— A la mine Bleue et à la mine du Sud, répondit-il.

Puis il se retourna vers elle.

— Comment se fait-il que vous soyez habillée de cette façon ?

— J'ai passé les dix derniers hivers dans des endroits chauds. A Noël, j'étais encore au Pérou, où c'est l'été en ce moment. En rentrant ici, je n'étais pas sûre de rester, alors je ne me suis pas encore équipée.

Anson secoua la tête.

— Vous pourriez louer une combinaison. Comment vous appelez-vous ?

— Ellory. Et j'ai déjà une combinaison.

Ce qu'elle se garda de dire, c'était que sa combinaison de ski était vieille, démodée et beaucoup moins protectrice que les vêtements qu'il portait, car elle se refusait à acheter des produits manufacturés. De plus, la combinaison en question était très volumineuse, et grattait un peu. Et, comme elle la laissait chez ses parents tous les ans après le jour de l'an, elle devait certainement sentir l'humidité…

Elle observa discrètement Anson. Lui, était sans doute à l'abri sous plusieurs couches fines de vêtements thermiques modernes et parfaitement isolants. Inutile de lui expliquer, il ne comprendrait pas. Et de toute façon, que lui importait son avis sur la question ?

— Je ne mets pas le nez dehors. Je suis sortie tout à l'heure, juste pour vous accueillir. Et j'ai des sous-vêtements thermiques.

Elle s'interrompit. Comme s'il allait la féliciter ! Il devait plutôt la prendre pour une folle, comme la plupart des gens. Une folle incapable de s'habiller de manière appropriée.

— Allez mettre votre combinaison.

Il referma le sac de friandises pour chiens, et le fourra dans sa poche.

Elle cilla. Que répondre à un ordre aussi direct ?

Et que faire de cette vague de chaleur qui l'envahissait de nouveau ?

Mauvais moment, mauvais endroit, mauvaises sensations.

Elle secoua la tête. Le stress de la situation amplifiait sûrement toutes les émotions qu'elle éprouvait. Bizarrement, elle ne parvenait pas tout à fait à croire à cette seule explication. Force était de constater qu'Anson, derrière son apparence peu amène, était aussi beau de visage, que bien bâti de corps. De bons gènes à n'en pas douter, une bonne hygiène de vie. Et cette voix…

Elle se redressa, s'efforçant de se donner une contenance.

— Anson, répondit-elle, non seulement le vent a redoublé de violence, mais il neige deux fois plus que tout à l'heure. Si votre équipe gèle sur place, vous ne risquez pas de retrouver…

— Nous avons encore le temps, l'interrompit-il.

Une fois de plus, elle le dévisagea.

Décidément, cet homme était brusque et peu courtois.

Il avait des défauts rédhibitoires. Pourquoi, dans ce cas, lui semblait-il soudain constituer une menace pour la résolution qu'elle avait prise ?

Cela dit, s'il n'était pas dénué de charisme, il était probablement moins impressionnant qu'il n'en avait l'air dans sa parka. Elle réprima un sourire. Une illusion de virilité due à la règle n° 1 de l'habillement en montagne, où pour avoir chaud, il faut enfiler plusieurs couches, pas trop serrées. C'était sans doute ce qui lui donnait cette stature, et mettait en valeur sa mâchoire carrée, dont la barbe naissante semblait indiquer qu'il était brun sous son bonnet.

Les battements de son cœur s'accélérèrent. Mais pourquoi avait-elle l'impression de s'inquiéter davantage pour les sauveteurs, que pour l'homme porté disparu ?

Ce n'était pas ce qu'elle avait prévu, tout à l'heure, en regardant les phares des motoneiges se rapprocher de l'hôtel… Non, elle n'avait pas imaginé une seconde, qu'elle aurait à convaincre un fou de ne pas ressortir dans la tempête.

Et si elle fermait la porte à clé pour les empêcher de sortir ?

Cela n'irait pas non plus. Elle détestait l'affrontement et, de toute façon, dès qu'il lui demanderait la clé de sa voix grave et ferme, elle savait qu'elle la lui tendrait sans discuter.

Et si elle faisait distraction ?

Il y aurait bien un moyen, mais cela reviendrait à enfreindre cette stupide résolution. Cela dit, s'il s'agissait de sauver une vie, elle pouvait bien faire une exception, non ?

La seule action qu'elle finit par entreprendre consista à agiter les mains, et à faire cliqueter la multitude de bracelets à son poignet. Elle leva la tête. Anson la regardait d'un air interrogateur.

Elle se sentit rosir. Les sentinelles n'étaient pas censées cliqueter, si ?

Il fallait dire quelque chose. Mais quoi ?

Les tempêtes de neige étaient son domaine à lui, après tout. Pendant des années, les conditions météo l'avaient surtout obligée à se tartiner de crème solaire, et à chercher des abris en hauteur durant la saison des pluies. Elle n'était certainement pas la mieux placée pour donner des conseils par mauvais temps en montagne.

Face à son silence, Anson reprit la parole pour donner des instructions. Des recommandations qu'elle avait lues dans les ouvrages de médecine de Mira au sujet des engelures et de l'hypothermie. Mais qu'il était bon de réentendre de la bouche d'un spécialiste.

Il lui donna des explications supplémentaires sur d'autres symptômes que ceux qu'elle connaissait, sans cesser de la fixer.

— Si vous ne vous sentez pas à la hauteur de cette tâche, dites-le-moi simplement. J'appellerai le Dr Dupris.

— Je suis à la hauteur de cette tâche, répondit-elle vivement. Mais vous ? Allez-vous pouvoir, avec votre épaule ? Je vous ai vu la toucher et la masser à trois reprises.

— Ne vous inquiétez pas pour mon épaule. Nous lancerons un appel, en cas de problème.

Ellory regarda les secouristes se diriger vers la porte, apparemment prêts à suivre leur intrépide chef au bout du monde.

— Max, dit Anson, tout en tenant la porte.

Le chien sortit aussitôt.

Elle se secoua intérieurement. Tout irait bien. Les personnes qui sauvaient la vie des autres avaient un bon karma. L'équipe rentrerait bientôt saine et sauve, avec en prime, le skieur disparu dans la tempête. D'ici là, elle ferait, de son côté, tout ce qui était en son pouvoir pour contribuer au bon déroulement des opérations. Elle s'occuperait des clients rescapés assis autour de la cheminée, remettrait des bûches dans la cheminée et de l'eau chaude dans les bassines, afin que tous se réchauffent et se remettent du choc.

Et lorsque les secouristes reviendraient, que les clients seraient enfin au complet, elle irait chercher Mira.

La motoneige d'Anson Graves se fraya un chemin sous les épais flocons blancs. En théorie, il aurait dû faire jour encore pendant deux heures, mais la neige et le brouillard rendaient le ciel aussi sombre qu'au crépuscule. La visibilité était nulle et Anson pria pour ne pas renverser accidentellement l'homme disparu.

Le trajet, qui aurait dû durer un quart d'heure, s'avérait interminable. Il semblerait encore plus long à l'homme bloqué quelque part dans le froid, qui devait compter chaque battement de son cœur, en se demandant combien de temps il lui restait avant de mourir gelé.

Il tenta un coup d'accélérateur. Voilà, où il en était.

La blonde de l'hôtel n'avait pas tort, quoi qu'il en dise. Plus d'une demi-heure s'était écoulée depuis qu'ils étaient repartis, et ils n'étaient même pas parvenus à la première des trois mines d'argent désaffectées. A l'heure qu'il était, il aurait dû se trouver auprès de Chelsea pour lui panser les orteils après son bain de pieds. Il avait omis de lui dire de ne surtout pas marcher. Ne restait plus qu'à espérer que l'idée ne lui viendrait pas à l'esprit…

Ils seraient déjà arrivés, s'ils avaient emprunté l'autre chemin. Mais vu les conditions météorologiques, ils avaient bien fait de jouer la carte de la sécurité, et de prendre celui-ci, plus long mais moins dangereux.

Si seulement le vent pouvait se calmer…

La neige avait formé une pellicule sur son masque, mais ses yeux étaient le seul endroit de son corps qui ne souffrait pas du froid glacial. Il secoua la tête pour essayer de se débarrasser de la neige. Il dut néanmoins libérer une de ses mains pour l'enlever. Il n'osait même pas imaginer l'état de Max à l'arrière, dont la fourrure était intégralement recouverte de flocons glacés.

Sa seule consolation était d'avoir laissé les quatre rescapés au chaud avec cette hippie. Sa tenue vestimentaire dénotait un manque certain de bon sens, mais elle avait d'emblée compris que son épaule lui jouait des tours. Elle semblait attentive et sensible. Il l'avait vue réconforter la femme aux engelures, et traiter l'ensemble des patients avec beaucoup de professionnalisme.

Soudain, la motoneige se souleva. Il parvint à rétablir l'équilibre, mais ne freina que lorsqu'il sentit la terre ferme sous les chenilles. Maudites congères !

Ce genre d'incident était prévisible, heureusement ! C'est sans doute ce qui lui permit de le gérer sans autre dommage, qu'une brève montée d'adrénaline.

Après la tragédie qu'il avait vécue, la neige était devenue une obsession pour lui. Il avait tout appris à son sujet : les différentes sortes, ce qui la rendait glissante, comment se formait le blizzard… Depuis qu'il avait son chien, il avait sans doute passé plus de temps sur la neige qu'ailleurs. Il était viscéralement attaché à la montagne et, lorsqu'il n'avait aucune visibilité, il se fiait à son instinct, davantage qu'à ses yeux.

Cela dit, il ne fallait pas se leurrer : les autres sauveteurs n'avaient pas une perception aussi aiguisée, vu l'état de fatigue dans lequel ils se trouvaient.

En réalité, les conditions météorologiques étaient vraiment trop mauvaises, pour qu'ils poursuivent leurs recherches. Et il n'avait aucune envie d'avoir d'autres morts sur la conscience.

Il prit la lampe accrochée à sa ceinture et l'alluma, puis dirigea le faisceau lumineux vers ses hommes qui le suivaient.

Il leur fit signe de faire demi-tour.

Une fois que tous eurent rebroussé chemin, il redémarra derrière eux. Il aurait préféré ouvrir la route, afin de prévenir les dangers, mais sa position lui permettait aussi de les garder dans son champ de vision. Il pourrait réagir vite au cas où l'un d'entre eux rencontrerait un problème.

Si cela n'avait tenu qu'à lui, il serait resté, et aurait arpenté la montagne toute la nuit si nécessaire. Mais il ne pouvait pas mettre en danger les cinq hommes qu'il avait sous sa protection, sans parler de son fidèle compagnon. Il secoua la tête.

Son ventre se contracta. Il avait déjà perdu des gens dans des avalanches, mais jamais au cours d'une tempête de neige. Mieux valait rentrer, les autres clients de l'hôtel comprendraient, non ? Serait-ce mentir que de leur dire qu'ils reprendraient les recherches, dès que le blizzard aurait diminué ?

Les seules choses qui ne faisaient pas de doute étaient la peur et la culpabilité qui l'assaillirent, bien plus violentes que tous les cyclones du Colorado.

A leur retour, et comme il s'y attendait, Ellory avait accompli les tâches qui lui avaient été assignées. Contrairement à leur première arrivée, elle n'avait pas couru bêtement dans le froid pour les accueillir.

Après avoir garé les motoneiges, ils étaient entrés rapidement se mettre au chaud.

Dans la cheminée, des bûches se consumaient, diffusant une chaleur aussi réconfortante qu'une bonne douche. Il adorait contempler les braises rougeoyantes, les flammes qui dansaient, la lumière vive et douce à la fois.

Max leva la tête vers lui. Il ne put s'empêcher de sourire — lui demandait-il la permission ou l'informait-il simplement de ses intentions ? — toujours est-il que le chien alla se coucher près de la cheminée.

Tandis que ses hommes acceptaient de bon cœur les chocolats chauds qu'on leur tendait, il alla voir les clients de l'hôtel.

Ellory avait placé Chelsea près de la cheminée, dans un fauteuil roulant couleur cuivre, aussi chic que le décor — il y en avait quelques-uns à disposition pour les skieurs malchanceux. Assise par terre, elle lui essuyait délicatement les pieds. Un petit réchaud avait été installé, afin de maintenir la température de l'eau constante pour les bains. Il observa discrètement Ellory. De toute évidence, elle prenait sa tâche très au sérieux.

Cela dit, le bain de pieds de Chelsea avait duré plus longtemps qu'Anson ne l'avait préconisé, et sa peau était toute fripée.

— Ses orteils sont roses, maintenant, dit Ellory en levant la tête vers lui. Enfin, presque roses. Ses deux petits orteils sont encore un peu jaunes.

— Mais ce n'est plus aussi douloureux que tout à l'heure, ajouta la patiente en jetant un coup d'œil circulaire sur la pièce.

Il comprit aussitôt. Elle cherchait son fiancé.

Il s'approcha et s'accroupit près d'elle.

— Aucune ampoule ne s'est encore formée, c'est déjà ça. Cela risque néanmoins de se produire, mais nous ferons le nécessaire et, dès que la tempête sera passée, nous vous emmènerons à l'hôpital.

— Et Jude ? demanda-t-elle.

Elle était apparemment sourde à ses propos, et il faudrait les lui répéter plus tard pour s'assurer qu'elle les ait bien compris.

Il se retourna pour s'adresser au groupe.

— Le blizzard est tel, qu'il nous est impossible de poursuivre les recherches pour le moment. Mais que ce soit clair : nous suspendons les recherches provisoirement, pas définitivement.

Puis il regarda Chelsea :

— Je suis désolé, nous n'avons pas retrouvé votre fiancé.

— Jude, dit cette dernière, en posant sa main sur l'avant-bras d'Anson.

— Jude, dit-il à son tour.

Il sentit sa gorge se nouer. Appeler cet homme par son prénom réduisait la distance dont il avait besoin pour ne pas vaciller.

Il prit une longue inspiration.

— Nous ne l'avons pas retrouvé pour l'instant, mais il faut garder espoir. Les humains ont des ressources incroyables, qui leur permettent de survivre dans des conditions inimaginables. Les mines désaffectées offrent un bon refuge. Il y a également des promontoires rocheux sous lesquels s'abriter, la preuve en est que nous vous avons trouvés sous l'un d'eux, sur le trajet entre les mines et ici. Peut-être s'est-il réfugié là.

— Mais dans ce cas, il a tout de même les pieds dans la neige, dit une autre cliente.

Il détourna la tête. Il était bien placé pour le savoir. Quelqu'un était mort de froid par sa faute. Mais il ne pouvait pas le leur dire. Il fallait qu'il leur parle de leur situation, et surtout pas de ses peurs et de sa culpabilité.

— Dans les petits espaces, la chaleur du corps est mieux préservée. Et le vent pénètre moins violemment, que dans les mines. Il se peut aussi que Jude soit sur le chemin de l'hôtel et qu'il s'efforce de revenir par ses propres moyens. Quoi qu'il en soit, dès la prochaine accalmie, nous ressortirons pour reprendre les recherches. Ne perdons surtout pas espoir, ajouta-t-il.

C'était comme s'il tentait de s'en convaincre lui-même.

Il se releva et ôta ses gants et son bonnet, espérant que cela mettrait fin à la conversation. Il ne possédait ni les réponses ni les mots pour réconforter les gens. Il était bien trop occupé à fuir l'évidence des similitudes entre cette tempête et « sa » tempête.

— Auriez-vous une paire de gants en latex pour moi ?

demanda-t-il en s'accroupissant de nouveau aux pieds de Chelsea.

Ellory fouilla aussitôt dans le sac de matériel, et en sortit une boîte de gants.

— Taille S.

Il fit une petite grimace. Il aurait pu à la rigueur enfiler une taille M, mais il était à l'évidence impossible que ses mains entrent dans une taille S.

— Je vais vous laisser faire, alors, dit-il.

A sa surprise, elle ne protesta pas, et enfila la paire de gants. Puis elle revint s'asseoir près de lui, l'enveloppant d'un nuage de parfum fruité et floral.

Il ferma brièvement les yeux. Cette femme ressemblait à l'été, et sentait le printemps. C'était réconfortant. Et troublant.

Il se poussa pour lui faire de la place.

— Comment dois-je procéder ? demanda-t-elle en posant doucement la cheville de Chelsea sur ses genoux.

Il lui tendit un rouleau de gaze, et découpa des morceaux de sparadrap.

— Le processus de guérison tient en partie à ce que le pied soit sec et bandé, sans être serré.

Elle écouta ses instructions sans mot dire, et déroula la gaze. Il l'observa, prêt à intervenir, mais ce ne fut pas nécessaire.

Malgré son air un peu dépassé, cette femme était tout à fait compétente. Peut-être avait-elle reçu une formation médicale.

Le nuage floral l'enveloppa de nouveau.

Il fallait qu'il se ressaisisse. Il ne pouvait pas badiner devant une cheminée, alors qu'un homme était peut-être en train de mourir de froid. Une vague de honte s'empara de lui.

Qu'il s'efforça de dissimuler sous une attitude calme et déterminée, comme toujours. Ses défaillances, il les affronterait lorsqu'il serait seul. Un luxe qu'il ne pouvait se permettre, tant qu'on aurait besoin de lui.

3.

Ellory était déjà bien informée sur le traitement des engelures. Aussi put-elle anticiper les consignes du Dr Graves. En revanche, tout ce qui le concernait lui, la dépassait complètement. Elle avait catalogué les secouristes comme des drogués à l'adrénaline en mal de sensations fortes, mais, étrangement, Anson avait plutôt l'air dévasté, depuis sa virée dans le blizzard.

Une fois le bandage posé, elle éteignit le chauffe-plats, avant d'aller le ranger.

Et maintenant ?

Il y avait sans doute encore de quoi se rendre utile. Elle retourna auprès des clients.

— Je sais que c'est encore douloureux, disait Anson en scrutant les pieds de Chelsea. Mais les engelures ont épargné la plupart de vos orteils. Nous avons pris les choses suffisamment à temps pour que vous n'ayez pas de séquelles à terme. Il faudra quelques jours avant de pouvoir confirmer le degré de brûlure. En attendant, vous suivrez un traitement pour les engelures, par mesure de sécurité. Je demanderai au Dr Dupris de vous prescrire des antibiotiques et des analgésiques.

Il hocha la tête à l'intention d'Ellory, qui se trouva ainsi promue du poste de préposée aux premiers soins à celui d'assistante médicale.

— Je vais demander à Mira, répondit-elle. De quel type d'antibiotiques avez-vous besoin ?

Elle le regarda, un peu anxieuse. Elle pourrait toujours trouver la réponse dans les ouvrages médicaux de Mira, mais elle préférait qu'il lui donne d'emblée un nom. Elle savait que l'administration des antibiotiques n'était pas une chose à prendre à la légère — entre ceux qui combattaient toutes sortes de bactéries, ceux qui ne s'avéraient opérants que dans des cas très spécifiques et ceux, de plus en plus nombreux, hélas, devenus résistants aux bactéries qu'ils étaient censés éliminer…

— Il y en a sans doute un large spectre, reprit-elle, mais…

Elle s'interrompit. Elle avait envie de se faire bien voir de lui, et prononcer l'expression « large spectre » lui donna l'impression d'être plus compétente. Elle laissa échapper un soupir, navrée par elle-même. Comme s'il était important de prouver à cet homme qu'elle n'était pas idiote, après la remarque qu'il avait faite sur sa tenue.

Elle ne connaissait pas Anson, ne l'avait jamais vu avant aujourd'hui, mais en l'écoutant, elle éprouva une sensation à laquelle elle eut du mal à mettre un nom : il y avait chez lui une sorte d'âpreté, quelque chose, dans son timbre de voix rauque, qui faisait écho à des émotions primaires et violentes.

Il énuméra quelques médicaments — un vrai charabia pour elle, mais elle ne lui demanda pas de répéter, espérant être capable d'identifier les noms en question, une fois qu'elle se trouverait face au tableau des médicaments.

Lorsqu'elle reviendrait, elle veillerait à se tenir à distance de ce médecin, dont la présence déclenchait en elle une foule de sensations des plus alarmantes…

Chelsea, après avoir reçu le diagnostic concernant sa santé, endura la situation avec beaucoup de dignité, et orienta de nouveau la conversation sur ce qui lui tenait le plus à cœur.

— Si j'ai eu des engelures, alors que je me trouvais dans la mine et non pas dans la neige, Jude est à peu près certain de perdre ses doigts, n'est-ce pas ?

— Nous ne pouvons être sûrs de rien, répliqua-t-elle du tac au tac. Les deux situations ne sont pas comparables, et ce, pour plusieurs raisons : premièrement, les hommes emmagasinent davantage la chaleur que les femmes. Ensuite, même si vous avez les mêmes bottes, vous ne les portez pas de la même façon. Il suffit qu'elles soient moins serrées, pour qu'elles tiennent plus chaud. Si Jude a trouvé un abri plus petit que le vôtre, il gardera la chaleur plus longtemps, comme l'a dit Anson. Enfin… le Dr Graves.

Anson tira le repose-pieds du fauteuil roulant, et y posa délicatement la jambe de Chelsea.

— Pourriez-vous trouver un coussin, s'il vous plaît ?

Il ne la regardait pas, mais elle savait qu'il s'adressait à elle. Elle se dirigea vers le bureau, et revint avec deux oreillers minces. Anson en glissa un sous le pied de Chelsea, et proposa de mettre le second sous ses fesses.

Celle-ci hocha la tête et prit appui sur les accoudoirs.

— Non, non, dit-il en la retenant d'un geste de la main. Il ne faut ni vous lever ni marcher. Lorsque vous devrez vous rendre aux toilettes, quelqu'un vous accompagnera. Pour l'instant, je vais vous soulever. J'ai de la chance, vous êtes légère comme une plume !

Sur ces mots, il s'exécuta, tandis qu'elle glissait le coussin sur l'assise du fauteuil, mais il ne put réprimer un rictus de douleur en se relevant, et porta sa main à son épaule. Ellory secoua légèrement la tête. Cela ne faisait plus aucun doute : cet homme s'était blessé à l'épaule.

Mais il fallait qu'elle cesse de braquer sans arrêt ses yeux sur ce médecin sexy. Certes, sa résolution ne s'en trouvait pas pour l'instant menacée, mais il fallait veiller à ce que ses pensées ne dérapent pas. Car là, elle risquerait de se laisser entraîner sur la mauvaise pente ; Seulement…, était-ce sa faute à elle, s'il avait des yeux magnifiques, d'un vert doux et profond ? D'ailleurs, n'étaient-ils pas aussi un peu dorés, à bien y regarder ?

Elle s'aperçut qu'Anson la fixait, et se sentit aussitôt rougir.

Lisait-il dans ses pensées ?

Mais le temps qu'elle se concentre sur ce qu'elle allait pouvoir dire, il avait tourné les talons et sortait du salon.

Où allait-il ?

Probablement déranger Mira, l'arracher de son nid d'amour, et lui demander de venir examiner les clients de l'hôtel.

— Je reviens tout de suite, balbutia-t-elle à l'intention de Chelsea.

Et elle se lança à la poursuite du beau médecin, dans un cliquetis de bracelets et un froufrou de jupe.

Une fois devant les ascenseurs, elle tourna la tête à gauche et à droite. Mais où était-il parti ?

Elle lâcha un soupir. Cet homme était un ninja. Un ninja grognon et glacial.

Ellory fit un pas dans la cage d'escalier, et tendit l'oreille. L'épaisse moquette recouvrant le sol et les marches ne lui facilitait pas la tâche.

— Anson ? appela-t-elle.

En vain.

Au moins n'était-il pas monté dans les chambres. Il se dirigeait probablement vers le bureau de Mira, en quête d'antibiotiques. Elle pressa le pas, et en arrivant près de la salle de consultation, découvrit Anson en train de donner un violent coup de poing dans la cloison.

Elle se figea sur place.

Pendant ce temps, la douleur avait dû monter au cerveau d'Anson, qui retira promptement sa main du trou formé dans le Placoplâtre, tandis que, de son autre main, il se massait l'épaule.

Elle n'y comprenait plus rien. Voulait-il se blesser la main, pour ne plus avoir mal à l'épaule ?

Elle s'avança lentement vers lui.

— Vous avez transpercé le mur, balbutia-t-elle.

Elle croisa son regard. Comment se comporter face à un tel déploiement d'agressivité masculine ? C'était la première fois qu'elle voyait quelqu'un frapper un mur, de colère. En général, les gens qu'elle fréquentait évitaient la violence.

— J'ai les clés du bureau de Mira, si vous voulez, ajouta-t-elle simplement.

Il se retourna et la regarda. Il n'était pas seulement en colère. Ses yeux exprimaient aussi de la douleur, mais pas uniquement physique.

Maintenant, elle en avait le cœur net : cet homme n'exerçait pas ce métier par amour du risque et de l'extrême. Son implication était tout autre. Et le faisait souffrir.

Elle s'approcha de lui, et tendit le bras. Le contact de sa main sur sa joue rêche sembla le ramener à la réalité.

— Ne vous inquiétez pas pour le mur. Cela se répare, dit-elle doucement.

Elle le dévisagea. Au bout de quelques secondes, son front se détendit, et il hocha la tête. Puis il baissa les yeux sur ses phalanges en sang.

— Quel idiot ! Le Dr Dupris va me maudire ! murmura-t-il en s'écartant.

Elle se mordilla la lèvre. De toute évidence, il n'avait plus envie d'être touché.

— Vous n'imaginez même pas à quoi elle ressemble, quand elle s'énerve ! s'exclama-t-elle, d'un ton joyeux. Elle va vous réduire en miettes !

Il lui adressa un sourire. Ou plutôt, une ébauche de sourire, mais c'était un début.

— Puis-je voir votre main ? demanda-t-elle.

Elle le regarda de nouveau. Elle n'était pas certaine de la réponse.

Il risquait de l'envoyer sur les roses, puisqu'il était lui-même médecin. Mais peut-être pourraient-ils aussi gérer cet épisode en tant que partenaires, sans que Mira ait à intervenir ?

Lorsqu'il posa sa grande main sur la sienne, elle se retint de ne pas entrelacer ses doigts aux siens. Il ne l'avait pas repoussée. Sa violence ne lui était pas adressée.

Elle n'avait pas eu de contact avec un homme depuis son retour du Pérou, et apprécia la douceur de sa peau. Puis elle s'efforça de se concentrer sur ses phalanges, avant qu'il ne retire sa main.

— Pouvez-vous bouger les doigts ? demanda-t-elle.

Il émit un petit gémissement, mais ses mouvements étaient manifestement possibles, en dépit du gonflement.

— A priori, vous ne pourriez pas bouger si vous vous étiez cassé un doigt, mais il faudra quand même en avoir le cœur net.

Tout en soutenant sa main, elle palpa la zone meurtrie pour en sentir la structure. Il retint sa respiration, jusqu'à ce qu'elle cesse l'examen.

— Tout à l'air intact, néanmoins une microfissure n'est pas à exclure. Pour l'instant, nous ne pouvons qu'attendre, et voir comment vont évoluer les choses. Vous irez passer une radio.

Il se remit à respirer, et retira sa main.

— Je ne pense pas non plus qu'il y ait une fracture, mais j'adore les radios…

— Je vais nettoyer la plaie, puis nous irons chercher les médicaments pour Chelsea. Ensuite j'irai prévenir Mira. Tant que la tempête sévit, vous pourrez vous relayer tous les deux auprès des patients, de sorte qu'elle puisse profiter de Jack et que de votre côté, vous puissiez vous reposer. Bienvenue pour votre premier service à la clinique du Blizzard de Silver Pass, docteur Graves !

— Profiter de Jack ? demanda-t-il, tandis qu'elle sortait les clés du bureau de sa poche.

— Mira vient de passer six mois vraiment difficiles, même si elle ne l'admettra jamais. Son fiancé était un vrai crétin. Ils ont rompu, et l'univers a récompensé Mira pour avoir eu le courage de reprendre sa vie en main, en lui présentant Jack.

— Vous avez une curieuse façon de vous exprimer.

Elle réprima un soupir, décidant de ne pas répondre.

Elle s'habillait bizarrement. Elle parlait bizarrement. Et puis quoi encore ?

De toute façon, il n'avait pas l'air enclin à la conversation, et elle avait du travail.

— Allons chercher les médicaments dont nous avons besoin, pour Chelsea et pour les autres, dit-elle d'un ton un peu sec, j'irai ensuite voir Mira. Vu l'état de votre main, c'est moi qui écrirai.

Anson la suivit, humant son sillage floral et fruité.

— Vous étiez en mission au Pérou, avant de venir ici ? demanda-t-il.

Elle ouvrit la pharmacie, et approcha une lampe.

— En mission ? Non. Je suis partie dans une retraite Ayahuasca.

Il fronça les sourcils. Ce mot ne lui était pas inconnu, mais entre la douleur de sa main, celle de son épaule, et la migraine qui couvait depuis qu'il avait décidé de faire demi-tour dans la neige, il avait du mal à se remémorer ce que le nom signifiait.

— C'est un endroit où l'on se rend pour…

Elle ne finit pas sa phrase.

Il la regarda en coin. Etait-elle gênée ? Avait-elle quelque chose à cacher ?

La signification du terme lui revint soudain à la mémoire.

— Ayahuasca, c'est un champignon hallucinogène, non ? s'exclama-t-il.

Elle confirma d'un signe de tête.

— Mais ce n'est pas comme le LSD ou les drogues dures, articula-t-elle. C'est un moyen d'étendre sa conscience. Je l'ai pris dans le cadre d'une quête spirituelle, sous l'égide d'un chaman, qui connaît bien les plantes, et sait les utiliser à bon escient. Il m'a expliqué tout ce que je devais savoir au préalable. Et, pour que les choses soient claires, je ne me drogue pas. Je ne fume rien. Je bois de l'alcool une fois par an — une coupe de champagne avec Mirry pour le nouvel an. Rien d'autre.

Il hocha la tête. Le volume de sa voix avait augmenté peu à peu, en même temps que la tension entre ses sourcils.

— Mon corps est un temple, monsieur « gravement grave ». Vous n'avez pas à me juger.

Anson leva les mains en signe d'apaisement. De toute évidence, le sujet était sensible.

— Je ne juge pas, je suis curieux. Et vous avez raison : votre corps est un temple.

Quel idiot, il faisait !

Il se tourna vers les médicaments.

— La pharmacie est bien pourvue, dit-il, désireux de changer de sujet.

Par chance, elle ne releva pas sa remarque totalement déplacée sur son corps.

— Mirry est très organisée. Elle aime bien être parée à toute éventualité. Elle l'a toujours été, d'ailleurs.

Une écritoire à pince était accrochée dans la pharmacie, avec la liste des médicaments disponibles en réserve, rédigée d'une écriture déliée et originale. Ellory prit la feuille et se mit à écrire.

Il l'observa. Soudain, la présence d'Ellory dans cet hôtel prit un sens nouveau.

Mirry ?

Elle l'a toujours été ?

Ellory n'était donc pas une infirmière.

— Etes-vous la sœur du Dr Dupris ? demanda-t-il.

Sur ces mots, il prit un flacon d'antibiotiques sur l'étagère, qu'il lui tendit, afin qu'elle en note le nom et la posologie.

— La sœur de Mira ? D'une certaine façon, oui. Mais pas au sens génétique du terme.

Elle glissa le flacon dans un petit panier en plastique.

— Prenez les autres médicaments. Je vais aller chercher de quoi désinfecter votre main.

— Vous travaillez dans cet hôtel avec elle.

— Oui. Je suis masseur kinésithérapeute.

Il acquiesça. Mais elle aurait pu dire qu'elle était artiste, prêtresse païenne ou joueuse de tambourin, il l'aurait crue tout autant.

— Je prends cet antalgique pour Chelsea. Les engelures provoquent une douleur atroce, dit-il.

Après avoir ôté sa parka, il releva ses manches et alla se laver les mains à l'évier, prêtant une attention particulière à ses phalanges blessées. Il exécuta quelques flexions des doigts. Ils étaient meurtris, mais rien n'était cassé. Il était bien placé pour reconnaître une fracture… Tout autant que des engelures.

Il esquissa un sourire. Ellory avait vu juste. Elle avait un bon œil et une grande sensibilité.

— Ça alors ! Je ne m'attendais pas à ça ! s'exclama-t-elle derrière lui.

— A quoi ? demanda-t-il en se retournant.

— J'espérais que votre parka serait plus épaisse.

Il lui traversa l'esprit de ne rien dire, de ne pas demander d'éclaircissements, mais il fallait qu'il la comprenne, s'il voulait avoir une chance de converser avec elle.

— Pourquoi espériez-vous que ma parka serait plus épaisse ?

— Vous êtes vraiment baraqué ! répondit-elle en souriant. Cela ne va pas me faciliter la tâche. J'ai de la force dans les mains et le haut du corps, mais là, je crois que je vais en baver !

Il la regarda poser un plateau sur la table : des antiseptiques, de la gaze, du sparadrap et des pommades, puis aller noter leur nom sur la feuille d'inventaire.

— Vous n'en baverez pas, pour la simple raison que je n'ai pas besoin de vos soins, dit-il.

Il avait délibérément ignoré le compliment sur sa musculature.

— Comment vous sentez-vous ?

Il réprima un soupir. Elle insistait, mais il ne comptait pas la laisser faire.

— Rien de cassé, à part le Placoplâtre et mon image. Une égratignure, un hématome… Tout au plus, une foulure, ajouta-t-il en se séchant les mains.

Il s'éclaircit la gorge. Cela dit, il avait quand même tapé fort.

— Je veux vous voir sur ma table de massage, une fois que vous aurez donné ses médicaments à Chelsea.

— Ellory, je vous assure que ce n'est pas nécessaire.

— Souffrir sans raison ne fait pas de vous un homme fort, mais un homme stupide. Votre épaule a besoin de soins. Si vous voulez être en forme pour pouvoir repartir à la recherche de Jude, alors laissez-moi vous aider.

Cette fois, il laissa échapper un franc soupir. Il aurait dû s'en douter. C'était chez elle une vocation que de vouloir sauver le monde.

Néanmoins..., la perspective de sentir ses mains posées sur son corps était assez séduisante. Elle avait beau être habillée comme une folle — vu la saison et la latitude —, et même si parler avec elle relevait davantage de la course d'obstacles linguistiques que du bavardage, rien de sa personne, curieusement, ne lui semblait rebutant. Pas même la révélation de sa quête spirituelle.

Mais il n'avait pas vraiment besoin d'assistance, et il était possible que sa douleur à l'épaule se calme d'elle-même.

— Peut-être plus tard, alors. Pour l'instant, il faut que je retourne dans le salon, pour garder un œil sur les patients et la météo.

— Vous avez vu les prévisions ? La tempête est partie pour durer des heures. Nous laisserons une radio à vos hommes, au cas où ils aient besoin de vous joindre...

Elle s'interrompit, lorsque la lampe clignota.

— Il va y avoir une coupure d'électricité.

— Cela se peut. Nous devrions anticiper, au cas où...

— Ce n'est pas au cas où, Anson. Cela se produit à chaque tempête, en été comme en hiver. Peu importe le type de tempête. Les lignes qui desservent l'hôtel sont fragiles. Elles ne cessent de se rompre ou de tomber en panne, tantôt à cause d'un tronc d'arbre, tantôt à cause du vent, de la neige, de la glace...

— Je croyais que vous débarquiez du Pérou.

— C'est le cas, effectivement. Et avant le Pérou, j'étais

à Haïti, mais aussi en République Centrafricaine, et encore avant, au Costa Rica… Seulement, je suis née et j'ai grandi ici, à Silver Pass. Après ma retraite péruvienne, j'ai eu besoin de revenir à mes racines. Mira m'a proposé une place. Je connais bien cet hôtel, je sais de quoi je parle. Si je dis que les fusibles vont sauter, c'est que les fusibles vont sauter.

— Et que faisiez-vous dans tous ces endroits ?

— J'ai creusé des fossés, construit des barrages. J'ai distribué de la nourriture, des vêtements, ou d'autres choses, cela dépendait des missions. Et en fin de journée, lorsque les gens rentraient, éreintés par leur journée de travail, je les soignais et les massais.

Elle disparut dans le bureau, pour en ressortir un instant plus tard avec des papiers.

— J'ai participé à plusieurs projets avec la même chef d'équipe. Je crois qu'elle me gardait autant pour l'aider à tenir debout, que pour la réalisation des projets en eux-mêmes.

— Vous vous êtes connues petites, le Dr Dupris et vous ?

— Oui. En fait, c'est ma meilleure amie. C'est la personne que j'aime le plus au monde. Et si je vous agace en vous demandant de vous occuper des skieurs, ou en voulant m'occuper de vous, il faudra prendre sur vous. Mira se repose, elle en a grand besoin. C'est pourquoi je prends le relais auprès des clients de l'hôtel, dont vous faites actuellement partie, docteur Graves, que cela vous plaise ou non. Alors, allez donner ses médicaments à Chelsea, et retrouvez-moi dans la salle de soins. C'est la troisième porte à droite. Il y a une plaque.

Sur ce, elle referma la pharmacie, se retourna et lui tendit les clés.

Instinctivement, il tendit la main droite, et le regretta amèrement. Le métal frappant sa paume blessée et le mouvement brusque de son épaule provoquèrent une douleur insupportable. Et un juron.

Aussi agaçant que cela puisse être, le raisonnement de cette femme était pertinent. Mieux valait qu'il se rétablisse, avant de ressortir dans le froid. Et, si elle voulait l'aider, après tout, soit.

— Fermez la porte en partant, ordonna-t-elle encore. Et éteignez les lumières. Pas de gaspillage.

4.

Tandis qu'elle se dirigeait vers la grande porte blanche de la chambre de Jack, Ellory pria pour ne pas arriver au mauvais moment.

Non qu'elle soit particulièrement prude. Elle n'avait tout simplement pas envie de les déranger.

Et puis, la présence d'Anson suscitait en elle une foule de pensées… coquines.

Mais elle avait bien l'intention de briser le cercle vicieux consistant à satisfaire son désir d'amour par une sexualité débridée. Ce qui excluait d'emblée les aventures avec les médecins beaux comme des dieux, quoique inexplicablement bourrus, dont Anson était pour l'heure, l'exemplaire le plus représentatif à Silver Pass.

Elle secoua la tête. De toute façon, il n'y avait aucune chance qu'Anson ait envie de sortir avec elle, si bien que sa résolution n'était en rien menacée. Il avait déjà dit avec franchise qu'il la trouvait bizarre — ce que lui renvoyaient de toute façon la plupart des gens qui n'évoluaient pas directement dans son milieu. Il la prenait sans doute pour une folle prétextant une quête spirituelle, pour aller se droguer dans la forêt amazonienne. Comme les autres.

Cela dit, le frein le plus important à une aventure avec Anson était l'angoisse qu'elle avait décelée dans son regard, et qui laissait bien peu de place au batifolage.

Même si le sexe était un excellent moyen de se réchauffer pendant une tempête de neige.

Elle esquissa un sourire. Raison de plus pour se sentir gênée à l'idée d'interrompre Mira et Jack en pleine action. D'autant qu'il ne s'agissait pas seulement de la « bagatelle ». Non seulement Mira couchait avec Jack, mais elle était amoureuse de lui, ce qui conférait au sexe un caractère sacré.

C'était du moins l'idée qu'elle s'en faisait. Pendant dix ans, elle avait cherché l'amour sans le trouver, se contentant de rencontres purement physiques et de plaisirs fugaces.

Elle prit une grande inspiration, avant de frapper.

— Mirry, c'est moi. Je suis désolée, mais il faut que je te parle.

Elle entendit des bruits de pas et de portes, puis son amie apparut dans l'entrebâillement de la porte.

— Tout va bien ? demanda Mira, les yeux brillants et les joues roses.

Elle dévisagea son amie, un peu gênée. De toute évidence, elle arrivait au mauvais moment.

— Je suis vraiment désolée, mais je voulais te tenir au courant de ce qui se passe. Sache qu'Anson et moi avons pris les choses en main. Enfin… façon de parler. Je tiens à dire aussi que je n'ai pas rompu mes bonnes résolutions.

Mais qu'est-ce qu'elle racontait ! Ce n'était pas ce dont elle était venue informer Mira.

— Le blizzard, reprit-elle brusquement.

— Quoi, le blizzard ?

— Il manque un client de l'hôtel. Les secouristes ont retrouvé et ramené les autres. Tout le monde souffrait d'hypothermie modérée, mais ils se sont réchauffés, maintenant. Une cliente a des engelures sur les doigts de pied, au stade 1 ou 2, selon Anson. Savais-tu qu'il était aussi médecin ? Il s'est occupé d'elle, et lui a donné des médicaments. J'ai tout noté à la pharmacie…

— Je m'habille et j'arrive.

— Non ! s'exclama-t-elle en rattrapant Mira par le bras. Tout va bien, je t'assure. Excepté pour l'homme que l'on n'a pas retrouvé. Mais il fait trop mauvais pour que les secouristes ressortent. Je voulais juste t'informer, voilà. Tu ne pourras rien faire de plus pour l'instant. Tu pourras prendre le relais d'Anson plus tard, ou demain. Il est assez fatigué.

— Où sont-ils installés ?

— Pour l'instant, dans le salon, autour de la cheminée. Mais j'ai l'impression qu'il va y avoir une coupure de courant, alors je vais installer tout le monde pour la nuit dans les chambres pourvues de poêles, les clients comme les employés. Il n'y a rien d'autre à faire, qu'à attendre une accalmie. Et réparer le mur.

— Quel mur ?

— Le mur en Placo, près de ton bureau. Anson a donné un coup de poing dedans, et il a fait un trou.

— Tu es sûre que tout va bien, Ellory ?

— Oui. Je sais que cela a l'air bizarre, mais c'est parce que je résume une foule de choses en une minute. Anson est désolé pour le mur, mais ce qui le préoccupe le plus, c'est Jude, le skieur perdu…

Elle fouilla dans sa poche.

— Tiens, je t'ai apporté ça, dit-elle en lui tendant une petite radio. Tout le monde en a une, de sorte que nous pourrons tous nous joindre, au cas où le courant serait interrompu. Nous te contacterons en cas d'urgence.

Mira regarda l'objet.

— Je t'assure que je m'en sors très bien Mira, tu n'as pas à t'inquiéter.

— Je sais. Je n'en doute pas un instant. J'ai juste l'impression d'abuser…

— Tu n'abuses de rien ni de personne, Mirry, à part, peut-être, du corps de Jack, répondit Ellory en souriant. Et ne t'inquiète pas pour le trou dans le mur. Anson le réparera, dès que tout sera rentré dans l'ordre. D'ailleurs, je dois y aller. Il m'attend sur la table de massage.

— Anson ?

— Il s'est fait mal à l'épaule.

— En donnant un coup de poing dans le mur ?

— Non, avant. Mais cela n'a rien arrangé.

Mira lui adressa un sourire en coin.

— Mirry, ne t'inquiète pas, reprit-elle vivement. Je m'occupe de son épaule et seulement de son épaule. Je n'ai aucune intention de déroger à mon engagement. Cette année, c'est toi qui as perdu. Cela dit, tu as gagné en échange, un magnifique lot de consolation…

Anson ouvrit la porte de la salle de massage et alluma. Il faisait bon. La salle était tout aussi confortable et luxueuse que les autres pièces, et il y faisait plus chaud. Il se laissa tomber dans un fauteuil moelleux. Des piles impeccables de serviettes et des flacons d'huiles et de crèmes s'alignaient sur les étagères. Dans la pièce flottait un parfum de santal et d'eucalyptus. Il se laissa aller un bref instant. Le paradis !

Mais était-il juste qu'il se trouve au paradis, alors qu'un homme était toujours porté disparu ?

Rien que l'idée de se faire masser le faisait culpabiliser.

Il avait l'impression que, tant que la tempête sévissait, il ne se détendrait pas. Il savait pourtant qu'il devait se reposer, mais il avait besoin d'agir, pour oublier qu'un homme affrontait seul la neige et le vent, au milieu de nulle part.

Il se mordit la lèvre. Mieux valait, quand même, comme le lui avait conseillé Ellory, qu'il se remette en forme, avant de retourner affronter les éléments. Ce serait un miracle si elle parvenait à apaiser ses tensions, et à calmer sa douleur à l'épaule…

Il se leva et se dirigea vers l'étagère sur laquelle étaient posées des bougies. Il en alluma une, ainsi qu'un bâton d'encens. Cela l'aiderait peut-être à se détendre.

Il appuya sur une télécommande. Aussitôt, une musique douce émana des murs et du plafond.

La porte s'ouvrit, et Ellory entra. Elle commença par

rassembler ses longs cheveux blondis par le soleil en un chignon désordonné descendant sur la nuque.

— Vous avez trouvé les bougies, l'encens et la musique, dit-elle en souriant. Vous en avez vraiment envie, de ce massage !

— C'était pour gagner du temps.

— Merci, mais le moyen le plus rapide de vous détendre…

Elle s'interrompit, et après avoir fermé la porte à clé, ôta son manteau puis son pull, sous lequel elle portait un T-shirt. Celui-ci, dans le mouvement, se souleva suffisamment pour qu'il aperçoive la courbe douce et bronzée de sa hanche.

— C'est de vous allonger et de vous laisser faire, reprit-elle doucement.

Il croisa son regard. Elle l'avait vu frapper bêtement le mur et le savait mal en point. Néanmoins, n'était-elle pas en train de flirter ? A quoi jouait-elle ?

— Pourquoi ôtez-vous vos vêtements ?

— Pour ne pas les tacher ! Mais rassurez-vous, je garde ma jupe et mon T-shirt. Si vous voulez, il y a un vestiaire. Vous pouvez aller vous y déshabiller. Et vous pouvez garder ou non vos sous-vêtements, comme vous préférez.

— Je veux juste que vous massiez mon épaule.

— Dans ce cas, enlevez votre chemise et vos chaussures. Vous êtes le seul à qui on n'a pas examiné les orteils.

— C'est inutile.

Il laissa échapper un soupir. Cette jolie fille au petit corps doré n'avait pas besoin de voir ses vilains pieds. Par contre, maintenant qu'il savait ce qui se cachait sous son pull, il ne pouvait s'empêcher d'imaginer le reste.

— Votre chemise, dit-elle de nouveau.

Ellory le regarda, attendant qu'il s'exécute. Elle ne pouvait pas travailler sur une épaule sans avoir accès à l'ensemble du dos. Toutes les parties étaient liées entre elles. Mais elle se garda bien de le lui rappeler ; il connaissait l'anatomie aussi bien qu'elle, et il était plutôt perturbé. Pour se défouler de la sorte contre une pauvre paroi de Placoplâtre, il fallait bien être perturbé, non ?

Elle détourna les yeux, lorsqu'il écarta les bras. En dépit des huiles essentielles et de l'encens, elle avait l'impression de ne sentir que l'odeur virile, qui se dégageait de son corps. Entre le déshabiller des yeux et le déshabiller des mains, il n'y avait qu'un pas, qu'elle se sentait tout à fait capable de franchir. Or, elle était aussi fermement décidée à s'en tenir à sa résolution…

Mieux valait lui changer les idées.

A moins que ce ne fût : se changer les idées ?

— Vous êtes-vous déjà rendu au sud de l'équateur ? demanda-t-elle.

— Non, et je n'ai jamais fumé quoi que ce soit avec un chaman non plus.

Elle leva les yeux au ciel.

— Allons bon, nous y revoilà ! répliqua-t-elle. Allongez-vous.

Peut-être que l'odeur mentholée de l'eucalyptus parviendrait à contrer celle, chaude et salée, qui émanait de son corps, et l'envahissait avec persistance. Elle s'empara du flacon d'huile, ainsi que de quelques serviettes et s'approcha de la table.

— Vous pouvez me masser assis, dit-il aussitôt, en se rasseyant dans le fauteuil.

— Comme vous voudrez…

Elle déplia deux serviettes dont elle lui ceignit la taille, afin de protéger ses vêtements, et se posta entre ses jambes.

— Il n'y a pas d'hématome sur l'épaule, à moins qu'il ne soit profond, et se manifeste plus tard.

— Cela m'étonnerait.

— Comment vous êtes-vous fait mal ?

— En portant Max. Il était coincé, et ne pouvait pas sauter…

— Vous avez porté un chien qui pèse sans doute plus lourd que moi ?

— C'est mon chien. Je ne supporte pas de le voir en

détresse. Je me suis fait un peu mal, ce n'est pas grand-chose. Et si c'était à refaire, je le referais.

— Bon. Il doit s'agir d'une élongation.

Elle versa de l'huile dans la paume de sa main, et se mit à masser l'épaule, en prenant soin de ne pas croiser son regard. Il fallait qu'il se sente à l'aise.

— Pour en revenir à mon expérience chamanique, elle n'a pas consisté à me droguer, comme vous avez l'air de le penser.

— Ah bon ? articula-t-il.

— En fait, je me posais pas mal de questions, et je n'avais pas envie de voir un psy ni de prendre des médicaments qui font plus de mal que de bien. Au bout du compte, ils vous abrutissent et ne résolvent pas le problème. Mais je voulais trouver des réponses. Je suis convaincue que nous pouvons nous guérir nous-mêmes.

— Y êtes-vous parvenue ?

— En partie, oui. J'ai compris, notamment, qu'il fallait que je revienne dans le Colorado. C'est un point de départ. Et je me pose des tas de questions. C'est incroyable que des plantes nous permettent de vivre ce genre d'expérience. Je n'ai pas tout compris, il se passe tellement de choses, lorsqu'on ingurgite ces breuvages. D'après les chamanes, la conscience se sépare du corps, ce que je serais tout à fait encline à croire. Ce séjour a été très positif, même si j'en suis revenue avec davantage de questions, que de réponses. Mais la solution à nos problèmes consiste parfois à se poser simplement les bonnes questions.

Anson émit un gémissement, quand son pouce effleura une zone particulièrement nouée. Mais il prit la parole, probablement pour faire diversion.

— Vous êtes partie seule ?

— Non, j'y suis allée avec mon dernier petit ami.

Elle se rendit compte de l'ambiguïté de ses paroles. C'était comme si elle déclarait qu'elle n'aurait plus jamais de petit ami après celui-là, et s'apprêtait à mener une vie de célibataire jusqu'à la fin de ses jours.

— Il souhaitait apprendre tous ces rituels pour pouvoir les enseigner à son tour aux Etats-Unis, et créer une retraite dans le Nevada. Mais il m'a semblé que son intention n'était pas si altruiste, qu'il le prétendait. Ce qu'il voulait réellement, c'était gagner de l'argent. Je l'ai quitté là-bas, et je suis rentrée sans lui. Depuis, j'avance seule dans ma quête.

Elle marqua une pause suffisamment longue, pour qu'il lève les yeux.

— Souhaitez-vous me parler de Jude ?

Elle le vit aussitôt se rembrunir.

— Il n'y a rien à dire. Il est dehors, dans le froid et la neige, pendant que moi, je suis ici, à me faire masser…

— Vous avez l'impression de le trahir, n'est-ce pas ?

— Bien sûr que je le trahis, répliqua-t-il, la mâchoire crispée.

Elle cessa de malaxer la zone douloureuse, et se rapprocha.

— Posez votre tête contre moi. Je vais vous masser le dos, afin de détendre ces muscles. Il sera plus facile ensuite de travailler sur votre épaule.

— Je vous signale que vous êtes en train de me demander de mettre ma tête entre vos seins, répliqua-t-il.

— Prenez cela comme un cadeau, répondit-elle en souriant. Mais ne tentez aucun geste déplacé. Je suis bien placée pour vous frapper au mauvais endroit.

— Il n'y a pas de bon endroit, quand on frappe.

— C'est vous qui le dites ! Avez-vous oublié le trou dans le Placo ? Je pense que vous allez moins bien que ce que vous essayez de me faire croire.

Il se pencha et posa sa tête dans son décolleté en soupirant. Elle secoua doucement la tête. De toute évidence, il n'avait toujours pas envie de parler.

— Et n'éternuez pas ! ajouta-t-elle gentiment. Elle tentait de le dérider un peu.

Elle ne l'avait encore jamais vu sourire franchement, et se rendit compte à quel point elle en avait envie.

Pour toute réponse, il pouffa, faisant tressauter un peu sa

poitrine. Il avait posé les coudes sur ses genoux et ses mains chaudes derrière ses cuisses. Un petit frisson la parcourut. Jamais, jusqu'ici, elle n'avait considéré l'arrière de ses cuisses comme une zone érogène…

Elle souffla. Ses bras et les muscles de son dos commençaient enfin à se détendre. Un point positif, et un petit pas vers le sourire qu'il finirait bien par lui adresser un jour.

— Que faites-vous pour avancer dans votre quête spirituelle ? demanda-t-il.

Elle réprima un sourire. Il n'avait décidément pas envie de parler de lui.

— De la méditation, des exercices, j'utilise aussi l'aromathérapie.

Cette fois, il se mit à rire. Elle le toisa et envisagea, l'espace d'un instant, de l'étrangler, puis se ravisa.

— Voyons, monsieur le docteur, ne savez-vous pas que les odeurs sont des outils extrêmement puissants pour déclencher les souvenirs ?

— Vous recherchez des souvenirs ?

— Je ne sais pas, répondit-elle dans un murmure, tout en massant de ses pouces les muscles de part et d'autre de la colonne.

Elle se mordilla la lèvre. Que répondre, maintenant qu'ils s'étaient engagés dans cette conversation ? Elle n'avait pas très envie d'évoquer ce sujet. Mais elle pouvait quand même essayer. Elle prit une longue inspiration, et se lança :

— Cela va vous paraître déprimant, même si je ne suis pas déprimée. Mais il se trouve que je ne me suis pas sentie heureuse depuis longtemps. Pas vraiment, en tout cas. Quoi que je fasse, même les meilleurs moments que j'ai vécus en tant que bénévole, par exemple, à essayer de faire du bien, ne m'ont pas procuré de satisfaction profonde très longtemps. J'avais surtout l'impression de faire pénitence, et j'ignore pourquoi.

Elle se garda d'évoquer ce sentiment de vulnérabilité qui

la tenaillait de plus en plus, mais qu'elle tentait de dissimuler tant bien que mal aux autres.

Anson releva la tête, et la fixa dans les yeux.

Une sensation de froid enserra soudain sa poitrine. Plus que jamais, elle se sentit exposée. Elle détourna le regard.

— Vous avez besoin d'un réalignement, articula-t-elle.

Anson ne parvint pas à déchiffrer l'expression de son visage, mais il était bien placé pour comprendre ce qu'elle entendait par une vie de pénitence.

Sa franchise l'avait touché, et il éprouva soudain le besoin de l'aider, d'arranger tout ce qui, dans sa vie, ne la rendait pas heureuse.

Elle cachait bien son jeu. Si elle ne s'était pas confiée de la sorte, jamais il n'aurait décelé la vulnérabilité de cette jeune femme.

— Un réalignement ? demanda-t-il

Il n'avait pas compris si elle parlait de son dos ou de sa propre vie.

— Oui, ici, répondit-elle, en appuyant sur le muscle anormalement saillant sous son omoplate.

Il grimaça. La douleur confirmait le diagnostic.

— Au niveau des septième et huitième vertèbres. Allongez-vous, je vais vous arranger ça.

Il leva les yeux vers elle. Elle voulait l'aider. Peut-être que cela lui ferait du bien à elle aussi.

— D'accord, mais je garde mes sous-vêtements thermiques.

Elle se remit à sourire, reprit les serviettes et s'écarta pour le laisser s'installer sur la table de massage.

Il s'allongea sur le ventre et, avant qu'il n'ait pu dire quoi que ce soit, elle passait une jambe par-dessus son torse. Le contact de sa cuisse chaude fit monter en lui une envie immédiate de se retourner. Il sentit ses mains malaxer les muscles de son dos, jusqu'à ce que ses vertèbres retrouvent leur place dans un craquement.

Une fois la manœuvre accomplie, elle tapota doucement

son dos, puis descendit de la table de massage. Il se félicita d'être sur le ventre, et qu'elle ne voie pas l'effet que leur contact rapproché avait produit sur lui.

Ellory n'avait pas pour habitude de sauter sur les patients allongés sur sa table de massage, mais elle dut reconnaître qu'elle s'était sentie un peu frustrée et dépitée en en descendant. Pour la première fois de sa vie.

Lui n'avait pas eu l'air gêné outre mesure par sa position. Peut-être n'était-ce plus le moment de parler de ce qui l'avait poussé à frapper le mur. Aussi continua-t-elle son soin, en s'efforçant d'ignorer la douceur de sa peau sous ses mains.

Une fois qu'elle eut remis son épaule dans sa cavité et rendu aux muscles de son dos toute leur souplesse, elle constata, non sans plaisir, qu'Anson s'était endormi.

Il était courant que ses patients se détendent au point de s'endormir. Même lorsqu'ils n'arrivaient pas exténués et inquiets, après des heures passées dans un froid polaire. Anson avait, à l'évidence, besoin de repos. Aussi le laisserait-elle dormir autant que nécessaire.

Elle fit le tour de la table, et ôta délicatement ses chaussettes, dans l'intention de lui masser les pieds. C'est à ce moment-là qu'elle remarqua qu'il lui manquait des orteils. Deux sur un pied, un sur l'autre. A chaque pied, il avait perdu le petit orteil.

« Les engelures provoquent une douleur atroce. » avait-il dit.

Sa gorge se serra.

Lentement, elle plia sa jambe afin d'examiner l'étendue des dégâts. Une cicatrice s'étirait sur tout le dessus du pied. Une cicatrice ancienne, qui avait dû grandir en même temps que lui.

Anson était enfant lorsqu'était survenu l'accident.

5.

Anson sentit qu'on lui chatouillait les pieds et se réveilla en sursaut. Il souleva lentement la tête, mais eut toutes les peines du monde à se retourner. Tout son corps était engourdi.

— Qu'est-ce que vous m'avez fait ? demanda-t-il.

— Je vous ai aidé à vous détendre, répondit Ellory.

Elle reposa doucement sa jambe sur la table, sans retirer sa main posée sur son pied.

Il la regarda en coin. Il aurait préféré qu'elle ne voie pas cette partie de son corps, mais le mal était fait.

— Vos muscles vont mettre quelques minutes, avant de recouvrer leurs réflexes habituels. Prenez votre temps pour vous relever. Il faudra boire beaucoup d'eau, aujourd'hui.

— De l'eau ?

— Oui. Pour éliminer les toxines.

Il secoua la tête, incapable de réfléchir correctement, et s'efforça de se concentrer sur le reste de son corps. Il se mit sur le côté, puis bascula pour s'asseoir.

— Le massage libère des toxines accumulées dans les muscles. Boire de l'eau aide à les éliminer. Sinon, vous risquez de vous réveiller, demain matin, avec l'impression d'avoir la grippe.

— Le massage n'était-il pas censé me faire du bien ?

Elle sourit.

— Comment va votre épaule ?

Prudemment, il souleva le bras, et essaya de faire rouler son épaule. Pas de blocage. Il sentit encore une gêne, mais pas de douleur vive. Un vrai progrès.

Il demeura néanmoins silencieux. Il était agacé de s'être allongé sur la table sur laquelle il n'avait jamais eu l'intention de monter. Pour couronner le tout, à force d'insister, elle avait même fini par voir l'état de ses pieds.

— Des engelures ? demanda-t-elle.

Il acquiesça.

— La cicatrice est ancienne.

Il hocha de nouveau la tête. Elle avait compris.

— Quel âge aviez-vous ? Vous deviez être en primaire, j'imagine. Sauf si vos pieds ont grandi tard.

— Oui.

Il vit les yeux d'Ellory s'embrumer.

Il se morigéna intérieurement. Comment avait-il pu laisser la situation dégénérer à ce point ?

Elle se rendit dans le vestiaire, et en rapporta une paire d'épaisses chaussettes. Elle les posa, puis se mit à masser ses orteils l'un après l'autre, sur le pied gauche d'abord, puis sur le droit.

— Vous devriez changer de chaussettes, et ne pas négliger le confort de vos pieds, surtout en cette saison. Tenez, je mets ces chaussettes chaudes à mes clients pendant le massage.

Elle commença à enfiler la première chaussette. Puis il lui prit la seconde des mains.

— Vous n'avez pas à vous occuper de moi, Ellory.

— Vous êtes triste, et je n'ai pas envie que vous donniez un autre coup de poing dans un mur.

— Je n'en ai pas l'intention. Et je ne suis pas triste. Le coup de poing a été très bénéfique.

— En quoi ?

— Il m'a défoulé.

— Il a peut-être eu un effet positif sur votre colère, mais pas sur votre main ni sur votre épaule. Et, après avoir fait un trou dans le mur, vous ne culpabilisez pas moins d'être ici au chaud, pendant que Jude est dehors dans le blizzard. Si vous voulez en parler, vous pouvez le faire. Vous vous êtes occupé de nos clients, laissez-moi vous aider à mon tour. De plus…

Elle s'interrompit, et tendit la main pour attraper le pull qu'elle avait enlevé avant le massage.

— De plus ?

— Je ne sais pas, répondit-elle en remettant son pull. Puis elle défit son chignon.

Avant qu'il ne comprenne ce qu'elle avait l'intention de faire, elle s'approcha, et passant ses bras autour de son torse, le serra contre elle. Elle était douce et chaude, et il eut une envie irrépressible de fourrer son nez dans ses cheveux défaits.

Elle s'écarta et leva la tête vers lui.

Sans réfléchir, il plaqua sa bouche contre la sienne. Elle se raidit, l'espace d'un instant, avant de se laisser aller contre lui, les lèvres entrouvertes.

Si son parfum était floral, sa bouche avait la douceur d'un fruit mûr et sucré. Un goût d'été en plein hiver.

A regret, il détacha les lèvres des siennes.

Ses grands yeux noirs le fixaient, emplis de désir. Il la dévisagea, très troublé. Ses lèvres entrouvertes et humides étaient aussi excitantes que son souffle court et rapide.

— Oh non…, murmura-t-elle lorsque Ellory le sentit s'éloigner d'elle.

Après tout, un baiser ne briserait pas sa stupide résolution.

Ni deux, d'ailleurs. Et elle décida que, s'il l'embrassait encore, cela ne compterait que pour un.

Ses mains glissèrent sur son torse, et elle releva la tête avec avidité.

Elle sentit sa langue effleurer ses lèvres, et passa les mains derrière sa nuque pour l'attirer à elle, tandis que ses bras puissants l'enveloppaient, soutenant ses jambes vacillantes.

Elle ferma les yeux. Ce baiser était aussi explosif qu'un

baril de poudre. Un baiser comme elle n'en avait jamais ni reçu ni donné, qui lui donnait l'impression de perdre tout contrôle d'elle-même.

— Est-ce bien raisonnable ? murmura-t-il, tandis qu'elle commençait à lui arracher ses vêtements.

— Probablement pas, répondit-elle.

Et elle frissonna à l'idée d'entendre cette voix rauque lui susurrer des mots crus, consciente que cela risquait fort d'anéantir tous ses efforts pour tenir sa résolution.

— Pourquoi m'as-tu serré dans tes bras ?

Elle soupira, et posa la tête sur son épaule.

— Parce que c'est bon pour toi. Tu souffres et tu es un homme bon.

— Je n'en suis pas si sûr.

— Moi, si. Tu fais tout pour que ce monde tourne plus rond. Tu défends une cause ! Tu sauves des gens ! C'est un objectif magnifique dans une vie ! Tu…

— Quelle drôle de personne tu es…, l'interrompit-il.

— Tu es exactement le genre d'homme que j'aime. Sauf que, ajouta-t-elle en pointant un doigt vers lui, je ne suis pas censée sortir avec des hommes.

— Mais je ne t'ai rien demandé.

Anson la vit s'éloigner brusquement de la table de massage. Ses yeux lançaient des éclairs.

— Nous ne sommes plus en 1957, dit-elle vivement. Une femme peut aussi demander à un homme de sortir avec elle.

Il détourna la tête. Mieux valait cesser de la déstabiliser, et plutôt trouver des mots pour l'apaiser. Elle l'avait serré dans ses bras, lui avait massé les pieds, s'était laissé faire lorsqu'il l'avait embrassée…

Elle avait tellement envie de prendre soin des gens qu'elle en était touchante, même si elle se montrait parfois irrationnelle.

Il afficha son sourire le plus charmeur et la regarda de nouveau, d'un air entendu.

— Serais-tu en train de me demander de sortir avec toi, Ellory ?

— Tu ne comprends pas ! Je ne peux pas sortir avec toi, parce que j'ai pris une résolution.

— Tu as pris la résolution de ne pas sortir avec moi ?

— Non. Enfin, si !

Il attendit, amusé. Elle prit une grande inspiration, et pendant quelques secondes, fronça les sourcils, apparemment en plein dilemme.

— Bref. Le problème, c'est que tu es beau comme un dieu, et que ton parfum me fait penser à l'amour, au chocolat et… aux dimanches matins. Et tu as pour mission d'aider les autres. Voilà. Tout s'était mélangé dans mon esprit.

Il hocha la tête. Elle n'était pas la seule à être agitée intérieurement. La façon dont elle avait décrit son parfum était probablement le compliment le plus bizarre et le plus fantastique qu'il ait jamais reçu. Sa franchise le charmait, autant que ses tournures de phrase l'amusaient.

Mais cela n'avait rien de rassurant pour autant. Sa mission de sauvetage était restée en suspens, et un homme attendait toujours qu'on vienne le secourir.

Cette pensée le refroidit brusquement.

— La dernière chose que je voulais dire, reprit-elle, est que tu es… un homme normal.

— Alors que toi, tu aimes les hommes qui veulent devenir chamanes.

— J'aime les hommes qui m'aiment. Or, tu n'es pas le genre d'homme à m'apprécier, reprit-elle gravement. Je ne suis pas ton genre de femme. Il est impossible que nous sortions ensemble. Jamais tu ne sortirais avec une fille comme moi. Donc tout va bien. Désolée. Je ne réfléchis pas très vite, par moments. Réfléchir à haute voix, ça m'aide. Je ne sais pas pourquoi. C'est bizarre.

Il ouvrit la bouche pour lui demander ce qui lui laissait entendre qu'elle n'était pas son genre, mais un grésillement jaillit de la radio, suivi d'une voix qu'il reconnut aussitôt.

— Je t'écoute, Duncan, dit-il après avoir saisi l'appareil.

Duncan était le technicien urgentiste le plus expérimenté de l'équipe de secouristes, qu'il dirigeait durant les mois d'été, mais en hiver, il se rangeait sous ses ordres.

L'un des clients de l'hôtel éprouvait des difficultés à respirer. Anson nota le numéro de la chambre, puis enfila sa parka et ses chaussures, tandis qu'Ellory éteignait bougies et lumières. Ils sortirent ensemble de la pièce.

Il repensa aux réactions d'Ellory. Ce serait une chose à expérimenter de nouveau, lorsqu'ils n'auraient rien d'autre à faire : lui poser une question ou lui faire une déclaration, et regarder les mots jaillir de sa bouche dans un élan désordonné, avant de prendre peu à peu leur sens.

Pour apprendre une langue étrangère, l'immersion n'était-elle pas le moyen le plus rapide ?

Les chambres d'hôtel disposant de poêles étaient toutes situées au même endroit, à chaque étage, par groupe de quatre. Les clients avaient été divisés en deux groupes et installés au premier étage, le plus proche du rez-de-chaussée où se trouvaient les espaces communs et les salles de soins.

Anson prononça le nom de deux médicaments lorsqu'ils passèrent devant le bureau, et tourna pour emprunter l'escalier.

Ellory redressa la tête. Elle devrait noter le nom des médicaments, sans quoi la liste se transformerait bientôt en un inventaire incomplet, donc inutile. Elle ne pouvait pas se permettre de créer des problèmes à Mira.

Ce baiser l'avait déstabilisée. Belle façon de rester fidèle à ce qu'elle avait si soigneusement décidé ! Il ne lui avait même pas effleuré l'esprit de protester, lorsqu'il s'était approché d'elle.

Elle était vraiment impossible ! Aucune volonté ! Comment

pouvait-elle se laisser aussi facilement embrasser ? Comment pouvait-on lui confier des responsabilités, alors qu'elle était parfaitement irresponsable ?

Elle n'avait jamais fait partie d'une équipe médicale dans une situation d'urgence comme celle-ci. La présence d'Anson et de son équipe de secouristes la réconfortait, mais son cœur battait toujours la chamade. Car la vie d'êtres humains était en jeu, et elle ne pouvait se permettre la moindre défaillance.

L'un des secouristes, en combinaison orange, lui tint la porte du couloir. Anson et Duncan se trouvaient déjà dans la chambre, que Chelsea partageait pour l'instant avec Nate, en l'absence de Jude. Elle entra. L'homme était juché sur le rebord de la fenêtre, la tête sortie sous la neige. Le bruit des rafales de vent ne parvenait pas à couvrir celui de son souffle laborieux et rauque.

— Nate dit qu'il respire mieux dans le froid, expliqua Duncan.

— Mais le froid a endommagé son système respiratoire, poursuivit Anson, les yeux rivés sur les médicaments qu'Ellory avait apportés. Enlève la capsule de sécurité, et secoue fort l'inhalateur.

Il ausculta de nouveau les poumons de Nate en lui demandant de respirer profondément. Mais Nate ne parvint qu'à produire un souffle poussif et sifflant.

Face au regard inquiet d'Anson, elle secoua l'inhalateur plus vite et plus fort.

— Cela s'est-il déjà produit auparavant, Nate ?

Lorsque l'homme répondit d'un signe de tête, elle prit conscience de la gravité de la situation.

Avait-il eu des allergies ? Oui. Alimentaires ? Non. Médicamenteuses ? Oui. En moins d'une minute, Anson avait recueilli suffisamment d'informations pour pouvoir tendre l'inhalateur à Nate en toute sécurité. Il avait également préparé une seringue.

— Nate, nous allons vous aider à rentrer, maintenant.

Respirez le plus amplement possible. Ellory va vous faire respirer l'inhalateur.

D'un simple regard, Anson s'assura que Duncan et elle avaient bien compris les tâches qui leur étaient assignées, sans leur répéter les instructions ni ajouter des détails. Il avait confiance en eux. Cela la toucha.

Ils comptèrent jusqu'à trois et firent rentrer Nate, auquel elle administra deux pressions d'antiasthmatique, pendant qu'Anson relevait sa manche pour lui piquer le triceps.

Sa peau était très pâle, presque bleutée — encore une couleur terrifiante, après celle des orteils de Chelsea.

Anson tendit la seringue usagée à Ellory, puis aida Nate à s'installer dans un fauteuil placé près de la fenêtre. Il l'examina, une fois encore. Les secondes s'égrenèrent au ralenti, jusqu'à ce que Nate recouvre une respiration presque normale.

Elle se surprit à respirer amplement, comme pour aider cet homme en souffrance, et s'aperçut qu'Anson faisait la même chose. Un bref regard circulaire confirma que toutes les personnes présentes dans la pièce s'appliquaient à inspirer profondément, à l'unisson, à l'évidence, dans l'espoir que cela aiderait Nate.

C'était étrange. Lorsque le souffle de ce dernier se stabilisa, chacun se remit à respirer normalement. Elle prit conscience de sa difficulté à lâcher prise. Pendant quelques minutes, tous s'étaient unis dans un effort commun pour aider Nate. Peu importait qui étaient ces gens dans la vie. En cet instant, en cet endroit, ils étaient simplement des êtres humains unis, solidaires.

Elle ne s'était pas demandé comment son père aurait réagi à cette scène. Il n'aurait probablement pas cillé, si Nate n'avait pas survécu à cette crise. Un consommateur de moins ! Un parasite de moins pour dévorer la planète sans rien donner en retour ! Elle entendait d'ici sa tirade.

Anson alla fermer la fenêtre. Lorsqu'il revint, il lui tendit la main pour reprendre l'inhalateur. Elle lâcha promptement le médicament, et s'écarta du groupe.

— Une infection respiratoire ? l'entendit-elle demander à Nate, qui hocha la tête. Tant que vous n'êtes pas totalement remis, mieux vaut que vous ne sortiez pas dans le froid.

6.

Au cours de la demi-heure qui suivit, Ellory observa Anson qui auscultait les poumons des autres clients de l'hôtel, puis de ses hommes, répétant sans cesse le même discours. Une exposition prolongée à des températures très basses pouvait endommager le nez, les sinus, la gorge et les poumons chez des sujets sains, a fortiori chez des personnes déjà affaiblies par une infection ou une maladie, comme cela avait été le cas de Nate.

Elle n'intervint pas, mais écouta avec attention. Ou plutôt, elle scruta intensément l'homme qui se tenait devant elle.

Elle avait envie de l'embrasser.

Dehors, les éléments se déchaînaient, un homme les affrontait, seul, sa fiancée avait le cœur brisé, ses amis attendaient, anxieux, son retour, et elle, passait son temps à déshabiller du regard l'homme qui était censé les maintenir tous en vie.

Heureusement qu'il avait un chien ! Le gros terre-neuve, qui les avait accompagnés durant leur tour de garde, était à présent couché à côté d'elle, et lui tenait compagnie. Elle songea aux chambres avec poêles, qui avaient été refaites depuis sa dernière visite à Silver Pass, et dans lesquelles l'élégance moderne côtoyait un certain confort classique. Cela dit, elle préférait de loin la cheminée du grand salon. Elle adorait l'odeur de feu de bois, ainsi que la lumière et les petits craquements plutôt rassurants, lors des coupures de courant.

A ce propos, il faudrait qu'elle fasse des recherches sur l'impact respectif des poêles à gaz et des cheminées à bois sur l'environnement…

La voix d'Anson parvint soudain à ses oreilles. Il parlait de médicaments.

— Et le sauna ? demanda-t-elle, s'immisçant dans la conversation. La vapeur est bénéfique en cas de problèmes respiratoires, ajouta-t-elle en se balançant d'un pied sur l'autre. Surtout si on y ajoute des huiles essentielles, comme l'eucalyptus ou le romarin, à l'action décongestionnante et anti-inflammatoire…

Elle s'interrompit ; peut-être allait-elle se faire lyncher pour avoir suggéré un traitement naturel, au lieu des médicaments allopathiques approuvés par les autorités sanitaires ?

Anson secoua la tête, mais la gratifia d'un sourire.

— C'est vrai, à condition que les huiles soient d'excellente qualité. Mais les emmener maintenant au sauna risque de produire un stress pour leur organisme, pour l'instant plus dommageable que bénéfique. D'autant qu'ils sont tous en état de déshydratation. D'ailleurs, leur a-t-on donné suffisamment à boire ?

— On pourrait leur proposer de simples fumigations. Ils respireraient la vapeur au-dessus d'un bol sans avoir à imposer la chaleur sèche du sauna à l'ensemble de leur organisme. Et mes huiles sont toutes d'excellente qualité.

Les lampes se remirent à clignoter. Ils échangèrent des regards inquiets, et retinrent leur souffle.

— S'il y a une panne de courant, nous ne pourrons même plus faire chauffer de l'eau, murmura-t-elle.

Elle fit une petite grimace. Le problème n'était pas de savoir si la panne aurait lieu, mais plutôt « quand ».

Elle frissonna, et se frotta vigoureusement les bras.

— Ellory, reprit Anson, demande aux employés de l'hôtel de faire chauffer de l'eau, tant que c'est possible, et va mettre des vêtements plus chauds. Tu ne peux pas restée habillée comme ça, à plus forte raison, si le courant est coupé.

— Je n'ai rien de plus chaud.

Anson passa une main sur son front.

— Il faut tout préparer avant la coupure d'électricité. Faire chauffer l'eau. Aller chercher les huiles. Mes hommes donneront les soins aux clients. Retrouve-moi dans le couloir. Vite, le temps est compté, dit-il d'une traite.

Elle le regarda, désemparée. Pourquoi affichait-il un air soudain aussi soucieux ? Etait-ce son habillement qui l'inquiétait à ce point ? La panne de courant ?

— As-tu vérifié l'état des poumons de tous les secouristes ?

— Oui.

— Personne ne t'a ausculté, toi, dit-elle.

— Rejoins-moi dans le couloir quand tu auras fini, répondit-il.

Elle laissa échapper un soupir. Il avait superbement ignoré sa remarque.

Sur ce, il tourna les talons. Et Max le suivit.

Chaque fois qu'elle passait et repassait dans le couloir pour rassembler le matériel dont ils avaient besoin pour les fumigations, Anson était planté au même endroit, et semblait l'attendre. Elle ne put déchiffrer l'expression renfrognée de son visage. Certes, une panne de courant était préoccupante, mais il devait y avoir autre chose, au vu de la noirceur de son regard.

Elle se dépêcha de trouver de grands bols, des serviettes, alla chercher les huiles essentielles d'eucalyptus, de romarin et de lavande, donna des instructions en cuisine afin que l'on fasse chauffer davantage d'eau, avant de revenir au pas de course dans le couloir, avant qu'il ne fasse une rupture d'anévrisme.

— Alors ? Quel est le programme, maintenant ? demanda-t-elle.

Elle sentit le rose lui monter aux joues. Elle avait bien une idée d'un programme qui leur permettrait de se réchauffer rapidement et de se détendre par la même occasion, mais il aurait conduit à l'abandon pur et simple de sa… stupide résolution.

— Commence par aller te changer, dit-il.

— Je t'assure que je porte tout ce que j'ai de plus chaud.

— Ne peux-tu pas emprunter des vêtements à Mira ?

— Mira ? Elle est mince et élancée. Tu m'as bien regardée ?

Il la prit par la main, et l'entraîna dans l'escalier.

— Oui, je t'ai bien regardée, quand tu as enlevé ton pull dans la salle de massage, dit-il d'un ton oscillant entre plaisir et agacement.

Malgré sa gêne, elle éprouva une sensation de soulagement. Au moins n'avait-elle pas à décrire ses courbes sinueuses comme un sentier de montagne : il les avait vues.

— Où m'emmènes-tu ?

— Dans ta chambre. Où se trouve-t-elle ?

— Je ne loge pas dans la partie réservée aux employés. Comme je suis arrivée tard dans la saison, il n'y en avait plus de libres.

En fait, Mira lui avait certainement octroyé une jolie chambre par amitié.

Elle lâcha sa main, et tint son ample jupe pour ne pas trébucher dans l'escalier. Son épaule était trop fragile, pour qu'il puisse la rattraper si elle tombait.

En quelques heures, non seulement elle avait mis sa résolution entre parenthèses, mais était également arrivée à la conclusion qu'il en valait mieux ainsi. C'était presque..., constructif, comme croquer un carré de chocolat, quand on est au régime : cela évitait de craquer et de se précipiter dans la première pâtisserie venue pour la dévaliser. La modération était une vertu, après tout...

Elle s'arrêta devant la porte. Si elle laissait Anson entrer, il verrait la pagaille dans laquelle elle vivait, et elle pourrait faire une croix sur l'idée de coucher un jour avec lui.

— Anson, ma chambre est en désordre...

— Je n'en mourrai pas.

Elle hésita. Elle pouvait encore refuser de lui ouvrir. Ne pas céder.

Et avoir l'air de cacher un secret abominable dans sa chambre.

Elle pourrait aussi le laisser entrer, que les choses soient claires une fois pour toutes. Mais il lui fallait, dans ce cas, renoncer à son envie de faire bonne impression, et accepter le regard qu'il porterait sur son intimité. Ainsi que le jugement qui ne manquerait pas de s'ensuivre.

Après tout, si son obsession pour la nature était rédhibitoire aux yeux d'Anson, cela lui épargnerait de contrevenir à sa promesse. Mieux valait continuer à considérer la situation de façon positive.

Dans un soupir, elle prit son badge, ouvrit la porte et entra. Puis elle se retourna, pour arrêter Anson d'un geste de la main.

— Je n'ai pas énormément de vêtements. Attends ici, je les apporte.

Anson la dévisagea, mais elle détourna le regard. Ellory redoutait-elle de se retrouver seule avec lui dans une chambre ?

— Ne crains rien, Ellory. J'ai mal à la main et à l'épaule. Je ne vais pas te sauter dessus.

Elle hocha la tête, et il jeta un coup d'œil par-dessus son épaule.

— Quand je dis que ma chambre est en désordre… En fait, j'ai un problème, sur lequel je travaille.

— Cela fait partie de ta quête spirituelle ?

— Pas tout à fait. Il s'agit d'autre chose. Du moins, je crois.

Elle eut un rire nerveux.

— J'ai tellement de problèmes ! s'exclama-t-elle. Je pensais que j'avais surmonté celui-là. Tout allait bien, quand j'étais au bout du monde. Mais il a fallu que je revienne ici pour que je retombe dans mes vieux travers, que je déteste.

Anson entra et alluma la lumière. Il avait déjà vécu avec des colocataires un peu désordonnés. Quand quelqu'un annonçait que sa chambre était en désordre, il savait à peu près à quoi s'attendre.

Mais jamais il n'aurait imaginé ce qu'il avait sous les yeux.

Dans la chambre d'Ellory, aucun vêtement ne jonchait le

sol. Elle n'avait laissé traîner ni verre ni tasse. A vrai dire, la pièce n'était pas à proprement parler, en désordre.

Partout sur le sol, étaient posés des plateaux contenant des tas de minuscules plantations.

— Qu'est-ce que c'est ? demanda-t-il, perplexe.

— Des graines germées, répondit-elle en se dirigeant vers le placard.

Il hocha la tête. De toute évidence, elle n'avait pas envie de s'attarder sur le sujet.

— Tu veux faire des plantations ? Dans un jardin ? Je pensais que tu n'étais pas sûre de rester ici.

Il jeta un coup d'œil circulaire à la pièce. Elle avait également disposé des étendoirs de bois près des radiateurs, sur lesquels était étendu du linge.

— En fait, je les mange. Ce sont pour la plupart des graines d'alfalfa. Je les mets dans mes salades, mes sandwichs. Comme Mira les aime aussi, j'en fais germer pour nous deux.

— Je vois.

Elle ouvrit le placard, et en sortit des jupes amples en tissu léger, puis un vêtement plus petit, qu'elle jeta derrière elle.

— Qu'est-ce que c'est ? demanda-t-il.

Il la dévisagea en réprimant un sourire. Elle avait l'expression d'un enfant qui cache dans son dos des bonbons pris sans en demander la permission. La situation était comique. Et elle, nature, sans la moindre duplicité. Et aussi... terriblement sexy.

— C'est une chemise de nuit ? demanda-t-il de nouveau, en voyant ses joues rosir.

— Non. C'est une tenue de danse orientale.

Cette fois, il ne put s'empêcher d'éclater de rire, incrédule. Décidément, elle ne cessait de l'étonner.

— Pour la danse du ventre ? Avec un tambourin ?

— C'est un excellent exercice, que l'on peut pratiquer partout, expliqua-t-elle le plus sérieusement du monde. Et sans équipement particulier.

— A part la tenue.

— Je l'ai faite moi-même.

Il sourit. Cette femme était incroyable ! Un mélange de douceur, d'excentricité et de vulnérabilité qu'il n'avait jamais rencontré auparavant, et qui lui donnait un charme fou.

— Tu es le premier homme que je rencontre que cela fait rire.

— Je redeviendrais sérieux, si tu me faisais une démonstration.

Il avait tout à fait oublié les raisons pour lesquelles il l'avait suivie jusque dans sa chambre. Mais une chose l'obsédait désormais : voir cette jolie hippie blonde faire bouger son ventre en cadence.

— Je ne suis pas sûre que tu mérites une démonstration.

— Pourquoi dis-tu cela ?

— Parce que tu me prends pour une idiote.

— C'est faux.

— Pour une menteuse, alors.

— Non plus.

— Je t'ai répété plusieurs fois que je n'avais rien de chaud à me mettre. Si tu as insisté pour venir voir, c'est que tu considères soit que je suis idiote, soit que je mens.

Sur ces mots, elle referma le placard et passa sur le lit pour traverser la pièce.

— Je ne pense ni l'un ni l'autre. Je t'ai confié des patients, je t'ai écoutée, quand tu as proposé de faire des fumigations. Tu as réparé mon épaule. En d'autres termes, je pense plutôt que tu es douée.

— Alors pourquoi es-tu venu ? Si ton idée était de coucher avec moi, tu n'avais qu'un mot à dire.

— En fait, tu as raison, répondit-il dans un soupir. Je ne mérite pas de te voir danser.

— Pourquoi dis-tu cela ? demanda-t-elle en levant la tête.

Elle le fixa avec une gravité qui lui donna envie de lui dire la vérité.

— Parce que Jude est toujours dehors, dans le vent et que je n'ai pas réussi à le ramener.

— Tu penses vraiment que te flageller l'aidera à se réchauffer ?

Il haussa les épaules, comme il le faisait lorsqu'il n'avait pas envie de poursuivre la discussion.

— Tu sais, reprit-elle, je n'ai pas accumulé grand-chose dans ma vie, jusqu'à présent. Je ne possède ni terre, ni maison, ni voiture. Je ne possède même pas une garde-robe décente !

— Tu n'es pas conventionnelle, et encore moins matérialiste. Et cela est tout à fait respectable.

— Ce n'est pas là où je voulais en venir. J'ai beaucoup voyagé. Et j'ai vu beaucoup de souffrance…

Elle s'interrompit, comme si elle revivait en pensée ces souvenirs douloureux.

— J'ai appris que les gens qui survivent sont ceux qui sont capables de trouver de la joie dans leur existence. Les autres peuvent continuer à vivre, mais s'ils se laissent vaincre par la tragédie qui les touche, une partie de leur âme meurt. Et leur corps finit par mourir aussi, assez rapidement, car le corps ne peut pas survivre sans l'âme.

— J'ai déjà entendu cela quelque part… Sur le papier, c'est joli, mais penses-tu vraiment que je puisse aller leur raconter des blagues, pour leur faire oublier que leur ami est perdu dans la tempête ?

— Bien sûr que non ! Leur souffrance doit être prise au sérieux. Mais tu as d'autres ressources. Si tu prends la joie là où elle se trouve, cela ne diminuera pas ton inquiétude ni la culpabilité que tu ressens vis-à-vis de Jude. Mais tu te sentiras mieux, notamment pour accomplir ton devoir. Tu as raison de rire, même si je râle parce que tu te moques de mon costume de danseuse orientale. Le rire est un excellent moteur. On en a tous besoin.

Il acquiesça. Comment ne pas être d'accord alors qu'en sa présence, il se sentait déjà mieux ?

Il lui sourit et elle releva son pull, puis successivement toutes les couches de vêtements qu'elle avait superposées, découvrant son ventre, et se mit à faire onduler ses abdominaux un par un…

Cela ne l'amusa plus du tout, mais lui fit en revanche un bien fou.

7.

Ellory regarda Anson en coin. Sa parka était entrouverte mais, avec les vêtements techniques qu'il portait — et qu'elle rêvait de lui arracher — il ne risquait pas d'avoir froid. Elle pourrait probablement sortir dans sa tenue ridicule et survivre aux conditions météorologiques extrêmes, rien qu'en se blottissant contre lui.

Mais Anson avait déjà souffert du froid, au point d'en perdre des orteils. Il n'était pas invulnérable. Il était même plus vulnérable, qu'il ne voulait l'admettre.

Elle redescendit son pull sur le ventre, et s'approcha de lui. Elle glissa ses bras dans l'ouverture de la parka pour le serrer une fois encore dans ses bras. Levant la tête vers lui, elle guetta sa réaction. Loin de la repousser, il resserra ses bras autour d'elle.

L'expression de son visage fit accélérer les battements de son cœur. Son regard, empli de désir, passait lentement de ses yeux à ses lèvres.

Elle sentit un frisson la parcourir. Il allait l'embrasser. Elle n'était pas seule sur le bord du ravin, prête à sauter. Il en avait envie, lui aussi.

Il était entré dans sa chambre sens dessus dessous, avait eu un aperçu du chaos dans lequel elle vivait et, malgré cela, il avait toujours envie de l'embrasser.

Enfin, peut-être.

Parce que s'il continuait à regarder sa bouche sans l'embrasser…

Soudain, il fronça les sourcils.

— Si cela te demande autant d'efforts de m'embrasser, abstiens-toi, dit-elle en s'écartant d'un pas.

Elle n'eut pas le temps de faire un second pas qu'il avait pris son visage dans les mains, et plaquait les lèvres sur les siennes. Elle sentit les mains glisser sur sa nuque, et le désir envahir son corps entier.

Leur premier baiser avait été agréable. Une sorte d'entrée en matière, un début prometteur.

Cette fois, elle eut l'impression de pétiller des pieds à la tête, comme une coupe de champagne.

L'idée qu'elle était en train de briser sa résolution lui effleura brièvement l'esprit, mais quelle consistance avait celle-ci face au désir qui s'était emparé d'elle ? Le contraste entre la douceur des lèvres d'Anson et le contact rugueux de sa barbe naissante, la force des bras qui l'enlaçaient et la chaleur qui émanait de lui, lui firent soudain oublier tout le reste.

Il sentait toujours le chocolat et le sexe, mais plus rien n'évoquait désormais l'indolence d'un dimanche matin. Dès que leurs lèvres s'étaient effleurées, une sorte d'urgence s'était emparée d'eux.

Elle sentit sa langue contre la sienne, avide, fougueuse, et son ventre se contracta. Puis ses mains glissèrent sous son T-shirt, cherchant fébrilement le contact de sa peau.

Elle avait envie de lui arracher ses vêtements, et qu'il arrache les siens. Jamais un baiser ne l'avait rendue aussi vivante ni ne l'avait fait chavirer corps et âme.

Elle rouvrit les yeux, dans l'espoir de voir son désir se refléter dans le regard d'Anson.

Mais la pièce était maintenant plongée dans l'obscurité totale. Comme tout l'hôtel, sans doute.

— Je t'avais prévenu, murmura-t-elle en rapprochant ses lèvres des siennes. Soit le courant est coupé, soit je suis devenue aveugle.

Anson sourit, ses lèvres toujours collées aux siennes. Il devait mettre un terme à ce baiser, il le savait, mais s'en sentait, pour l'instant, tout à fait incapable. Il ôta ses mains de sous son T-shirt et l'enlaça tendrement, goûtant la moindre sensation avant de se détacher d'elle.

De toute évidence, leur attraction était réciproque.

Mais sa place n'était pas là. Pas maintenant. Ellory le distrayait d'un devoir auquel il ne devait pas se soustraire. Elle lui apportait un réconfort qu'il ne méritait pas. Pas pour l'heure, du moins. Après la tempête, peut-être, lorsqu'ils auraient retrouvé l'homme porté disparu…

Il releva la tête, et posa ses mains sur ses épaules.

— Comment allons-nous sortir d'ici sans écraser ton minijardin ?

Il se remémora alors la raison de leur visite dans cette chambre : mais oui bien sûr, des vêtements chauds !

Il s'éclaircit la gorge, content qu'Ellory ne puisse pas voir son visage et ses yeux pleins de désir.

— Où est ta combinaison de ski ? demanda-t-il.

— Sous le lit, répondit-elle en soupirant avant de ramper sur le lit. Ne bouge pas, je vais chercher la lampe.

Elle fouilla dans un placard, puis il entendit un bruit de manivelle, et la lumière bleutée d'une lampe à LED éclaira la pièce.

— Assieds-toi, je vais la sortir, dit-elle. Mais je te préviens que je n'ai aucune intention de la mettre, tant que j'aurai d'autres moyens de me réchauffer. Elle est vraiment moche, énorme et en plus, elle gratte.

Il fit quelques pas prudents entre les plateaux de graines germées et s'assit dans un fauteuil, d'où il la vit tirer de sous le lit un gros sac de toile, en prenant bien soin de ne mettre en péril aucun des éléments de l'écosystème incroyable, qu'elle avait réussi à recréer dans sa chambre.

Lorsqu'elle se redressa, ses joues étaient encore plus rouges qu'auparavant, et elle évitait son regard.

Il la dévisagea. De toute évidence, elle était gênée.

Il n'avait pas eu l'intention de la mettre dans l'embarras, même si, il fallait le reconnaître, il avait un peu insisté pour entrer dans sa chambre, remettant de cette façon en cause sa capacité à s'habiller toute seule…

— Ce n'est pas si grave, dit-il.

Elle haussa les épaules, avant de se diriger vers la sortie.

Il se leva et, en deux enjambées savamment calculées, la rejoignit avant qu'elle n'ouvre la porte, plongeant, une fois encore, dans le délicieux parfum floral et fruité.

— Donne-le-moi, dit-il en attrapant le sac. Je vais le porter.

Anson déposa le sac d'Ellory dans sa nouvelle chambre, et se dirigea vers la sienne, où Max l'attendait, couché près du poêle qu'une personne prévenante avait déjà allumé. Il se leva aussitôt, et vint à sa rencontre en agitant la queue.

Après des retrouvailles chaleureuses, il alla s'asseoir sur le canapé. Max retourna, quant à lui, se coucher devant le poêle. La neige était son élément, mais cela ne l'empêchait pas d'adorer le confort des cheminées. Et il en profitait sans arrière-pensée, sans culpabilité, lui.

Lors de la dernière visite d'Anson aux clients de l'hôtel, Chelsea lui avait montré une photo de Jude. La photo de leurs fiançailles. Deux visages souriant à l'avenir.

Il n'avait pas eu le courage de lui poser de questions sur lui.

De toute façon, il n'avait pas besoin d'autres motifs pour partir à sa recherche. Sa situation résonnait tellement avec le cauchemar que lui-même avait vécu. Il avait eu si froid alors, qu'il n'osait plus changer de position. L'espace entre ses vêtements et sa peau lui avait permis de garder un peu de chaleur, mais ces quelques poches d'air tiède avaient disparu dès qu'il avait bougé, dissipant instantanément ses maigres espoirs de s'en sortir.

A présent, l'espérance de vie de Jude tenait à un fil qui s'amenuisait au fil des heures.

Des coups à la porte le ramenèrent à la réalité présente. Max levant sa grosse tête, huma l'air et se mit à remuer la queue. Puis il se leva et se dirigea vers la porte.

Il n'avait reçu aucun appel radio, il ne s'agissait donc pas d'une urgence. Pourquoi venait-on le déranger maintenant, alors que tout ce dont il rêvait, c'était de se reposer ? Il était tellement fatigué !

Il rejoignit le chien devant la porte, et l'écarta pour pouvoir ouvrir.

Ellory était là, à demi cachée par les plateaux de graines germées qu'elle portait à bout de bras, mais il parvint à apercevoir l'expression rieuse de ses yeux noisette. Elle poussa du pied le sac en toile, qu'il avait porté quelques heures plus tôt et dont s'échappa la combinaison, effectivement volumineuse, que Max vint renifler.

— Je viens dormir avec toi, dit-elle d'une voix essoufflée.

Il saisit le sac et le poussa, puis voulut la débarrasser de son jardin ambulant.

— Non, laisse, dit-elle vivement en avançant dans la chambre.

C'est alors qu'il remarqua les deux autres sacs, qu'elle portait à l'épaule.

— Si je comprends bien, tu viens me faire une nouvelle démonstration de danse ?

— Pas du tout, répondit-elle sans la moindre hésitation. En fait, je ne supporte pas l'idée que mon poêle fonctionne pour moi toute seule. C'est du gaspillage. Et comme tu es la seule personne chez qui je peux me permettre de débarquer avec mes graines germées… De plus, nous nous sommes embrassés. Preuve que tu m'aimes bien, et que je t'aime bien.

Max se mit à aboyer, réclamant une attention qu'elle ne lui accordait pas.

— Toi aussi, je t'aime bien, Max, dit-elle en le grattant

derrière les oreilles. Dis à ton maître que tu veux que je vienne dormir ici.

Tout content d'être au centre de l'attention, Max se tourna vers Anson en remuant la queue, la langue pendante.

— Que fais-tu de ta résolution ?

— Je ne te demande pas de m'épouser, Anson. Ni de me faire oublier tous les problèmes que j'espère pouvoir régler dans ma vie. Je veux juste partager une chambre, et éventuellement passer un peu de temps avec un sauvage qui donne des coups de poing dans les murs… Et son chien.

Dès qu'elle eut prononcé le mot « chien », Max vint se coucher à ses pieds et se roula sur le dos.

— Apparemment, Max a envie que tu restes, dit-il.

Et il réprima son envie de se rouler par terre à ses pieds comme lui.

Car à la vérité, lui aussi avait envie qu'elle reste, mais il n'était pas encore tout à fait prêt à l'admettre.

— Nous devrions pousser le lit devant la cheminée, suggéra Ellory.

— Il ne fait pas très froid, du moins quand on est habillé pour la saison. Tu devrais mettre ta combinaison.

Elle esquissa un sourire. Une heure s'était écoulée depuis leur dernier baiser, heure qu'elle avait mise à profit pour échafauder un plan. Ou plutôt pour défaire celui qu'elle avait élaboré depuis qu'elle avait pris sa résolution. L'idée de base était de se reconcentrer sur elle-même, et de mettre au clair ce qu'elle souhaitait faire de sa vie. Une chose était certaine : elle en avait assez de voyager. Elle avait envie de se poser, mais n'était pas prête à renoncer à ses idéaux pour autant.

Déshabiller Anson et coucher avec lui n'y changerait rien. Cela ne résoudrait pas ses problèmes, mais ne les aggraverait pas non plus. Elle savait qu'ils existaient, et qu'ils existeraient jusqu'à ce que le ciel se dégage et qu'une énergie toute neuve émerge enfin. Lorsque cela se produirait, Anson aurait quitté Silver Pass depuis longtemps.

— J'ai apporté ma couette. Elle est chaude et douillette.

Elle leva les yeux vers lui. La tentation illumina un instant son regard, mais la fatigue l'emporta, et il arbora l'air trop sérieux qu'elle lui connaissait bien.

— Tu peux te coucher, tu as l'air exténué. Mira est descendue. Je vais aller l'aider à s'occuper des clients. Et si tu n'as pas envie de passer le temps d'une autre manière, tu devrais dormir.

Elle marqua une pause.

— D'ailleurs, mieux vaut que tu dormes maintenant, pour être en forme lorsque la tempête se calmera.

— Je ne te le fais pas dire, répondit-il en retirant ses chaussures et sa parka.

Elle attendit qu'il se soit mis au lit pour partir. Max quitta sa place près du poêle, et vint se coucher au pied du lit.

Elle allait, quant à elle, s'assurer que tout le monde avait dîné, puis reviendrait se coucher à son tour.

Sur le canapé.

Elle avait suffisamment dévoilé son jeu. A lui de jouer désormais.

Ellory se réveilla et tira la couette jusque sous son menton.

— Je suis content que tu aies ouvert spontanément les yeux, lui dit Anson. Max s'apprêtait à te réveiller à grands coups de langue.

Il était à demi allongé devant le poêle, adossé contre son gros sac de toile.

Après la nuit qu'elle avait passée, seule sur un canapé au confort relatif, au lieu de dormir dans le même lit qu'Anson, elle n'était certainement pas d'humeur à se faire lécher le visage par un chien. Elle se retourna contre le dossier du canapé, pour se soustraire à l'haleine de Max, et les ignora, le maître comme le chien.

Lors de la coupure de courant, Mira était sortie de ses quartiers pour prendre le relais. Aussi Ellory n'avait-elle rien à faire de sa matinée. Elle culpabilisait un peu de s'en réjouir, mais au moins avait-elle fait ce qu'elle avait pu. Deux jours à tout organiser et à tout vérifier représentaient déjà beaucoup de responsabilités et de prises de décisions pour elle.

La journée de la veille lui avait semblé aussi longue qu'une semaine entière.

Une bonne odeur de pain grillé lui parvint. Son estomac gargouilla aussitôt.

— La tempête ne s'est pas calmée, mais on nous a apporté de quoi manger, dit Anson. Des œufs brouillés et des toasts.

Elle le regarda d'un œil peu amène. Il ne tenait aucun compte de son besoin d'intimité, et en fait, elle lui en voulait. Pour quelle raison ? Ce n'était pas très clair dans son esprit. Elle n'était pas spécialement triste pourtant, mais avait envie de se terrer, de se rendormir et aussi, de le faire culpabiliser d'avoir pu profiter d'une nuit réparatrice dans un grand lit confortable.

Il était plutôt rare qu'elle soit en colère contre les gens. Tellement rare, qu'elle ne se rappelait plus la dernière fois que quelque chose l'avait fait enrager. Lorsque quelqu'un la décevait, elle était triste, sur le moment, puis passait à autre chose. Jamais elle n'avait recours à la violence, ni n'éprouvait le besoin de l'exprimer d'une façon ou d'une autre.

Pourquoi, dans ce cas, se sentait-elle agressive ? Elle aurait été capable de lui jeter un objet à la figure.

Et pourquoi Anson était-il constamment au cœur de ses pensées ? Ne pouvait-elle pas l'oublier deux minutes ?

Mira aurait probablement besoin d'aide, et certainement aussi besoin de dormir, à un moment ou à un autre. Il y aurait donc toujours quelque chose à faire pour se rendre utile.

Elle se retourna, et après avoir écarté la couette, se leva.

Puis elle la secoua et la plia avant de la poser sur le dossier du canapé.

— Tu as décidé de ne plus me parler ? demanda Anson.

Elle fit mine de s'adresser au chien, puis alla chercher ses vêtements dans son sac. Comme sa jupe la plus chaude était sale, elle enfila deux jupes l'une sur l'autre, par-dessus un caleçon thermique. Elle n'avait pas emporté ses étendoirs. Et il n'y avait pas d'eau chaude sous la douche. Ni de soleil. Décidément, l'hiver était une saison pénible, et le Colorado, une région terrible.

Elle enfila ensuite un pull propre, sortit de son col la tresse qu'elle s'était faite avant d'aller se coucher, et alla faire sa toilette.

Maintenant que les œufs étaient cuits, elle les mangerait. Mais elle préféra ne pas se demander d'où ils provenaient. Probablement d'un élevage de poules dopées aux hormones…

Elle soupira, et alla chercher une poignée de graines germées sur le plateau des pousses de trois jours, prêtes à être consommées, et après les avoir rincées, s'attabla en lui tournant le dos.

Cela lui apprendrait à ne pas anticiper, dans ce genre de situation. Connaissant la nature aléatoire des lignes électriques dans cette partie du monde, elle aurait dû préparer des mélanges de céréales et de fruits secs, afin de s'épargner des petits déjeuners bourrés de toxines.

Max vint poser son museau sur ses genoux, et leva vers elle de grands yeux tristes.

— D'accord, moitié-moitié, dit-elle en souriant. Elle retira les graines germées d'une partie du sandwich qu'elle avait préparé, et le lui tendit.

— Il avait déjà mangé, dit Anson, alors que le chien s'éloignait avec son festin dans la gueule.

Elle croqua sa part en silence.

— T'ai-je contrariée ?

Elle détourna la tête. Sans aucun doute. Mais en quoi ? Elle n'en avait aucune idée. Etait-ce le baiser fougueux resté sans suite ? La nuit sur le canapé ?

— Ce soir, c'est moi qui dors sur le canapé, reprit-il, comme s'il lisait dans ses pensées.

Il tira une chaise, et prit place face à elle.

Elle finit de mâcher avant de répondre. Ce serait vraiment ironique de mourir étranglée par de la nourriture, qu'elle évitait de manger habituellement à cause de sa nocivité.

— Ne t'inquiète pas, je trouverai une autre chambre, dit-elle enfin, sur un ton qu'elle espéra calme et naturel.

Anson s'étira en croisant les mains derrière la tête, avant d'émettre un long sifflement.

— Tu es complètement folle !

8.

Anson renvoya Max qui revenait quémander un autre morceau de sandwich à l'œuf. Le chien obéit aux consignes de son maître, et retourna se coucher près de la cheminée.

— S'est-il passé quelque chose qui m'aurait échappé ? demanda Anson.

— Sans doute.

— Ai-je parlé en dormant ?

— Je n'ai pas passé la nuit à te regarder dormir, répliqua-t-elle sèchement. J'ai peut-être du mal à contrôler mon obsession de l'empreinte carbone et de ce que j'ingurgite, mais je ne suis ni psychopathe, ni sociopathe, ni aucune autre chose en « pathe » que je connaisse.

— Tu as fait des cauchemars ? demanda-t-il encore.

Ellory croisa son regard. Pourquoi ne l'envoyait-il pas paître ? Avait-il l'habitude qu'on lui crie dessus ? Etait-ce son mode de communication préféré ?

— Je n'ai pas suffisamment dormi pour pouvoir rêver de quoi que ce soit.

— Le canapé n'est pas confortable, c'est sûr, dit-il.

— Plus que le sol, murmura-t-elle en allant se resservir des graines germées.

— C'est-à-dire ?

— J'ai l'habitude de dormir par terre. Je devrais pouvoir passer une bonne nuit sur un canapé devant un poêle. Même s'il siffle et sent le gaz.

— C'est le poêle qui t'a empêchée de dormir ?

— Entre autres.

Elle fit une petite grimace ; elle avait envie d'employer ses méthodes à lui, comme rester silencieux, bougonner ou donner des coups de poing dans les murs, mais parler du poêle évitait au moins d'évoquer les vrais problèmes.

— Entre autres ? C'est-à-dire ?

— Je ne souhaite pas en parler. Tu as déjà vu assez d'aspects peu glorieux de ma personne. Je n'ai pas envie que tu penses que tu t'en sors mieux que la plupart des gens ordinaires.

— Tu te trompes, répondit-il. C'est toi qui affirmes que je suis quelqu'un de normal. Ce qui laisse à penser que toi, tu ne l'es pas.

Elle fourra des graines germées dans sa bouche.

Elle désirait que cette conversation s'arrête. Elle se sentait brisée, tout en ignorant comment recoller les morceaux. Comment se sentir épanouie…

— Je suis revenue dans le Colorado pour une raison précise : je voulais comprendre ce qui n'allait pas chez moi et le régler. Au lieu de ça, j'ai eu une espèce de rechute compulsive, dont je t'ai parlé. Je t'ai confessé des choses sur moi, que je n'avais jamais révélées à personne. J'ai dit à Mira que j'avais besoin de me retrouver, de travailler sur moi, mais je ne lui ai pas parlé de mes problèmes. A toi, si. Or, toi, tu ne m'as rien dit de toi. Tu n'es même pas prêt à reconnaître que tout te met en colère. Je ne peux pas t'aider, si tu ne me parles pas.

Anson se redressa et croisa les mains sur la table.

— Qu'est-ce qui te fait penser que tu peux m'aider ? Et même, que j'ai besoin d'aide ?

— Je t'en prie, répliqua-t-elle.

Et elle alla rincer d'autres graines germées, pour se donner une contenance.

— Je sais reconnaître les gens qui sont, eux aussi, en quête de quelque chose, ajouta-t-elle.

— Tout ce dont j'ai besoin, c'est d'une accalmie, afin de pouvoir aller chercher ce pauvre bougre perdu dans la neige.

— Jude, articula-t-elle.

Elle se mordit la lèvre, sachant quelle réaction elle allait provoquer chez lui en prononçant ce prénom.

— Jude, oui.

— Tu crois vraiment que quelqu'un qui va bien défonce les murs à coups de poing ? s'exclama-t-elle brusquement.

— Ça y est ? Tu te sens mieux ?

— Non, bien sûr que je ne me sens pas mieux. Ce n'est pas en m'entendant dire que j'ai tort de m'inquiéter pour toi, que je vais me calmer.

En entendant les voix s'élever, Max se rapprocha, alla poser ses pattes sur les genoux d'Anson pour lui renifler le visage, puis vint lui administrer le même traitement. Elle ne put s'empêcher d'esquisser un sourire, lui caressa la tête et, avec douceur et fermeté, lui fit reposer les pattes sur le sol.

— En fait, reprit-elle sur un ton plus mesuré, ce n'est pas à cause du canapé que je suis en colère. Ni de la nourriture, de la météo ou du trou dans le mur. Ce qui me blesse, c'est que je me suis confiée à toi, et j'ai pensé, à tort, que cela nous avait liés l'un à l'autre. Or, cette nuit, je ne me suis jamais sentie aussi seule de toute mon existence, tout en partageant une chambre avec quelqu'un. Alors c'est vrai que je ne suis pas de bonne humeur. Je suis déçue, et je vais aller dormir ailleurs. Je n'aurais jamais dû insister pour venir. Je repasserai prendre mes affaires tout à l'heure.

Elle se leva, et repoussa consciencieusement la chaise sous la table. Maintenir un minimum d'ordre était le seul moyen de supporter la montagne d'affaires, qu'elle trimballait partout. Elle prit des chaussettes propres et ses chaussures, sans les enfiler. Elle les mettrait dans le couloir, hors de portée de son regard un peu trop intense.

Max la regarda faire d'un air inquiet, mais ne la suivit pas.

Anson ne voulait pas coucher avec elle ? Et alors ! Ce ne serait pas le premier ni le dernier.

Il n'avait pas non plus envie de lui parler. Soit ! Ce qu'il ressentait, quand il pensait à Jude ou à ce qui était arrivé à ses orteils le regardait, après tout.

Elle secoua la tête. S'occuper du bien-être émotionnel des autres était probablement une excuse pour ne pas s'occuper de ses propres problèmes. Et une façon idiote de mettre à mal ses engagements intimes. Car le fondement de sa résolution reposait sur son propre bien-être. Et de ce point de vue, coucher avec un homme comme chercher à le réparer étaient deux façons similaires de se distraire, de se fuir. Une fois de plus.

Jusqu'à présent, elle avait toujours été franche. Si on lui posait des questions, elle répondait. Elle ne mentait pas, n'avait rien à cacher. Elle avait des défauts, mais soit elle les assumait, soit elle essayait de les transformer. En aucun cas, elle ne cherchait à les dissimuler.

Jusqu'à présent.

Elle ne mentait pas à Anson, lorsqu'elle affirmait qu'elle avait envie d'être épanouie, heureuse. C'était juste qu'elle ne comprenait pas exactement ce qui l'en empêchait.

Tout ce qu'elle savait, à présent, c'était qu'elle avait besoin d'en parler. Mais elle ne voulait pas charger son amie d'un fardeau trop lourd, alors que celle-ci était censée se prélasser auprès du nouvel amour de sa vie. Et pourtant, elle devait parler à Mira.

Restait à espérer que libérer sa parole l'aiderait aussi à laisser émerger les informations qui n'étaient pas parvenues, jusque-là, à remonter à sa conscience.

Ellory traversa tout l'hôtel pour vérifier si les occupants des chambres ne manquaient de rien, employés comme clients, avant de terminer sa tournée par la chambre de Chelsea et de Nate. Nate dormait. Chelsea était assise près du poêle avec Mira, et parlait à voix basse.

Ellory souleva une chaise, et l'approcha des deux femmes,

qu'elle salua d'une voix exagérément enjouée, vu son état intérieur.

— Ton aide de camp est réveillée, murmura-t-elle à l'intention de Mira. Tu peux donc aller te reposer. Où est Jack ?

— Je peux rester encore un peu, répondit Mira avant de la dévisager longuement. Jack vient juste de remonter dans sa chambre. Tu l'as manqué de peu.

— En fait, ce n'était pas lui que je cherchais. Je me disais que tu avais certainement envie de le rejoindre.

Elle se tourna vers Chelsea.

— Comment allez-vous ce matin ? Avez-vous besoin de quelque chose ?

— Je tiens bon, comme dirait Jude. Le Dr Dupris et moi étions en train de parler du moment où l'on sait qu'on est amoureuse.

— Oh…

Elle cilla. Que pouvait-elle dire de plus, elle qui n'était jamais tombée amoureuse ? Devait-elle en avoir honte ? Ou, au contraire, l'évoquer sans gêne ? Mira comprendrait-elle ?

Voilà un autre sujet dont elle ne désirait parler à personne.

Mais ces tabous n'avaient aucun sens. Il fallait qu'elle en vienne à bout.

Les deux femmes reprirent leur conversation et se racontèrent ce qu'elles avaient vécu. La façon dont la voix d'un homme pouvait faire battre leur cœur plus fort, dont leur ventre se contractait, quand il posait son regard sur elle, dont elles pouvaient passer un week-end entier au lit sans vouloir se lever un seul instant, pas même pour répondre au téléphone… Des histoires emplies de sourires et de révélations, d'infimes détails gravés à jamais dans leur mémoire.

Puis elles la regardèrent, un sourire sur les lèvres, dans l'espoir manifeste qu'elle partagerait à son tour son expérience amoureuse.

— Je n'ai rien de tel à raconter, dit-elle dans un haussement d'épaules.

Mira et Chelsea eurent l'air désolées.

— J'ai eu des aventures sans lendemain, mais je ne crois pas que ce soit le sujet. Je peux aussi raconter des histoires merveilleuses au sujet d'enfants dénutris, qui ont fini par reprendre un peu de poids. Je peux vous parler des sons de la forêt tropicale, la nuit, ou des plats que j'ai mangés, et dont j'ai cessé de demander ce qu'ils contenaient, le jour où j'ai appris que je venais d'avaler des insectes… J'ai des tas d'histoires magnifiques à raconter, mais aucune sur « le moment où j'ai su que c'était lui ».

Mira lui adressa un sourire qui signifiait que son tour finirait par venir, mais eut la délicatesse de ne pas s'éterniser sur le sujet. C'était une femme extraordinaire, qui savait exactement, quand il fallait insister et quand il fallait s'arrêter.

Ellory eut soudain l'impression qu'elle n'avait pas pris cette conversation en cours par hasard, et que le moment était peut-être le bon pour se confier, enfin.

— Mirry, je n'ai pas été tout à fait honnête avec toi, dit-elle. Il y a une chose que je t'ai cachée.

— Veux-tu que nous allions en parler tranquillement ? demanda Mira en jetant un coup d'œil à Chelsea.

— Chelsea, vous avez déjà eu un aperçu du problème, murmura-t-elle.

— Quel problème ? demanda Chelsea, intriguée.

— Vous vous souvenez, lorsque je me suis confondue en excuses à propos du chocolat chaud ?

Elle se tourna vers Mira.

— Et toi, tu te rappelles quand je me suis laissée déborder par mon envie d'être plus responsable en matière de protection de l'environnement ?

Mira hocha la tête, l'air préoccupé.

— Les conservateurs ? demanda-t-elle.

Ellory eut un pâle sourire. Comme si le mot résumait à lui seul la situation.

— Oui, mais aussi les graines germées, les lessives à la

main dans la baignoire, le linge qui sèche dans ma chambre... Le fait que je n'utilise pas l'électricité sur laquelle je n'ai aucun contrôle...

Elle regarda son amie. En bon médecin qu'elle était, celle-ci se mit à lui poser des questions, à recueillir des informations, afin d'établir un diagnostic.

— Depuis combien de temps cela dure-t-il ?

— Surtout depuis que je suis revenue ici. Lorsque j'étais loin, je ne savais pas exactement ce que je cherchais... Une forme d'épanouissement personnel, et surtout les moyens d'y parvenir. Mais la seule réponse que j'ai trouvée était qu'il fallait que je rentre dans mon pays. C'est pour cela que je suis là.

On frappa à la porte. Anson et Max entrèrent dans la chambre, pour une visite de contrôle.

Son cœur bondit dans sa poitrine, et elle se concentra pour ne pas croiser son regard.

— Nous en reparlerons plus tard. Le Dr Graves a du travail.

Etant donné que toutes les personnes présentes dans l'hôtel attendaient que la tempête passe, et qu'il n'avait reçu aucun appel d'urgence, Anson était désœuvré. Rien à faire de particulier, à part se poser des questions au sujet d'Ellory, et de la façon dont elle avait décampé, dès qu'il était entré dans la chambre de Chelsea.

Pour quelle raison était-elle si en colère contre lui ?

— Si vous n'avez pas besoin de moi, je voudrais parler à...

Avant qu'il n'ait terminé sa phrase, Mira lui avait indiqué la porte.

Lorsqu'il franchit le seuil, Ellory avait disparu. Il emprunta l'escalier dans l'espoir de l'empêcher de mettre sa menace à exécution, et de changer de nouveau de chambre.

Que lui arrivait-il ? Comment cette femme avait-elle pu devenir une obsession en moins de vingt-quatre heures ?

Lorsqu'il s'était couché, la veille, il n'avait pas l'intention de la blesser, ni de lui imposer de dormir sur le canapé. Il s'imaginait qu'il s'assoupirait quelques minutes pour recharger ses batteries, certainement pas qu'il ferait presque le tour du cadran !

Il entra dans « leur » chambre. Comme il l'avait pressenti, elle était en train de rassembler ses affaires.

— Pose ce sac, Ellory. Ni Max ni moi ne voulons que tu changes de chambre. Et si tu veux parler, parlons.

— Tu te moques de moi ? N'utilise pas Max comme excuse, répondit-elle avant d'essuyer ses joues avec le revers de sa manche.

Il la regarda en coin. Etait-elle en train de pleurer ?

— Je ne me moque pas de toi, Ellory, dit-il en refermant la porte. Viens, on va pousser le lit devant le poêle, comme tu le suggérais.

Un peu d'exercice lui permettrait peut-être de reprendre ses esprits et à lui, de réfléchir. Il tira le lit.

Max crut que cette nouvelle couche près du poêle était la sienne, et sauta sur le lit.

— Descends tout de suite, Max ! ordonna-t-il en joignant le geste à la parole.

— De quoi parliez-vous ? demanda-t-il une fois qu'ils furent installés au chaud sous la couette.

— J'ai déjà suffisamment parlé, répliqua-t-elle.

— D'accord.

Il prit une profonde inspiration.

— Lorsque j'avais dix ans, ma mère et moi sommes restés bloqués sous la neige pendant plusieurs jours, dit-il sans préambule.

Elle leva les yeux vers lui, mais sans vraiment le regarder, comme si elle fouillait elle-même dans ses souvenirs. Il laissa échapper un soupir. Avait-elle entendu parler de son histoire ? Il ne l'avait jamais racontée à personne, mais peut-être était-elle devenue un récit modèle, destiné à faire peur aux enfants de la région.

— En as-tu déjà entendu parler ?

— Cela me dit quelque chose, mais je n'en suis pas sûre.

— Nous nous sommes mis à l'abri sous une corniche, poursuivit-il. Il n'y avait pas beaucoup de place. Nous ne pouvions rien faire d'autre que d'attendre, allongés l'un contre l'autre, que la tempête de neige cesse. Cela a été très long. Je flottais entre la conscience et l'inconscience. Ma mère… Maman est morte.

Ellory glissa une main sous la couette, et la posa sur son pied. C'était le pied le plus abîmé, celui qu'elle avait observé dans la salle de massage, avant leur baiser passionné.

Il sentit sa main se refermer sur ses orteils, mais elle demeura silencieuse. Il n'aimait pas qu'on voie ses pieds, encore moins qu'on les touche. Mais avant qu'il ait pu dire quoi que ce soit, elle lui ôtait sa chaussette.

— Tu touches toujours tout le monde ? demanda-t-il.

Déstabilisé, il sentit sa main passer sur sa vieille cicatrice.

— Oui, je touche tout le monde. Les gens ont besoin d'être touchés pour aller bien. Le toucher guérit et…

Elle s'interrompit.

— Et quoi ?

Il la dévisagea. Autant il commençait à s'habituer à ses tournures de phrases étonnantes, autant il n'était pas encore capable de deviner la fin de ses phrases. Quelle drôle de créature !

— C'est ma façon de donner de l'amour.

Il hocha lentement la tête. Cela ressemblait à une déclaration. Cela dit, ils se connaissaient à peine. De toute façon, elle parlait de l'amour qu'elle portait à tout le monde. Une forme de compassion. C'était cela : de la compassion.

— J'imagine à quel point ils doivent se sentir seuls, même s'ils vivent tous la même situation. Je pense à Chelsea. L'homme qu'elle aime se trouve toujours dehors, parce qu'il a voulu lui sauver la vie. Je veux qu'elle sache que je compatis, et qu'elle est entourée de personnes, ici, qui sont prêtes à l'aider, si toutefois elle accepte qu'on l'aide.

Elle parlait à voix basse, mais sur un ton qu'il ne lui connaissait pas.

— Parfois, il est plus facile pour les gens de recevoir un geste, un contact, que des mots.

Il la regarda de nouveau. C'était sans doute son cas, en cet instant précis. Le contact de sa main lui donnait l'impression d'être relié à quelqu'un, qu'il mérite ou non sa compassion.

— J'ai eu des professeurs, à la fac, qui nous incitaient à ne pas toucher nos patients.

— Des connaissances, mais surtout pas d'affect.

— C'était un peu ça, oui.

Ellory, elle, n'avait pas peur de l'affect. Et leur dispute lui avait fait comprendre qu'elle n'éprouvait pas seulement de la compassion pour ses patients ou pour lui, mais qu'elle se débattait aussi avec elle-même.

Il se retint de lui raconter la suite de son histoire, impatient de savoir ce qui avait provoqué ces larmes.

— Pourquoi pleurais-tu ?

Ellory le regarda à son tour. Elle sentit ses yeux s'embuer de nouveau, et émit un petit rire gêné.

— Une vraie fontaine ! Je ne peux pas entendre le mot « pleurer » sans que les larmes jaillissent !

Elle essuya ses yeux, tout en se maudissant de ne pouvoir se contrôler.

— C'est parce que tu ne t'es pas vraiment confrontée à ce qui t'a mise en colère, dit-il d'une voix douce.

— Mira et Chelsea parlaient d'amour, articula-t-elle au bout d'un instant. Du moment où l'on sait qu'on est amoureux.

Anson s'approcha d'elle, et posa son bras sur son épaule. Elle tressaillit. Mais sans doute, était-ce un signe d'encouragement.

— Cela t'a fait penser à quelqu'un que tu as perdu ?

Elle baissa les yeux. Si seulement c'était le cas…

— Non. J'ai pris conscience que je n'avais jamais vraiment aimé les hommes avec qui je suis sortie. Aucun. Je ne connais pas cette forme d'amour.

Elle n'osa toujours pas le regarder en face. Cet aveu lui parut si terrible qu'elle eut peur de lire du dégoût — ou pire — dans son regard.

— C'est affreux, je sais. J'ai l'impression d'être une… Pourtant, ils étaient tous parfaits pour moi, chacun à leur façon. Nous étions… Nous partagions beaucoup d'idées et de croyances. Et ils faisaient des tas de choses bien. Ils m'ont appris…

Elle jeta un coup d'œil à Anson. Il l'écoutait sans la brusquer, la laissant trouver ses mots à son rythme. C'était comme si elle réfléchissait à voix haute, s'interrompant pour réfléchir, passant d'une idée à une autre, au gré de ses pensées.

— Je sais pourquoi je me suis effondrée, en rentrant à Silver Pass.

— Que t'ont appris ces hommes ?

— Ils m'ont appris à adopter leurs habitudes. En général, nous nous retrouvions dans des endroits où la vie était très simple. Je les imitais. S'ils mangeaient des fruits au petit déjeuner par exemple, je faisais de même.

Elle soupira d'un air si triste qu'Anson eut soudain envie de parler d'autre chose. Etait-il utile qu'elle approfondisse autant ? Lui-même n'avait pas fouillé si profondément.

La différence, c'était que lui se souvenait parfaitement de ce qu'il avait traversé, de ce qu'il avait éprouvé, et de ce qu'il avait fait. Il avait vécu et revécu l'épisode tellement de fois dans sa tête, qu'il n'éprouvait presque plus rien en y pensant. Excepté une honte et une culpabilité terribles.

Ellory, elle, était en train d'expérimenter un autre processus.

Elle découvrait, faisait remonter les éléments à la surface, nettoyant peu à peu sa plaie, afin qu'elle guérisse.

— Et maintenant ? Tu as changé d'habitudes ?

— Je me suis remise à suivre celles de mon père. Elles ont de nouveau envahi tout ce que je fais. Comme lorsque je me suis excusée, à propos du chocolat chaud. C'est lui qui m'a donné ce genre de réflexe.

— Comment cela ?

— Lorsque je me comportais mal à ses yeux, sa punition préférée était de me faire manger une nourriture qu'il n'estimait pas saine. Pour lui, si je me comportais comme les autres parasites qui peuplent cette terre, il fallait que je me nourrisse comme eux. Au moins, de cette façon, nous vivrions moins longtemps. Alors il me donnait à manger la nourriture la plus grasse et la plus industrialisée possible.

Il la regarda, horrifié. Alors que les enfants adoraient en général manger des bonbons et des gâteaux, elle avait été élevée dans la croyance que cela la tuerait. Et, pire, que son père souhaitait la voir mourir le plus tôt possible, puisqu'elle ne répondait pas à ses attentes… Quelle perversité !

— Depuis que je suis revenue ici, je suis tombée dans cette vision excessive. C'est ridicule : l'endroit que je préfère au monde est devenu une prison. J'ai envie de rester, mais j'ignore si c'est possible, tant que je ne règle pas ce problème. Je voudrais trouver le moyen de faire autrement, d'assouplir ces règles, ou plutôt d'établir les miennes propres. Pour moi, le chauffage central est une compromission envers mes idéaux. Alors je deviens extrémiste et…

Elle vint se blottir contre son épaule, et il resserra son bras autour d'elle, à défaut de savoir que dire ou que faire pour l'aider.

Max perçut la tension régnant dans la chambre, et s'invita sur le lit, posant sa grosse tête sur leurs genoux.

Ellory le gratta derrière les oreilles, réconfortant le chien qui venait la consoler. Il ne put s'empêcher de sourire à cette scène.

— Tu peux changer une chose, suggéra-t-il.

— Quelle chose ?

— Je ne sais pas, mais choisis-en une. Les graines germées, par exemple. Cesse de faire pousser des graines germées.

Il la regarda dans les yeux ? C'était le premier exemple qui lui était venu à l'esprit.

— Mais j'aime bien les graines germées.

— Alors achète une nouvelle combinaison de ski. Une que tu porteras.

Il y avait un magasin d'équipements de ski au rez-de-chaussée. C'était une mesure qu'elle pouvait prendre et mettre en pratique sur-le-champ.

— Est-ce que tu n'es pas en train de vouloir me faire adopter tes habitudes ?

— Personnellement, je porte d'ordinaire un uniforme orange avec des bandes réfléchissantes. Porter une combinaison chaude est une habitude, que suivent la plupart des gens pendant l'hiver dans les montagnes du Colorado, dit-il doucement. En achetant une combinaison, tu n'auras plus froid et tu auras accompli un petit changement. En échange, je suis prêt à me lancer dans une quête spirituelle. Mais sans prendre de drogue.

— C'est une décoction de plantes, marmonna-t-elle.

Elle le fixa dans les yeux.

— Tu es prêt à te lancer dans une démarche spirituelle si je m'achète une combinaison de ski ?

— Oui, c'est bien ce que j'ai dit.

Il lui sourit. Cela ne résoudrait peut-être pas tous leurs problèmes, mais en l'aidant dans sa démarche, elle aurait l'impression de se rendre utile et de l'aider à son tour. Si tant est que quelqu'un puisse l'aider un jour.

— Tu pourrais aussi chercher du travail. Je connais quelques centres de bien-être, auprès desquels je pourrais te recommander.

— Je ne sais pas si je suis prête à travailler dans un centre. J'ai du mal avec les horaires fixes.

— Dans ce cas, organisons-nous. Réfléchis à ce que serait la situation idéale pour toi, si tu restais dans la région.

Il se rendit soudain compte qu'il n'osait pas imaginer qu'elle puisse partir, et qu'il était prêt à tout pour qu'elle reste.

Elle posa sa tête sur son épaule.

— Et toi, qu'es-tu prêt à faire pour commencer ta démarche spirituelle ?

— C'est à toi de me le dire. Par quoi dois-je commencer ?

— Par la méditation.

La journée s'écoula doucement, leur laissant tout le temps de méditer. Anson ne sortit de la chambre, que lorsque vint l'heure de rendre visite aux patients. Même si personne ne se trouvait dans un état désespéré, il n'était pas du genre à manquer à son devoir de médecin. Cela, Ellory l'avait bien compris.

Plus tard, tous les habitants de l'hôtel dînèrent ensemble, et elle parvint à cuisiner, sans qu'une crise ne se déclenche en elle. Ils passèrent ensuite un moment devant la cheminée du salon, à regarder tantôt les flammes, tantôt les flocons de neige tourbillonnant dans le ciel sombre.

Puis Anson et elle remontèrent dans « leur » chambre, main dans la main.

Lorsqu'on se touchait, on avait l'impression de faire partie d'un tout, d'être plus fort. Elle en avait toujours été convaincue, même si elle ne l'avait jamais ressenti aussi intensément, qu'elle l'aurait souhaité.

Ils s'assirent près du poêle en silence. La présence d'Anson l'enveloppa, chassant l'impression de solitude qu'elle ressentait depuis… depuis toujours.

Elle éprouva, pour la première fois de sa vie, une sensation de plénitude. Cela ne durerait certainement pas, mais c'était un début. C'était comme avoir la satisfaction d'apercevoir le sommet d'une montagne qu'on escalade, même si l'on sait qu'il reste encore des journées de marche.

Ils allèrent se coucher, sans quitter leurs sous-vêtements thermiques. Anson se tenait derrière elle, les bras autour de sa taille.

— Réveille-moi si tu fais des cauchemars, murmura-t-elle.

Puis elle se blottit sur son oreiller, en sentant son visage s'enfoncer dans ses cheveux.

— Tu ne veux pas que je les attache ? demanda-t-elle.

— N'y pense même pas, répondit-il en resserrant l'étreinte de ses bras.

9.

Anson ferma les yeux, et essaya de se détendre. Mais comment résister à ce corps, à ce parfum ?

Il s'était retenu de l'embrasser toute la journée.

Il aurait aimé se blottir tout entier dans ses boucles couleur miel, blondies par le soleil et la mer.

Les personnes qui ne se sentaient pas proches l'une de l'autre ne se blottissaient pas de la sorte. Deux personnes qui partageaient le même lit et ne voulaient pas aller plus loin laissaient un espace entre eux, le plus grand possible.

— Anson, je ne peux pas dormir de cette façon, murmura Ellory, comme si elle lisait dans ses pensées. Si tu n'as pas envie de moi, dans ce cas-là, je ferais mieux de retourner dormir sur le canapé.

— Il n'en est pas question, répondit-il sans se détacher d'elle.

— Sais-tu ce que je serais en train de faire, si nous sortions vraiment ensemble, et que tu te comportais de la sorte ?

— Comment est-ce que je me comporte ?

Elle pouffa et se mit à bouger. Il sentit son ventre onduler sous sa main.

— Tu ne sais pas qu'il y a des tas de façons de bouger le ventre et les hanches ? Tout est une question de contrôle musculaire, pas seulement des abdominaux, non, mais en accentuant le mouvement des hanches, et la courbe située entre la taille et la hanche.

— Ce n'est pas du jeu, dit-il.

— Je ne joue pas, répondit-elle en refaisant onduler son bassin contre le sien.

En un instant, il sentit le désir monter en lui. La question n'était plus de savoir s'il méritait ou non l'attention de la femme incroyable collée à lui. Il l'avait.

Sauf que…

— Je n'ai pas de préservatifs, dit-il.

— Moi si !

Elle se dégagea de son étreinte, et tendit le bras pour attraper son sac. Sa position lui donna un magnifique point de vue sur son dos. Jamais il n'aurait imaginé que les sous-vêtements thermiques puissent être sexys.

— Tes sous-vêtements sont trop serrés. Il faut que l'air puisse passer pour garder la chaleur…

— Chuuut…, murmura-t-elle.

Et elle lança les préservatifs sur le lit, avant de se déshabiller, en commençant par le haut.

Il ne faisait pas froid dans la chambre, mais il la vit frissonner. Tandis que son T-shirt atterrissait sur le sol, elle glissa les pouces dans son caleçon long, pour l'ôter. Mais il l'arrêta dans son geste, et l'attira à lui dans le lit.

— Je m'en charge, dit-il avant de l'embrasser.

Lorsque Anson s'était glissé sur elle, Ellory lui avait enlevé son T-shirt. Si sa confiance en elle était lacunaire dans certains domaines de son existence, la nudité ne lui avait jamais posé problème, la sienne comme celle des autres. Son style de vie incluait beaucoup d'activités collectives, et son métier de masseuse l'avait aussi habituée à voir des corps nus.

Depuis l'instant où Anson l'avait sermonnée, et lui avait ordonné de rentrer se mettre au chaud, elle avait passé son temps à s'empêcher de penser à lui comme à un objet de désir. Et elle avait l'impression qu'une éternité s'était écoulée depuis ce moment. Elle n'avait peut-être pas une très bonne notion du temps qui passe, mais il lui semblait que le massage de son épaule et de son dos avait duré trois bonnes années. Et au cours de l'année qui s'était écoulée, depuis qu'il s'était endormi sur la table de massage (la veille), il lui avait terriblement manqué.

Dès qu'elle lui eut retiré son T-shirt, elle fit ce qu'elle brûlait d'envie de faire depuis le début, et passa ses doigts dans la toison brune de son torse puissant.

— Tu es beau, lui dit-elle malgré elle.

Le sourire qu'il lui adressa la récompensa de sa spontanéité. Elle eut envie de le répéter, mais d'autres mots sortirent de sa bouche, plus urgents.

— Enlève ton caleçon !

Il sourit de nouveau, et lui attrapa les mains, qu'il tint fermement au-dessus de sa tête. Puis il l'embrassa avec fougue. Le temps d'un battement de paupière, ce baiser — le troisième qu'ils échangeaient — lui fit perdre tout contrôle d'elle-même.

Chaleur. Désir. Sexe.

La souffrance ; hélas, se profilait tout de suite après.

Rien de bon ne ressortirait de cette aventure. Il ne s'agissait pas d'un rendez-vous galant, ou d'une relation. Seul l'instant présent comptait.

Le fruit défendu, l'attrait de ce qui ne pourrait jamais arriver.

En d'autres circonstances, elle n'aurait pas pu coucher avec lui et lui, ne l'aurait jamais désirée. Mais en cet instant précis, il avait besoin d'elle pour alléger son fardeau, comme elle avait besoin de lui pour se sentir reliée à quelqu'un.

Elle comptait sur lui pour la soulager. Et, si elle ignorait comment régler ses propres problèmes, elle pensait être capable de l'aider, lui. Elle serait son canot de sauvetage.

Même si elle était consciente que cet homme la pousserait, sans aucun doute, à trahir ses idéaux et son mode de vie.

Il l'embrassa et donna de petits coups de langue de sa bouche à sa poitrine, le long de son cou. Le contact de ses dents sur le bout de ses seins lui fit tant d'effet qu'elle crut qu'elle allait s'évanouir.

C'était un homme magnifique, avec une cause à défendre et un statut social. Et qui sait quoi d'autre encore ? Elle ignorait tout de son mode de vie. Il pouvait très bien incarner tout ce qu'elle détestait. Mais vu l'effet qu'il produisait sur elle, il n'était pas impossible qu'elle puisse changer pour lui. Sa mère avait changé, par amour pour son père. Même si elle n'était alors qu'une enfant, elle l'avait perçu très nettement.

Elle aussi avait tenté de changer pour que son père l'aime, mais en vain. Il ne l'aimait pas et ne l'aimerait jamais. Comme Anson. De la même manière qu'elle n'avait jamais pu être conforme aux attentes de son père, elle ne pourrait pas correspondre à celles d'Anson. Elle en était certaine. Tout ce qu'elle pouvait espérer, c'était de passer un moment dans cet entre-deux flou, entre ce qu'elle était et ce qu'il voulait qu'elle soit. Dans cette île déserte, cette bulle à l'écart du reste du monde qu'était l'hôtel sous la tempête.

En ce sens, elle n'avait même pas l'impression de contrevenir à sa résolution. Ils ne sortaient pas ensemble, ils se réconfortaient mutuellement, ce qui était différent.

Le désir qu'il faisait naître en elle avait beau lui donner l'impression d'être une jeune fille vierge le jour de son premier rapport sexuel, il ne s'agissait que de sexe. Pas d'autre chose. Il fallait qu'elle garde cela bien en tête.

Sa bouche descendit peu à peu sous ses seins, embrassant et léchant son ventre. Elle releva les jambes, et s'aida de ses orteils pour lui enlever son caleçon, libérant son sexe dressé. Elle sentit une cicatrice sur sa cuisse. De quelle tragédie celle-ci était-elle la trace ? Mais elle lui poserait la question plus tard, lorsqu'elle serait capable de le regarder sans se sentir défaillir.

Tous les endroits de son corps où il posait ses lèvres s'embrasaient. Jamais elle n'avait éprouvé de telles sensations avec ses autres amants. Un désir fou, irrépressible, presque douloureux.

Elle tâta fébrilement le lit.

Les préservatifs… Où étaient passés les préservatifs ?

Anson se redressa, et la regarda d'un air interrogateur.

— Je ne suis pas censée avoir des enfants.

Il attrapa au vol l'un des préservatifs, et après avoir ouvert l'emballage d'un coup de dents, l'enfila sur son sexe d'un geste sûr. Rien n'était plus érotique que de voir ce bras musclé accomplir ce geste.

Il replaça ses mains sur le matelas, de part et d'autre de sa tête, et descendit doucement, jusqu'à plaquer son corps sur le sien. Elle sentit la chaleur de son sexe entre ses cuisses, mais il ne bougea pas.

— Pourquoi n'es-tu pas censée avoir d'enfants ? demanda-t-il d'une voix hachée par la tension et le désir.

Elle secoua la tête. Mais qu'était-elle allée lui raconter !

— Je ne suis même pas censée être en vie, répondit-elle.

Et elle prit son visage entre ses mains pour l'embrasser.

Elle avait besoin de sa bouche, comme elle avait besoin d'oxygène. Au bout de quelques secondes, il se détacha d'elle et lui adressa un regard plein d'interrogations, mais à son grand soulagement, il ne les exprima pas à voix haute.

Il passa sa main entre leurs deux corps, et guida son sexe entre ses cuisses humides et ouvertes. D'un coup de reins, il la pénétra.

Elle s'arqua, soulevant les hanches vers lui avec une vigueur qui la surprit elle-même, mais Anson demeura immobile.

— Que se passe-t-il ? haleta-t-elle en le serrant.

— Tu m'expliqueras ce que tu viens de dire plus tard, répondit-il, les dents serrées.

Elle gémit, folle de désir, et agrippa ses fesses pour le sentir plus profondément en elle. Mais il ne bougeait toujours pas.

— Promets-le-moi.

— Non, dit-elle, sentant la colère monter peu à peu et se substituer à l'excitation.

— Dis-moi que tu m'expliqueras lorsque nous aurons fait l'amour, ou j'arrête tout, tout de suite.

— Non, répondit-elle encore. C'est cruel.

Il commença à se retirer. Il ne plaisantait pas !

— D'accord, dit-elle enfin de mauvaise grâce. Tu sais que cela s'appelle du chantage ?

Maintenant, elle avait franchement envie de l'étrangler.

Il lui adressa un sourire sauvage, qui augmenta encore sa colère. Mais il poussa ses hanches contre les siennes, et elle sentit son sexe bouger à l'intérieur d'elle. Elle oublia aussitôt, pourquoi cet homme l'agaçait tant quelques instants plus tôt.

Elle prit appui sur le bord du lit, pour changer de position. Il accompagna le mouvement, roula avec elle jusqu'à ce qu'elle se retrouve sur lui. En se penchant de nouveau pour l'embrasser, elle sentit ses bras encercler sa taille, et la presser contre lui si fort qu'elle eut l'impression qu'ils ne faisaient qu'un.

Plus le mouvement s'intensifiait, plus elle avait la sensation d'un accord parfait. Deux cœurs battant au même rythme, devenant une percussion unique et fracassante, à mesure que la tension et le plaisir montaient en eux, fougueux, irrépressibles.

Elle croyait au destin. Certaines choses devaient arriver. Anson et elle, à cet endroit, en cet instant, formaient un tout plus grand que ses envies, ses désirs et ses résolutions idiotes. Leurs cœurs battaient à l'unisson.

Restait à espérer que le sien continuerait à battre, une fois qu'ils se détacheraient l'un de l'autre.

Les rideaux avaient été tirés avant qu'ils ne montent se coucher, et la chambre était plongée dans une obscurité totale. Ce ne fut donc pas la lumière qui réveilla Ellory, mais un bruit. Elle tendit l'oreille, et entendit un cliquetis curieux en provenance du poêle. Cela ne s'était pas produit depuis qu'ils occupaient cette chambre. Le vent était si fort, que le poêle forçait pour maintenir la température de la chambre.

Mais elle n'avait pas froid. Un homme au corps immense et chaud la serrait dans ses bras et, à leurs pieds dormait un adorable chien.

Anson se réveilla, sentant qu'Ellory tirait sur son T-shirt. Le temps qu'il comprenne ce qui se passait, il était torse nu.

— J'ai besoin de toucher ta peau. Pourquoi as-tu remis ton T-shirt ? demanda-t-elle d'une voix ensommeillée.

Et très sexy. Il sourit.

Cela suffit à le réveiller tout à fait.

Elle le poussa sur le dos et roulant avec lui, le chevaucha, dans une position qui fit remonter des souvenirs de la veille. Son corps réagit aussitôt.

Elle se déhancha lentement, puis se pencha sur lui et posa sa poitrine sur son torse. Là, elle enfouit sa tête dans son cou.

— Juste pour info, murmura-t-elle, on peut faire l'amour encore une fois ce matin. Cela ne nous engage à rien. Considérons cela comme un réconfort mutuel.

— Si cela ne nous engage à rien, dans ce cas, ta résolution est intacte, n'est-ce pas ?

Elle hocha la tête.

Il sourit en caressant son dos nu. La veille, il n'avait pas vraiment pris le temps de savourer la douceur de sa peau.

Un silence paisible régnait dans la chambre. Même le poêle ne sifflait plus.

Le vent s'était calmé.

Il prit soudain conscience de ce que cela impliquait, et fixa la bande de lumière rose qui filtrait au-dessus les rideaux.

— La tempête…

Il repoussa Ellory sur le côté, et se précipita à la fenêtre. Dehors, le sol était recouvert d'une épaisse couche de neige — au moins un mètre cinquante — mais le blizzard était tombé, et le soleil levant illuminait le paysage d'une lueur rosée.

Ellory le rejoignit, après avoir enfilé ses sous-vêtements. Il ne la regarda pas, attendant que son corps se reconnecte avec son cerveau, et abandonne l'idée d'une partie de jambes en l'air à laquelle il adhérait quelques secondes auparavant.

— C'est fini ? demanda-t-elle.

— Oui. On peut ressortir.

Ellory prit la grosse combinaison de ski. Le moment qu'elle redoutait tant était arrivé. Il fallait impérativement qu'elle se couvre, si elle voulait sortir. Or, elle voulait sortir.

Tandis qu'Anson passait des appels radio, elle reposa la combinaison, et enfila ses vêtements habituels.

— Il faut que tu manges avant de partir, dit-elle.

— Le personnel est en train de préparer le petit déjeuner, répondit-il en se tournant vers elle. Mais où vas-tu ?

— A la boutique. Il faut que je trouve une combinaison.

— Tu n'as pas besoin de sortir.

— Mais j'en ai envie.

Et elle était bien décidée. Le fait qu'elle soit prête à mettre entre parenthèses sa règle concernant l'utilisation de fibres naturelles dans l'habillement, était en soi une preuve de sa motivation.

— Je veux me rendre utile.

— Je comprends, répondit-il en se passant une main sur le visage. Mais Mira aura besoin d'aide, ici. Je pense que Chelsea ne voudra pas s'en aller, avant qu'on ait retrouvé son fiancé, et tu pourrais peut-être les conduire à l'hôpital, Nate et elle. Il faudrait aussi faire venir un hélicoptère ou une autre équipe de secouristes. Y a-t-il une autoneige, par ici, qui pourrait les transporter ?

— De toute façon, j'ai besoin d'une combinaison, reprit-elle avec insistance.

Elle le regarda droit dans les yeux, espérant le faire changer d'avis.

— Tu as raison.

— Mira est médecin, tu sais. Elle peut très bien s'occuper de leur transfert à l'hôpital. Elle a l'habitude. Si je viens avec toi, je pourrai entrer dans des endroits auxquels tu n'auras pas accès. Je suis plus petite.

— Mais Jude est sans doute plus grand que toi, répliqua-t-il. C'est une mission dangereuse. Et je n'ai pas la moindre envie qu'il t'arrive quelque chose, à toi aussi.

— Mais si je reste avec toi…

— Ellory, je ne veux pas avoir cette responsabilité en plus. Il faut que je retrouve une personne en détresse, et que je veille aussi à la sécurité de mes hommes. Ce qui représente cinq personnes, plus Max. Je ne vais pas m'encombrer d'une personne supplémentaire, dont la présence ne me sera d'aucune utilité.

Elle sortit avant qu'il n'ajoute encore un mot négatif. Elle ignorait en quoi elle pourrait être utile, mais elle le serait forcément en quelque chose. Ne serait-ce que pour scruter les coins et recoins du paysage. De toute façon, elle ne pouvait pas rester une heure de plus à l'hôtel, à attendre son retour.

Mira avait l'habitude de ce genre d'organisation, mais la préparation du transfert de Chelsea et de Nate prit du temps. L'alternative consistait à attendre le lendemain, que les techniciens soient passés vérifier les câbles reliant l'hôtel au village. Pour l'heure, il était illusoire et irresponsable de prendre le téléphérique, en misant sur une embellie durable des conditions météorologiques.

— Comment allez-vous ? demanda Ellory à Chelsea en tirant une chaise près d'elle.

— Mal, répondit doucement Chelsea, en prenant la main qu'Ellory lui tendait. Je sais qu'il faut que j'aille à l'hôpital, mais je n'ai pas envie de partir d'ici. Même si le courant est coupé, je veux être là, lorsqu'ils le retrouveront.

Sa main était raide et gercée. Ellory se releva pour aller chercher un tube de crème. Elle s'efforça de ne pas regarder la composition du produit, avant d'en verser une noisette dans le creux de sa main, et de masser celles de Chelsea.

— J'espère qu'ils vont le retrouver aujourd'hui. De toute façon, nous vous tiendrons au courant de l'avancée des recherches.

— Bien entendu ! s'exclama Mira en entrant dans la pièce.

Je vous appellerai à l'hôpital pour vous informer. Tu as fini ? demanda-t-elle à Ellory.

— Pratiquement. L'autoneige est prête ?

— Ils ont déblayé. On peut partir.

Anson eut un étrange pressentiment. D'habitude, dès qu'il se trouvait en montagne, il ressentait une paix profonde. Il aimait ce métier précisément, parce qu'il lui permettait de se concentrer et de se dépasser constamment, et de lui faire oublier tout le reste. Même l'air glacial qui entrait dans ses poumons le réjouissait, d'habitude.

Mais en cette drôle de journée, l'air lui brûlait les bronches. Et parcourir les sentiers enneigés sur sa motoneige ne l'excitait pas. Nombre d'avalanches étaient déclenchées par le passage d'une motoneige. Or, comme il avait fait beau et chaud la veille de la tempête, la couche sur laquelle était tombée la neige fraîche était fragile, et risquait de glisser à chaque instant.

Il pouvait séparer ses hommes en trois équipes de deux. Chaque binôme pourrait explorer une zone particulière en se séparant suffisamment pour que, dans le cas où l'un déclencherait une avalanche, l'autre ait plus de chances d'être épargné. De plus, ils étaient tous munis de radiobalises de localisation, y compris Max.

Anson jeta un coup d'œil dans le rétroviseur. Son gros terre-neuve haletait, la langue pendante. Grâce à lui, les recherches seraient plus faciles. Il eut l'impression qu'il lui souriait.

Il arrêta sa motoneige devant la mine du Sud, et après avoir sorti une chemise d'un sac en plastique, ouvrit la cage. Max vint renifler le tissu, et prit la direction de la mine, suivi par Mark et lui-même, munis de lampes.

Mais Max ressortit rapidement.

Jude n'était manifestement pas là.

Le chien huma l'air. Le vent soufflait en provenance du

nord-ouest — la direction de l'hôtel. Max n'émit aucun jappement. Aucune piste pour l'instant.

Anson prit sa radio.

— Equipe 1 à la mine du Sud. Rien trouvé.

La radio crépita.

— C'est-à-dire ? Où est-ce que vous allez, maintenant ? Max a trouvé une piste ?

De toute évidence, Ellory se considérait comme partie intégrante des recherches, même s'il ne lui avait pas permis de les accompagner.

Il esquissa un sourire. Elle ne savait même pas se servir d'une radio.

— Non. Il y a du vent, et beaucoup de neige est tombée cette nuit.

— Oh ! répondit-elle, visiblement déçue.

Il eut un petit soupir. Ce n'était pas la première fois qu'il la décevait aujourd'hui.

— Si Max avait senti quelque chose, cela signifierait que Jude se trouvait dehors, sous la neige. Et ce serait mauvais signe. Les autres équipes explorent les bois à pied. Nous prenons la direction nord-est.

— Mais vous vous éloignez de l'hôtel !

— Je sais. Je rappelle à la prochaine étape.

Sur ces mots, il replaça la radio à sa ceinture, et fit remonter Max dans sa cage.

Il avait probablement donné de faux espoirs à Ellory. Si les deux autres équipes ne trouvaient pas Jude, là où les motoneiges ne pouvaient accéder, il était peu probable qu'ils le retrouvent vivant. Il pouvait aussi avoir emprunté une autre direction.

C'est précisément comme cela que sa mère et lui s'étaient perdus : en se trompant de direction.

10.

La nuit était tombée. Il faisait si noir qu'en scrutant le ciel, Ellory aurait pu voir la Voie Lactée.

Anson et ses hommes étaient censés arrêter les recherches dès la tombée de la nuit. Deux équipes étaient rentrées à l'hôtel, mais Mark et lui n'étaient toujours pas là.

Inutile de se demander pourquoi. La réponse était évidente : Anson voulait mettre toutes les chances de leur côté, et chercher jusqu'au dernier instant.

Aux dernières nouvelles, ils n'avaient trouvé aucune trace de Jude. Rien de rien.

Elle s'efforça de chasser les sombres pensées qui l'envahissaient. Elle savait qu'Anson se démenait, et se démènerait jusqu'au bout pour le retrouver.

Avec toute la neige qui était tombée, le risque d'avalanche était extrêmement élevé. Mais les secouristes n'avaient pas encore sollicité d'hélicoptère pour les recherches.

Ils avaient provoqué deux petites avalanches, heureusement, aucun d'entre eux ne s'était fait emporter. Par chance, elles s'étaient produites dans des zones dépourvues de grottes ou de mines, dans lesquelles Jude aurait pu se cacher.

Des lumières surgirent au milieu de l'obscurité : Mark et Anson étaient de retour. Elle sentit un frisson la parcourir.

Elle allait devoir faire face à l'homme magnifique avec qui elle avait fait l'amour une bonne partie de la soirée, et cette seule idée la bouleversait.

Enfin équipée d'une combinaison, qu'elle avait achetée

dans la boutique de l'hôtel, elle se posta dans le hall et leur ouvrit la porte.

— Il fait nuit, dit-elle à Anson qui marcha tout droit vers le feu de cheminée. Vous étiez censés rentrer quand il faisait encore jour. C'est une question de sécurité. Il y a eu deux avalanches ! Deux avalanches le même jour !

Elle posa une écuelle devant Max, et tendit des tasses de chocolat fumant aux deux hommes.

— Buvez ça. Et promettez-moi de rentrer plus tôt demain soir.

Anson prit le chocolat, et elle ne put s'empêcher de penser, une fois de plus, aux conservateurs et autres additifs qu'il devait contenir. Mais elle s'abstint de tout commentaire.

— Je t'ai prévenue par radio, non ? répliqua-t-il d'un ton un peu sec.

Elle secoua la tête. Certes, mais elle aurait préféré qu'il lui donne des nouvelles en continu sur le chemin du retour, afin qu'elle sache qu'il était toujours en vie, minute après minute.

— Pas dernièrement.

— Ellory, je ne peux pas conduire, et parler en même temps. Surtout pas dans ces conditions.

— Tu as raison, répondit-elle dans un soupir.

Elle alla s'asseoir, et se força à se calmer.

Elle l'observa discrètement. Il avait l'air exténué, plus encore que lors du jour où ils s'étaient rencontrés, et où il bataillait avec le sentiment d'avoir perdu un homme. Le jour où son poing avait traversé le mur.

— Demain, il y aura davantage d'équipes, avec d'autres chiens. Quand on a emmené Chelsea et Nate à l'hôpital, Mira a demandé de l'aide à tous les gens qu'elle connaissait. Chelsea avait d'énormes cloques sur deux orteils, et les médecins de l'hôpital ont confirmé qu'elle avait des engelures de stade 2. Mais selon eux, le traitement devrait lui permettre de ne perdre aucun orteil. De plus, le courant devrait être rétabli demain.

Elle le regarda. Anson acquiesça, toujours sombre mais apparemment soulagé par ces nouvelles positives. Les chances de retrouver Jude s'amenuisaient d'heure en heure, et elle n'osait pas imaginer ce qu'il pouvait ressentir à cette idée.

— Les chambres les plus anciennes de l'hôtel sont toujours équipées de chauffe-eau à gaz. Vous pouvez aller prendre une douche pour vous réchauffer. Par contre, elles ne sont pas chauffées. Il faudra vite vous sécher, vous rhabiller, et retourner dans vos chambres pour ne pas attraper une pneumonie.

Elle accompagna les deux hommes dans les chambres, et leur donna des serviettes propres.

— Ça va ? demanda-t-elle à Anson une fois qu'ils furent seuls.

A sa grande surprise, il soupira, et secoua la tête.

— Cela m'étonnerait qu'il soit encore en vie. Et moi, lâchement, je ne voulais pas rentrer pour ne pas avoir à le dire à Chelsea. Les autres… Ce n'est pas pareil. Ils sont amis mais…

— Ils ont tous accompagné Chelsea et Nate à l'hôpital, l'interrompit-elle. Personne n'avait envie d'attendre ici.

— Parce qu'ils savaient que je reviendrais sans lui ?

— Non, parce qu'ils avaient envie d'être avec eux. Mira leur a promis de les appeler régulièrement pour leur donner des nouvelles. L'attente est une torture.

— Je sais.

Elle eut envie de poser des questions, mais s'en abstint. La plaie était trop à vif pour l'instant. Elle l'aida à retirer sa parka et le reste de ses vêtements. Une fois qu'il se trouva sous la douche, elle se déshabilla à son tour, et le rejoignit. La meilleure façon de se rendre utile était de le distraire et de le réconforter.

Mais pour être tout à fait honnête, elle aussi avait besoin de réconfort.

Après deux jours de recherches, l'électricité fut rétablie, les ramenant enfin au XXe siècle. Mais le haut débit ne fonctionnait toujours pas. Le XXIe siècle restait encore à venir…

Anson et Ellory logèrent encore ensemble dans la chambre au poêle, sans qu'elle ne culpabilise outre mesure de son empreinte carbone. Non qu'elle ait adopté les habitudes de son petit ami, puisqu'en l'occurrence, il n'était pas son petit ami.

Mais il avait besoin de chaleur. Et cela suffisait pour qu'elle ne s'attarde pas sur les conséquences de leur relation.

Pourtant, au bout de quatre jours, plus rien ne parvenait à le réchauffer, semblait-il. Ni les soupes de lentilles qu'elle lui préparait ni les douches chaudes ou les bains qu'il prenait en rentrant. Et, pire, même faire l'amour ne semblait plus lui remonter le moral.

Au cœur de l'action, son regard conservait une expression lugubre. Elle aurait juré qu'il ne tenait pas plus que cela à sa présence, s'il ne se blottissait tous les soirs contre elle, enfouissant ses tourments dans sa chevelure blonde.

Il s'était mis à trembler pendant son sommeil. Et quand elle lui posait la question, il continuait à dire qu'il avait froid.

Ils finirent par éviter le sujet, à savoir le nombre de jours et d'heures que les secouristes passeraient encore à rechercher l'homme disparu, jusqu'à ce que quelqu'un décrète que cela était devenu inutile.

Ce soir-là, elle se retourna vers lui, et prit son visage entre ses mains.

— Il faut que tu te détendes.

— J'essaie, répondit-il en déposant un baiser tendre sur ses lèvres. Mais je suis tellement impatient de poursuivre les recherches, que je n'arrive même plus à dormir.

— Veux-tu un massage ? proposa-t-elle.

Il secoua la tête.

— Et si nous méditions ?

— Ellory, je n'arrive pas à me concentrer sur quoi que ce soit.

— Tu n'as pas besoin de te concentrer, justement, répliqua-t-elle en se détachant de lui.

Mais il essaya de la retenir.

— Je ne vais pas loin, ajouta-t-elle.

Elle avait le sentiment de rassurer un enfant.

Elle agrippa le dessus-de-lit, et l'écarta.

— Assieds-toi, jambes croisées.

Il s'exécuta, sans soupirer ni lever les yeux au ciel.

Elle prit le dessus-de-lit et le posa sur ses épaules pour qu'il ne prenne pas froid, puis vint s'asseoir face à lui, passant ses jambes sur les siennes.

— C'est une méditation sexuelle ? demanda-t-il en passant ses bras autour de sa taille.

— Non, c'est bien plus simple que cela, répondit-elle en posant ses mains sur ses tempes. Tout ce que tu as à faire, c'est de me regarder dans les yeux. Rien d'autre. Ce n'est pas plus compliqué que ça.

— Il est incroyablement facile de te regarder. Mais quel effet est-ce censé produire ? demanda-t-il, sourcils froncés.

— C'est censé nous donner un sentiment de sécurité, et de lien. Te sens-tu en sécurité ?

Le sourire qu'il lui adressa sembla le confirmer.

— Et te sens-tu relié ?

— Oui.

Elle posa son pouce entre ses deux sourcils, et massa doucement la zone pour la détendre. Elle lui montra quelques techniques de respiration, avant de passer ses mains sur ses épaules.

Elle détendit son dos, et se mit à fixer ses yeux verts et or et toute la tristesse qu'ils contenaient.

— Nous partageons notre énergie, dit-elle d'une voix douce. Nous sommes là, assis face à face, et nous partageons notre souffle, notre chaleur, notre contact. Quand nous nous relions l'un à l'autre, peu importent les montagnes, la neige et les recherches. Tu peux profiter de ma paix intérieure et de ma force quand tu ne les trouves plus en toi, et me laisser porter un peu de ton fardeau.

Il s'éclaircit la gorge, mais demeura silencieux. Elle s'attendait à ce qu'il considère l'exercice inutile et stupide, mais contre toute attente, il demeura immobile et continua de la fixer.

S'il y avait une chose qu'elle savait faire, c'était se détendre. Elle parvenait avec une facilité déconcertante à se détacher de sa conscience. Elle avait appris très tôt à se réfugier dans son imaginaire.

Sa respiration s'apaisa, et la détente se propagea dans tout son corps. Elle continua à fixer les yeux verts d'Anson et des images se mirent à défiler, d'abord floues, puis de plus en plus nettes : une maison au milieu des champs, des enfants aux yeux verts, de gros chiots noirs à poils longs. Le vert des yeux d'Anson pâlissait au fur et à mesure que l'amour se répandait.

Elle voyait tout ce qu'elle avait toujours refusé de faire entrer dans sa vie, persuadée qu'il ne pouvait s'agir que d'une supercherie.

Or, le lien qu'elle ressentait, ce désir brûlant, tout cela était bel et bien de l'amour. Elle était amoureuse d'Anson. Elle était en train de vivre le moment que Mira et Chelsea avaient si bien décrit, lorsque notre cœur chavire et que…

Elle revint brusquement à la réalité. Mais cet avenir lui était interdit. Elle ne pouvait pas construire quoi que ce soit avec lui.

Cela dit, comment trouverait-elle la force de s'éloigner de lui ?

C'est en sentant des larmes couler sur sa joue, qu'elle prit conscience qu'elle pleurait. Et soudain, de gros sanglots la secouèrent.

— Je ne peux pas.

Anson la dévisagea, désemparé. La voir craquer n'était pas exactement ce dont il avait besoin pour se remonter le moral. Mais c'était sans doute ce dont elle, avait besoin.

— Qu'est-ce qui t'arrive ? demanda-t-il, inquiet. De quoi as-tu peur ?

— Je ne sais pas, articula-t-elle en se détachant de lui.

Il la laissa faire.

— Que se passe-t-il, Ellory ?

— Je ne sais pas, dit-elle encore en marchant à quatre pattes jusqu'à l'autre extrémité du lit.

Ellory sentit l'odeur âcre du poêle à gaz, et essaya de se concentrer sur cette sensation pour se calmer.

— Parle-moi, suggéra-t-il. Tu dis toujours que les mots t'aident à donner corps aux choses. Dis-moi ce qui se passe.

Elle le sentit s'approcher. Il s'assit derrière elle, et passa ses bras autour de sa taille.

Elle se mordit la lèvre. Il fallait qu'elle dise quelque chose.

— Tu retrouves des gens qui se sont perdus…, dit-elle.

C'était la première chose qui lui était venue à l'esprit.

— Je retrouve des gens qui se sont perdus, oui, reprit-il, d'un ton ferme.

Elle laissa échapper un soupir. Comment lui dire tout ce qui occupait vraiment ses pensées ? Comment lui dire qu'elle était tombée amoureuse de lui ? Qu'elle était sûre qu'il le savait ? Qu'elle était prête à tout changer en elle, corps et âme, pour rester avec lui ?

Mais si elle n'était pas censée vivre tout court, comment pourrait-elle vivre avec lui ?

Il ne figurait pas dans ses projets de fonder une famille, et d'augmenter le nombre de personnes vivant sur une planète déjà surpeuplée. Elle ne pouvait pas cesser ses missions, qui l'aidaient à supporter le fait d'être une affreuse consommatrice occidentale. Elle ne pouvait se fixer quelque part, et devenir le déchet que son père lui avait toujours prédit d'être. Si elle décidait un jour d'avoir des enfants, cela ne ferait que confirmer ce que son père pensait d'elle. Cela lui donnerait raison et cette idée était trop douloureuse.

Elle sentit la chaleur du torse d'Anson dans son dos, et se rendit compte qu'il avait cessé de trembler. Cela avait au moins servi à cela.

Elle n'avait jamais aimé les personnes avec qui elle sortait. D'ailleurs, elle était toujours sortie avec des hommes qui ne l'attiraient pas particulièrement — ainsi était-elle sûre qu'ils ne la tenteraient pas. Tous ces hommes comprenaient le sens de sa démarche et son mode de vie, mais elle n'était tombée amoureuse d'aucun d'entre eux.

Anson, lui, était parvenu à lui faire baisser sa garde. Cet homme lui donnait envie de ne plus se laisser dicter sa vie par son père. Elle avait le désir de changer.

Il fallait qu'elle lui dise quelque chose, mais elle en était incapable.

— Je n'ai pas envie d'en parler, murmura-t-elle enfin.

Il ne répondit pas d'emblée, et continua à la serrer contre lui, le nez dans ses cheveux. Au bout d'un moment, elle sentit qu'elle se détendait.

— C'est trop difficile ?

— Je ne suis pas sûre que tu aies envie d'entendre tout cela.

Il lui demanda d'un ton inquiet :

— Tu n'as pas confiance en moi ?

— Tu retrouves des gens qui se sont perdus, dit-elle encore. Mais tu ne pourras rien trouver en moi. Il n'y a rien.

— Je suis sûr qu'il y a quelque chose.

— Je n'ai pas envie de te faire du mal.

— C'est à propos de ce que tu m'as raconté l'autre soir ? Sur le fait que tu n'es pas censée être vivante ?

Elle réfléchit. Son cœur battait si fort dans sa poitrine, qu'elle eut l'impression qu'il allait exploser.

— En fait, mes parents ne voulaient pas d'enfants. Ils étaient convaincus — et le sont toujours — que la planète est surpeuplée, et que ceux qui veulent changer le monde devraient montrer l'exemple en s'abstenant de procréer, afin de contrebalancer le phénomène.

— Pourquoi t'ont-ils eue, alors ?

— C'était un accident. Ma mère est tombée enceinte, et n'a

pas voulu avorter. Je suis donc une fausse note dans le parcours de mon père. A cause de moi, il n'a pas tenu ses engagements.

— C'est ce qu'il t'a dit ? demanda Anson d'un air incrédule.

— Cela a le mérite d'être honnête.

— L'honnêteté n'est pas une vertu, si elle blesse un enfant. Je n'imagine même pas ce que tu as pu…

— Tout va bien, ne t'inquiète pas, l'interrompit-elle. Je veux simplement m'en sortir, et faire mieux que ce qu'ils ont fait. Je ne tomberai pas enceinte, ou je ferai le nécessaire si cela m'arrive. Je ne veux pas avoir la responsabilité d'une charge supplémentaire pour la planète. Alors j'essaie de…

Il bondit et la força à se tourner face à lui. Puis il l'obligea doucement à s'allonger sur le dos, et se pencha au-dessus d'elle, le regard noir.

— Tu n'es pas une charge pour la planète, Ellory. Si tes parents t'en ont convaincue…

— Oh non, pas ma mère. Elle n'a jamais… Non. C'était mon père. Il avait un grand sens moral.

Anson sentit la colère l'envahir. Il lui était déjà arrivé de donner un coup de poing à un mur, mais il n'avait jamais agressé physiquement une personne. Pour une fois, il ferait volontiers une exception avec le père d'Ellory, si l'occasion se présentait.

— A quoi pensais-tu lorsque tu t'es brusquement éloignée de moi, tout à l'heure ?

— A rien. Rien d'important.

— Maintenant, tu peux me le dire.

— Ce qui compte, c'est que je sais pourquoi il fallait que je revienne à Silver Pass.

Elle tendit la main pour lui caresser la joue, visiblement dans l'espoir de faire diversion ou de l'apaiser, même si c'était elle qui avait besoin de retrouver la paix.

Il écarta sa main, et la maintint fermement.

— Tu veux savoir pourquoi tu n'es pas heureuse ? Voilà

pourquoi. Personne ne peut s'épanouir en portant un tel poids sur ses épaules. C'est un énorme mensonge.

— Il fallait que je revienne ici pour te rencontrer.

— Pour que je te dise que tes parents t'ont raconté n'importe quoi ?

— Non. N'en parlons plus. Cela n'a pas d'importance. Tu sais, Anson, toi aussi, tu es perdu. Tu retrouves des gens, mais tu es perdu.

11.

Anson resta allongé au-dessus d'elle, afin qu'elle ne s'échappe pas. Il avait l'impression qu'au moindre prétexte, elle s'enfuirait pour toujours.

— Tu ne peux pas dire que c'est sans importance. Tu peux me parler, Ellory.

— Toi aussi, tu peux me parler. Je me suis déjà beaucoup confiée, alors que je ne sais pratiquement rien de toi. Tu as envie que nous parlions de moi, parce que la situation t'a énervé. Mais il y a sans doute d'autres choses qui te mettent en colère, et dont tu ne parles pas. Je t'ai raconté des tas de choses. Si tu n'arrives pas à me parler, dans ce cas, le lien…, enfin, ce qui existe entre nous n'est qu'une supercherie.

Il la regarda, songeur. Il ne souhaitait pas s'épancher. Il préférait qu'elle lui parle d'elle, du fait qu'elle ne soit pas censée être vivante.

— Si je te parle, me diras-tu ce que tu me caches ?

Elle le dévisagea pendant quelques longues secondes, avant de hocher la tête.

— D'accord, si tu te confies vraiment, si tu m'expliques ce que tu ressens face au cas de Jude, pourquoi cela te touche autant. Je veux savoir ce qui est arrivé à tes pieds…, et à ta maman. Parle-moi sans que j'aie à te tirer les vers du nez, et je te dirai tout ce que tu veux. En revanche, n'essaie pas de me faire taire en m'embrassant ou par toute autre méthode douteuse. Si tu continues à tout garder en toi, tu vas bientôt faire un autre trou dans le Placo.

— Ça, c'était avant que nous soyons ensemble.

— Non, c'était quand tu avais besoin de parler à quelqu'un, et que tu refusais de le faire.

Il soupira, puis s'accrocha à elle pour la faire rouler. Il aimait bien cette position. Il pouvait l'enlacer et toucher ses cheveux, sans avoir peur de lui faire mal.

Il ne frissonnait plus. Ellory le réchauffait, corps et âme. Etre avec elle — lorsqu'elle préparait à manger, le soutenait, l'aimait, était réconfortant.

Lui raconter la vérité allait probablement changer l'opinion qu'elle se faisait de lui. Comment allait-elle réagir face à sa culpabilité ?

— Si je ne t'ai pas dit mon histoire, ce n'est pas parce que j'ai pensé que tu ne comprendrais pas. Je sais que tu peux comprendre, tu es la personne la plus empathique que j'ai jamais connue…

— Alors pourquoi ? En te taisant, non seulement tu me fais du mal, mais tu t'en fais à toi aussi.

— Quelle importance ! s'écria-t-il brusquement.

Il se tut, très mal à l'aise. Loin de lui l'idée de crier, de la bouleverser encore davantage. Il voulait avant tout savoir pour quelle raison elle avait éclaté en sanglots. Quelle était cette part d'ombre qu'elle continuait à porter, et qui la faisait souffrir ?

— Qu'est-ce qui te fait penser que je ne mérite pas les fardeaux que je porte ?

— Tu es un homme bon.

Il secoua la tête.

— Tu es un sacré héros !

— J'ai tué ma mère.

Elle se figea dans ses bras. Il sentit les battements de son cœur accélérer sous sa paume.

— Je n'y crois pas.

Il ferma brièvement les yeux. Pourtant, la tension de son corps prouvait le contraire.

C'était le moment ou jamais. Mais il ne pouvait pas la regarder en face.

Il roula sur le côté, de façon à se retrouver allongé derrière elle. Ses cheveux étaient doux sur sa joue, et son parfum, réconfortant.

— J'avais dix ans. C'était pendant nos vacances au ski.

— A quel endroit ?

— Ici. Une tempête s'annonçait. Ma mère et moi étions restés sur les pistes, jusqu'à ce que la neige se mette à tomber vraiment fort. Alors elle a dit qu'il fallait rentrer. J'ai insisté pour qu'on fasse encore une descente et je suis parti à fond, avant qu'elle n'ait eu le temps de me retenir. Quitte à me faire gronder pour avoir désobéi, autant que j'en profite avant ! Voilà ce que j'avais pensé, sauf que ce versant du col… On m'avait toujours interdit de le prendre. On me disait qu'il était encore trop raide pour mon niveau.

— Tu es tombé ?

— Evidemment ! La descente était effectivement trop abrupte. J'ai pris trop de vitesse. J'avais descendu les deux tiers de la pente, lorsque j'ai heurté un rocher. Je suis tombé, et j'ai dévalé sur le dos, tout le reste de la pente. Je me suis cassé le fémur.

— C'est la cicatrice que tu as sur la cuisse ?

— Oui.

Il avait senti sa main s'arrêter sur sa cuisse.

Elle accusa visiblement le coup, mais en silence, pour une fois.

— Elle t'a retrouvé ? demanda-t-elle au bout d'un moment.

— Oui. J'étais toujours sur le dos, la tête en bas, je hurlais. Nous étions complètement seuls, sans quoi les gens auraient entendu mes cris.

Ellory remua. Elle souhaitait manifestement se retourner.

— Ne bouge pas, ordonna-t-il.

Puis il déposa un baiser sur sa nuque, et un autre, juste derrière l'oreille.

Il laissa échapper un soupir. Physiquement, leur relation était explosive, et il suffirait d'un baiser, et de quelques caresses pour mettre un terme à cette conversation. Elle cesserait de poser des questions… Mais ce ne serait que partie remise.

Cela dit, il n'avait pas non plus l'intention de revenir sur cet épisode dramatique de sa vie. Cela impliquait de raconter la suite et de répondre à ses questions, au fur et à mesure qu'elle les formulerait.

— Un fémur cassé ne peut supporter aucun poids, dit-elle. Mais…, cela s'est passé ici, à Silver Pass ? Je ne me souviens pas d'en avoir entendu parler.

— J'ai quelques années de plus que toi. J'avais dix ans, tu en avais donc…

— Six.

— En général, on ne s'intéresse pas à l'actualité à six ans.

— Tu as foncé dans le gros roc, en bas de cette affreuse piste ? Celui qui dépasse, très pointu ? J'ai toujours pensé que c'était une dent de la montagne.

Il hocha la tête.

— Ma mère n'était pas suffisamment robuste pour me porter. Alors j'avançais sur une jambe, et elle me soutenait tant bien que mal. Mais la tempête se rapprochait. Le ciel est devenu tellement sombre, qu'on aurait dit que la nuit était tombée. Maman a tout de même réussi à trouver un surplomb, sous lequel elle s'est glissée avant de me tirer jusqu'à elle.

Elle entrelaça ses doigts aux siens, et il la laissa faire. C'était plus facile de lui laisser serrer sa main, que de la regarder dans les yeux.

— La première nuit a été la pire. Il faisait tellement froid ! Nous ne pouvions même pas nous serrer l'un contre l'autre pour nous réchauffer, car nous n'en avions pas la place. Et j'avais mal à la jambe. Ma mère a sorti un jouet de mon sac à dos, et a essayé de m'amuser avec, elle me racontait des histoires…

Nous pensions que la tempête éclaterait dans la matinée. J'ai perdu connaissance à plusieurs reprises. Ce qui était presque mieux. Je n'ose imaginer le calvaire qu'elle a dû vivre.

Il relâcha son bras, et elle en profita pour se retourner. Elle lui caressa doucement le visage. Ce fut à cet instant précis, qu'il sut avec certitude qu'il l'aimait.

Il ferma brièvement les yeux, et soupira. Mais il devait d'abord lui dire ce qu'il avait fait, afin qu'elle sache à quoi s'en tenir. Déclarer son amour avant d'aller au bout de son récit risquait de biaiser l'information.

— J'ai reconstitué l'histoire à partir de mes propres souvenirs, et de bribes que les gens m'ont racontées. Le troisième jour, lorsque la tempête de neige a pris fin, j'avais perdu connaissance. Je n'ai aucun souvenir de cette matinée ni de la nuit qui l'a précédée. J'imagine que ma mère a essayé de me réveiller.

En fait, je ne suis sorti du coma, que plusieurs jours plus tard, à l'hôpital, après les opérations. D'abord, on m'a opéré de la cuisse, afin de remettre l'os en place, et d'enlever des tissus qui s'étaient nécrosés. Puis il y a eu une seconde intervention, pour m'amputer des orteils qui avaient gelé. Il n'y en avait qu'un du côté de ma jambe saine, mais la situation était pire sur la jambe qui s'était cassée, probablement parce que l'afflux de sang dans le pied avait dû être ralenti.

— J'ai vu les cicatrices…

Il hocha la tête. Ellory ne les avait pas seulement regardées, elle les avait caressées et même embrassées à plusieurs reprises.

— Comment t'a-t-on retrouvé ?

— Ma mère a mis sa parka sur mes jambes pour les réchauffer. Elle aussi était médecin. Elle était urgentiste, autant te dire qu'elle était consciente de la gravité de la situation. Après m'avoir couvert, elle s'est extirpée de sous le rocher, et elle est partie chercher des secours.

Il s'interrompit, pour prendre une grande inspiration.

— Mais elle est morte de froid avant d'atteindre le sommet, dit-il à voix basse. Après trois jours sans manger ni boire, elle n'avait sans doute plus de forces. Les secours ont suivi ses empreintes pour me retrouver.

Elle fourra doucement les mains dans ses cheveux, et attira sa tête contre elle.

Il se laissa faire, mais il n'avait pas l'impression de mériter ses caresses. Il devait retrouver Jude, qui avait quitté ses amis pour aller chercher des secours. Comme sa mère l'avait fait.

— Comment te sens-tu ? demanda-t-elle.

— J'ai l'impression de toucher le fond.

— Tout le monde passe par là. Dans une démarche personnelle, il faut affronter les pans sombres de notre histoire, pour pouvoir s'en libérer.

Il s'efforça de sourire. Elle était adorable. Mais jamais il ne pourrait se libérer de ce pan tragique de son histoire. La rédemption était impossible, après ce qu'il avait fait. Sa mère était partie, et elle ne reviendrait plus. Son père avait perdu la femme qu'il aimait, par sa faute. A lui.

Il eut envie de la repousser, mais la force lui manqua soudain. Il se détesta. Encore un signe de sa lâcheté.

Cette conversation le renvoyait au vide sidéral, dans lequel il s'était retrouvé après être sorti du coma.

Ellory était sa bouée de sauvetage. Il fallait tout faire pour qu'elle reste auprès de lui, au moins le temps qu'il retrouve Jude, en même temps que sa lucidité d'esprit.

— A quoi penses-tu ?

— Je pense que j'ai besoin de tout cela, murmura-t-il.

— De tout cela ? C'est-à-dire ?

— De toi, répondit-il en l'attirant contre lui pour l'embrasser. Il avait envie de se perdre en elle. C'était le seul moyen de ne plus penser.

— Maintenant, c'est à toi de parler, Ellory Star.

— Je sais, murmura-t-elle en caressant toujours son visage. Pouvons-nous reporter mes confidences à plus tard ? Pour l'instant, j'ai très envie que tu m'embrasses encore.

Quatorze jours s'étaient écoulés depuis la tempête.

Et, depuis cette nuit-là, beaucoup de choses avaient changé.

Leurs douches s'étaient mises à durer de plus en plus longtemps. Ils gaspillaient donc de plus en plus d'eau. Ellory faisait tout pour ignorer la petite voix qui lui reprochait de se fondre si facilement dans le mode de vie d'Anson.

Mais quel était au juste son mode de vie ?

A écouter la petite voix, on ne pouvait pas faire pire. Cela revenait à aller à l'encontre de tous les principes sur lesquels elle avait fondé son existence jusque-là. Même si cela lui facilitait la vie, et l'aidait à se défaire de ses comportements obsessionnels, elle avait l'impression de quitter de mauvaises habitudes pour d'autres mauvaises habitudes.

Cela dit, si elle écoutait cette agaçante petite voix, elle serait sûre de ne pas culpabiliser davantage à l'avenir, quand elle aurait enfin trouvé un sens à sa vie, et les moyens de s'épanouir. C'était déjà assez difficile pour ne pas avoir à remettre en question tout ce qui l'avait conditionnée jusqu'à présent. Il était plus aisé de se laisser porter par ses habitudes, même pénibles et ennuyeuses, que de vivre dans l'incertitude.

Elle préparait des repas avec amour, pour le réchauffer et lui donner des forces. Mais il mangeait vite, comme s'il fallait avant tout qu'il se nourrisse, sans tenir compte des efforts qu'elle avait déployés pour cuisiner. Puis ils retournaient dans leur lit, où ils trouvaient leur seul vrai réconfort.

Elle avait tenté de lui expliquer que la distance et la désapprobation de son père avaient été un moteur la poussant à mener la meilleure existence possible. Elle comprenait l'agacement d'Anson, mais il lui semblait qu'elle était parvenue à transformer ce négatif en quelque chose de positif. Du moins s'était-elle persuadée. Elle avait essayé de lui faire comprendre son point de vue, jusqu'à ce qu'ils se sentent si frustrés l'un et l'autre, qu'ils avaient cessé d'en parler.

Elle ignorait ce qu'elle pouvait dire ou faire pour l'aider. Elle avait déjà essayé de lui expliquer qu'il ne pouvait pas vivre avec ce poids sans en souffrir. Il opinait, le répétait lui-même, mais ne suivait pas ses conseils.

Dès qu'ils auraient retrouvé Jude, elle romprait avec lui. Ce serait le bon moment. Elle n'envisageait pas de le quitter, alors qu'il avait tant besoin de son soutien. Mais elle savait aussi qu'ils ne pourraient pas rester ensemble plus longtemps.

Rester avec lui la faisait déjà souffrir. Par chance, leurs nuits folles constituaient des pauses bienvenues, pour elle comme pour lui. C'était ce qui leur permettait de tenir jusqu'au lendemain. Enfin presque. Car, comme une drogue, plus elle en prenait, moins l'effet durait, et plus elle en avait besoin. Certains de ses amis avaient vécu des descentes aux enfers, dont, par chance, ils avaient fini par guérir…

Mais elle, pourrait-elle un jour se passer de ses caresses ? Serait-elle capable de rester à Silver Pass, en sachant que sa « drogue » se trouvait à portée de main ?

Peut-être devrait-elle chercher une nouvelle mission. Un autre endroit, au bout du monde, d'autres gens qu'elle aiderait, et qui lui donneraient l'impression d'être une fille bien. Quelque part où elle n'aurait pas à s'arracher les cheveux pour mener la vie qui lui convenait. Si elle se retrouvait dans un village au fin fond d'une vallée, sans eau courante ni électricité, elle mènerait une existence simple sans se sentir un poids pour la planète.

Ils étaient sur le point de terminer le dîner, lorsqu'on frappa à la porte. Etait-ce Mira ?

— Graves ? dit une voix d'homme. C'est Powell.

Frank Powell, le superviseur d'Anson, avait pris la tête des opérations de recherches, dès que la route menant à l'hôtel avait été suffisamment dégagée, pour que d'autres équipes puissent intervenir.

Anson se leva et alla ouvrir.

— On doit ressortir ?

Elle observa les deux hommes. C'était prendre ses désirs pour des réalités. L'expression de Frank en témoignait. Il n'était pas question qu'ils ressortent.

Elle avait eu l'occasion de rencontrer Frank plusieurs

fois au cours des deux semaines qui venaient de s'écouler, lorsqu'elle avait pour tâche d'apporter à manger au quartier général installé dans l'une des salles de conférences.

Ses visites n'étaient jamais tout à fait désintéressées. Apporter de quoi boire et manger aux troupes était une excuse toute trouvée, pour grappiller des informations sur l'avancée des recherches et parfois même, entendre la voix d'Anson à la radio. Ainsi savait-elle qu'il allait bien. Du moins, aussi bien qu'il puisse être.

Elle s'apprêtait à inviter Frank à partager leur table, lorsque ce dernier regarda de nouveau Anson.

— Je voulais te prévenir en personne : les recherches de Wyndham ont été reclassées en mission de récupération.

Son cœur se mit à battre à tout rompre. Elle se réfugia aussitôt près d'Anson, et lui prit la main.

— Il reste une chance, dit-il, ignorant son geste de réconfort.

Il retira sa main et se frotta le visage, comme pour effacer le mensonge qu'il venait de proférer.

Elle secoua la tête. Personne ne se faisait plus d'illusion. Jude n'avait pas pu survivre à deux semaines dans la neige. Quelques jours, à la rigueur. Il fallait désormais se rendre à l'évidence : Jude était mort.

Mais par ces mots, Anson exprimait l'espoir et la peine que tout le monde ressentait. La peine pour cet homme, qu'il avait l'impression d'avoir abandonné à son sort tragique.

— Tu sais bien que non, Anson, répondit Frank.

Ce dernier avait prononcé ces mots, avec une douceur dans la voix qu'elle ne lui connaissait pas.

Anson recula d'un pas. Max, sentant la tension dans l'air, se leva aussitôt, et vint lui donner des coups de museau jusqu'à ce qu'il daigne lui caresser la tête.

— La plupart des équipes s'en vont. Max et toi continuerez à vous occuper des rescapés. Ensuite, prends quelques jours pour te reposer, avant de réintégrer l'équipe.

Anson croisa les bras.

— Non, répondit-il. Je veux continuer les recherches avec Max.

Le gros chien s'assit devant lui, telle une sentinelle silencieuse.

Elle le regarda en coin. Elle se sentait moins calme. Elle aurait aimé dire quelques mots, si seulement elle avait su lesquels.

Etait-elle censée abonder dans son sens ?

Les recherches le rendaient malade. Mais le serait-il moins, s'il cessait de chercher ?

Le lendemain, tandis qu'Anson désobéissait aux ordres, Ellory fit ce que n'importe quelle « presque petite amie » aurait fait à sa place. Elle partit à la recherche d'informations sur son compte. Sur internet, elle trouva le nom de son père, également médecin, et encore en activité à San Francisco. Elle trouva également un article au sujet de sa mère, relatant le sauvetage, ainsi qu'un communiqué écrit en sa mémoire par ses collègues de l'hôpital.

Puis elle tomba sur une vieille photographie montrant l'endroit exact où l'on avait retrouvé Anson, enfant. Sur le côté, elle reconnut Frank, plus jeune, accroupi, le doigt levé vers le ciel.

Elle hocha lentement la tête. Bénis soient Frank et la personne qui avaient pris ce cliché. Peut-être allaient-ils pouvoir éclairer son chemin.

12.

Après sa découverte, Ellory était allée louer une motoneige, et avait emprunté l'un des chemins les moins fréquentés de Silver Pass. Grâce à l'article et à la photographie qu'elle avait trouvés, elle était sûre de l'endroit où Anson et sa mère s'étaient abrités pendant la tempête. Peut-être y avait-il encore des traces de leur passage ? Son jouet, une marque sur la roche… qui sait ?

Voir l'endroit, et se rendre compte de ce qu'ils avaient enduré, était un bon point de départ.

Elle ignorait si cette piste la conduirait quelque part, mais à part interroger Frank — ce serait probablement l'étape suivante — c'était la seule idée qu'elle avait eue pour essayer d'aider Anson.

La direction du rocher qu'il avait heurté n'était pas indiquée sur les pancartes. Peut-être M. Dupris avait-il pris la décision d'éloigner les skieurs de cette zone, après l'accident qui avait coûté la vie à la mère d'Anson. C'était une partie du domaine entretenue et empruntable, à condition de bien la connaître.

Elle comprit qu'elle était arrivée, lorsqu'elle aperçut les panneaux d'avertissement. Elle arrêta la motoneige en haut de la piste, et scruta la pente pour savoir si un chemin y avait été tracé. Elle entendit un bruit et coupa le moteur. Elle tendit l'oreille et reconnut aussitôt des aboiements. C'était Max, elle en était certaine. Mais l'écho rendait sa localisation difficile.

Si Max aboyait autant, c'est que quelque chose de grave s'était produit, sans quoi Anson l'aurait fait taire. Or, si Anson ne le faisait pas taire…

Elle sentit l'angoisse l'envahir. Cette pente était la plus raide du domaine, la plus reculée et la plus dangereuse. Mais instinctivement, elle sentit que c'était la seule direction à emprunter.

Elle ajusta son masque, et remit le contact. En roulant lentement, elle pourrait se frayer un chemin entre les arbres. Elle ne pourrait pas prendre trop de vitesse et, dans le pire des cas, un arbre l'arrêterait dans sa course. De toute façon, elle n'avait pas le temps de douter de son instinct.

Elle se mit en route.

Plus elle avançait, slalomant entre les arbres, plus les aboiements étaient forts. Puis, à mi-pente, elle constata qu'ils avaient diminué. Elle avait dû les dépasser. Elle fit demi-tour et, une centaine de mètres plus haut, aperçut le gros chien dont la fourrure noire se détachait sur une congère, et qui aboyait à intervalles réguliers.

Elle gara la motoneige, et termina le chemin à pied.

— Anson ! cria-t-elle.

Quand il l'aperçut, Max fonça droit sur elle. Il attrapa sa manche dans sa gueule, et la conduisit vers le bloc de neige.

Si Anson se trouvait là depuis tout le temps où Max aboyait… Elle savait qu'une personne mourait emportée par des avalanches tous les deux ans, en moyenne. Et ils avaient déjà perdu quelqu'un cette année.

Contournant la congère pour suivre Max, elle vit un trou dans la neige, dont dépassait à peine la tête d'Anson.

— Anson ! cria-t-elle d'une voix étranglée.

Il leva la tête vers elle. Max avait creusé pour dégager son visage. Il était sain et sauf. Au moins ne s'était-il pas fracturé la nuque.

— On va te sortir de là, dit-elle.

Et elle se mit à creuser frénétiquement.

Max se joignit à elle.

— Ce n'est pas vraiment une avalanche. Il y avait un surplomb bizarre.

Pas le temps d'essayer de comprendre ce qu'il racontait. Elle se concentrait pour dégager l'énorme volume de neige et libérer Anson de sa prison glaciale.

— Depuis quand es-tu là ?

— Je n'en sais rien, répondit-il d'une voix fatiguée.

Les larmes lui montèrent aux yeux, et de la buée se forma sur les verres de ses lunettes. Elle les enleva et les utilisa pour creuser. Pourquoi n'avait-elle pas emporté une pelle ?

— Dis-moi comment tu te sens.

— C'est lourd, la neige, articula-t-il.

Elle parvint à enlever la neige qui lui comprimait le torse. Puis elle réussit aussi à dégager ses bras. Il put enfin respirer plus amplement.

Elle saisit ses mains, puis se pencha en arrière de tout son poids. Après quelques tentatives, il put dégager ses jambes et se hisser. Dès qu'il fut sorti, elle lui ôta ses gants et examina ses mains. Ses doigts étaient rouges, par chance.

Puis elle le fit s'asseoir, et enleva ses chaussures et ses chaussettes, l'une après l'autre. Ses pieds aussi étaient rouges. Le sang circulait.

— Tout va bien, dit-il sur un ton qui contredisait ses mots.

Elle le considéra, la gorge serrée. Elle n'avait aucune raison de le croire.

— Ta motoneige est là-dessous ?

Il acquiesça d'un signe de tête.

— Il faut aller à l'hôpital, reprit-elle.

De nouveau, il hocha la tête.

Le fait qu'il ne proteste même pas l'inquiéta.

— J'ai garé la mienne plus bas.

— Comment es-tu arrivée jusqu'ici ?

— J'ai entendu Max aboyer.

— Mais tu étais déjà dehors ?

— Oui… Je cherchais…, quelque chose.

Elle baissa les yeux. Elle n'avait pas l'intention de lui révéler ce qu'elle cherchait, ni de lui demander pour quelle raison il se trouvait sur ce versant de la montagne. Elle avait l'impression qu'ils se dirigeaient l'un et l'autre dans la même direction, mais que ni lui ni elle n'étaient disposés à en parler.

La démarche d'Anson était lente et raide. Lorsqu'elle prit son bras, elle s'aperçut qu'il s'était remis à trembler de tout son corps.

Cela se produisait, lorsque le corps cherchait à se réchauffer. Il souffrait certainement d'hypothermie. Il fallait faire vite.

— Ce n'est pas loin, dit-elle en guise d'encouragement.

Lorsqu'ils arrivèrent à la motoneige, elle alla chercher une tasse isotherme remplie de thé, dans le compartiment arrière.

— C'est une infusion de gingembre au miel. Cela va te donner de l'énergie et te réchauffer.

Elle était fière d'avoir arrêté le chocolat, et d'être revenue aux bonnes habitudes qu'elle avait momentanément délaissées.

Anson but quelques gorgées.

Après avoir rangé la tasse, elle prit place sur le véhicule. Il s'assit à son tour, et passa ses bras autour de sa taille. Le thé avait dû faire son effet. Elle sentit qu'il tremblait moins. Néanmoins, elle prit la précaution d'attacher ses deux gants l'un à l'autre, de sorte qu'il ne puisse pas tomber à la renverse, au cas où il perdrait connaissance. Il ne fallait pas qu'à l'hypothermie, s'ajoute une fracture du crâne.

Max tournait autour de la motoneige, cherchant sa cage.

— Suis-nous, lui ordonna Anson.

Le chien aboya. Elle mit le contact et reprit la route qu'elle avait empruntée à l'aller.

Anson ne s'était jamais retrouvé enseveli sous la neige. Pas sous autant de neige, en tout cas.

Si Max ne l'avait pas accompagné, si Ellory ne s'était pas trouvée, comme par miracle, sur le même versant de la montagne… Il ferma un instant les yeux.

D'ailleurs, il faudrait qu'elle lui explique, plus tard, la raison de sa présence dans le coin.

Pour l'heure, il était aux urgences, assis dans une salle d'examens, attendant les résultats de sa radio, et content qu'elle soit restée dans la salle d'attente.

S'il s'était fêlé une côte, comme il le craignait, elle ne le saurait pas. Ainsi, il pourrait retourner faire ses recherches, sans qu'elle l'en empêche.

Théoriquement, le médecin qui le suivait — un collègue avec lequel il travaillait pendant la belle saison, était censé rendre des comptes à Frank, qui devrait signer son congé maladie. Or, il s'était blessé en dehors de son service, puisque les recherches avaient été officiellement suspendues.

Rien, donc, ne l'empêchait de parcourir la montagne à ses heures perdues. S'il retrouvait Jude, il n'aurait qu'à le signaler, afin qu'un collègue vienne le récupérer.

Il le devait à Chelsea, ainsi qu'aux autres membres du groupe. Il lui avait promis de le ramener, en la regardant dans les yeux. Alors il le ramènerait. Coûte que coûte. D'ailleurs, dès qu'il aurait les résultats de ses examens, il passerait la voir dans sa chambre, et lui dirait de nouveau, qu'il n'abandonnait pas les recherches.

Vingt minutes plus tard, après avoir reçu un sermon dont il se serait passé, il récupéra sa parka et fut installé dans un fauteuil roulant. Puis on le raccompagna dans la salle d'attente. La procédure…

Il pouvait tout à fait marcher, seulement, comme il s'en sortait sans rapport à ses supérieurs, il préféra ne pas se faire remarquer.

Ellory se leva d'un bond en le voyant arriver en fauteuil.

— Tu es prêt à sortir ? demanda-t-elle.

— Je vais d'abord passer voir Chelsea. Mais je dois rouler en fauteuil, jusqu'à ce que j'aie quitté officiellement l'hôpital.

— Je t'emmène. Qu'a-t-on diagnostiqué ? demanda-t-elle encore, en le poussant jusqu'à l'ascenseur.

Ellory se garda de préciser qu'elle avait déjà rendu visite à Chelsea pendant qu'il se faisait examiner, et qu'elle était morte d'inquiétude.

Mais elle ne culpabilisait pas de ne pas le lui dire. Après tout, il avait refusé qu'elle l'accompagne en salle d'examen. Ce n'était pas son petit ami. C'était une rencontre, une aventure, pas une vraie relation. En aucun cas.

Elle laissa échapper un soupir. A force de se le répéter, cela finirait peut-être par rentrer ! Non, elle n'était pas sa petite amie. Il n'était pas amoureux d'elle, et ne le serait jamais.

— Le médecin a dit que tout allait bien. J'ai mal partout, mais rien de grave. Il faut simplement que je tousse toutes les heures. Et ça, je m'y attendais.

— Pourquoi ?

Les portes de l'ascenseur s'ouvrirent, et elle le poussa dans la cabine.

— Le fait de tousser régulièrement permet de bien dégager les poumons.

Au bout d'un instant, l'ascenseur s'arrêta et la porte s'ouvrit de nouveau.

Lorsqu'ils entrèrent dans la chambre de Chelsea, cette dernière s'assit sur son lit, et dévisagea Anson en écarquillant les yeux.

— Vous avez une sale tête, dit-elle. Décidément, ces recherches ont éreinté tout le monde. Vous devriez peut-être laisser quelqu'un d'autre continuer à votre place.

Il s'approcha du lit, et lui prit la main.

— Je vais bien. Je viens juste d'avoir un petit accident, mais Max et Ellory m'ont tiré d'affaire.

— Que s'est-il passé ?

— Sur l'autre versant de la montagne, il y a un endroit

avec un surplomb rocheux. Je m'y suis arrêté, pour que Max y fasse ses besoins. Mais ce n'était pas une bonne idée. Le manteau neigeux s'est décroché et m'a enseveli. Par chance, je n'ai pas été emporté. Ce n'était pas vraiment une avalanche, cela ressemblait plutôt à un énorme bloc de neige qui tombe d'un toit, au moment où vous passez dessous.

— Vous avez eu de la chance.

— Max a creusé, avant que je ne meure étouffé, et a aboyé jusqu'à ce qu'Ellory arrive.

— Vos hommes sont passés nous voir, l'autre jour. Ils m'ont dit que les chances que Jude ait survécu, étaient nulles et que les recherches se transformaient en mission de récupération.

Ellory l'observait discrètement. Comment cette femme pouvait-elle parler avec autant de calme ?

Maintenant qu'elle savait ce que signifiait tomber amoureuse, et qu'elle venait de passer des heures angoissantes à l'idée qu'Anson ait été gravement blessé…

— Peu importe qu'on le retrouve aujourd'hui ou dans quinze jours. Ne vous mettez pas en danger pour cela. Ils m'ont dit que son corps serait encore là dans plusieurs semaines, voire jusqu'au printemps, et à la fonte des neiges. Puisqu'il n'y a désormais plus aucune chance de le retrouver vivant…

Elle se sentit soudain terriblement impuissante, ne pouvant aider ni Anson ni Chelsea. Elle s'apprêtait quand même à dire un mot, mais juste à cet instant, on frappa à la porte.

Le chef de la police, son adjoint et Frank entrèrent.

Elle leur lança un regard chargé d'espoir. Ils avaient sûrement retrouvé Jude !

— On a retrouvé Jude Wyndham.

Anson entendit les mots dans son dos, et se retourna.

Face à lui se tenaient le commissaire Leonard, son adjoint Gates et Frank.

— A quel endroit ? demanda-t-il.

Il avait vu, à l'expression de Chelsea, qu'elle était incapable de poser la question.

— Dans le Montana.

— Le Montana…, dit-il, sans comprendre.

— L'Etat du Montana.

— Mais… Comment est-il arrivé là-bas ? demanda Ellory, visiblement aussi perplexe que lui. Je ne comprends pas.

— En voiture, tout simplement. Il était avec une femme. On les a interceptés, alors qu'ils essayaient d'encaisser un chèque volé qu'ils n'avaient pas réussi à encaisser au Canada, expliqua le commissaire Leonard.

— Une femme ? s'exclama Chelsea d'une voix aiguë.

— Nous pourrons peut-être en parler en privé, reprit le commissaire.

Anson n'eut pas besoin d'explications supplémentaires pour comprendre ce qui s'était passé. Ellory, en revanche, avait l'air aussi déroutée que Chelsea.

— Ellory ? dit-il doucement. Laissons le commissaire parler tranquillement à Chelsea.

Elle alla saluer Chelsea, attrapa les poignées du fauteuil et le poussa jusque dans le couloir. Une fois hors d'écoute, elle s'arrêta et se pencha vers lui.

— Qu'est-ce qu'ils essayaient de lui dire ? demanda-t-elle à voix basse.

— Qu'il ne s'est jamais perdu dans la montagne. Et si tu veux mon avis, j'ai l'intuition que le chèque volé appartenait à Chelsea.

— Tu veux dire qu'il a monté toute une mise en scène ? Qu'il a abandonné ses amis dans le froid et qu'il s'est enfui ? répondit-elle d'une voix aussi aiguë que celle de Chelsea, dans laquelle perçaient non seulement la surprise, mais aussi la colère.

— Viens, sortons d'ici.

— Ils auraient pu tous mourir…

Ils sortirent sur le parking, et elle alla chercher la voiture que Mira leur avait prêtée pour venir. Anson profita de ces quelques minutes de solitude pour tousser. Si Ellory apprenait qu'il avait une côte fêlée, elle ne le laisserait pas passer la nuit tout seul.

Une demi-heure plus tard, suivant ses indications, elle sortit de l'autoroute, pour emprunter une route très étroite, qui venait d'être dégagée.

— Qu'est-ce que je fais, si nous croisons une autre voiture ?

— Ne t'inquiète pas, nous ne croiserons personne, répondit-il. Je suis le seul à habiter ici.

Ellory roula tout doucement sur la route qui serpentait au milieu des bois, de peur de verser dans un fossé. La forêt laissa place à une immense étendue d'un blanc immaculé. La route, qui avait désormais l'allure d'un chemin, montait et descendait, suivant les pentes douces des collines.

Ils arrivèrent devant une petite maison.

Une maison vraiment minuscule, qu'elle contempla un instant, étonnée.

— C'est ta maison ? Elle est toute petite !

— Tu as l'habitude, non ?

— Oui, bien sûr. Mais quand je vois la taille de ton chien…

Elle esquissa un sourire. Jamais elle ne l'aurait imaginé habitant un tel endroit. Décidément, cet homme la surprenait.

— Parfois, j'ai l'impression d'habiter dans une grosse niche. Surtout quand il pleut, et que ça sent le chien mouillé ! Max reste dans le salon. La chambre se trouve sous les toits. On y accède par une échelle de meunier. Il faut s'y faire. Avant, nous vivions tous les deux dans un appartement, où il avait pris l'habitude de dormir avec moi. Le changement a été difficile pour lui.

Elle secoua doucement la tête. Cela ne faisait pas de doute : cet homme adorait son chien !

Ils sortirent de la voiture, et Anson monta les quelques

marches du porche. Il ouvrit la porte, et débrancha l'alarme avant de se tourner vers elle.

— J'ai vu les prévisions météo à l'hôpital. Tu devrais rentrer à l'hôtel maintenant. Ils annoncent du mauvais temps pour ce soir.

— Mais… Tu ne rentres pas avec moi ?

— J'ai vraiment besoin de dormir. Dans mon lit.

Elle acquiesça. Il devait se remettre de plusieurs chocs. Ils avaient beau avoir retrouvé Jude, il devait lui en rester une sensation d'inachevé. Si au moins, ils avaient retrouvé son corps dans la montagne, il y aurait eu un « épilogue ». Il aurait ainsi eu l'impression d'avoir accompli son devoir, et honoré sa promesse.

Alors que là… L'aventure était terminée, mais d'une façon qui, de toute évidence, ne lui convenait pas.

— Tu as envie de taper dans les murs ?

— Non, répondit-il doucement.

— Et Max ?

Mira avait proposé de garder le chien, le temps qu'ils aillent à l'hôpital.

— Si cela ne te dérange pas, il pourrait rester avec toi cette nuit. Je viendrai le chercher demain matin.

Elle croisa son regard. Et elle ? Etait-ce la fin de leur histoire ? Maintenant que cessaient définitivement les recherches, allait-il la quitter comme ça ?

— Je peux rester, si tu veux, dit-elle encore. Je pense que cela ne dérangera pas Mira de le garder.

Elle le dévisagea, inquiète. Il avait l'air fatigué et bien trop calme pour qu'elle le laisse.

— Tu veux que je parte ? demanda-t-elle d'une petite voix.

— Ce n'est pas que je souhaite que tu partes, mais je suis fatigué. Je rêve de me mettre au lit et de dormir.

— Je n'ai pas vraiment envie de te laisser seul, sans Max.

Depuis deux semaines, il avait passé toutes ses nuits avec elle. Mais c'était avant qu'on retrouve Jude…

— Sommes-nous censés nous réjouir qu'il soit vivant ? demanda-t-elle au bout d'un instant. En ce qui me concerne, je ne suis pas contente. Je n'ai jamais souhaité la mort de quelqu'un, mais tant qu'on le considérait comme un héros prêt à tout pour sauver la vie de ses amis, je priais pour qu'il soit en vie. Maintenant, j'ai juste envie de foncer dans le Montana, et de le noyer dans les toilettes de sa cellule.

Anson hocha la tête, mais son expression ne changea pas. C'était pire que lorsqu'elle essayait de lui tirer les vers du nez. A ce moment-là, au moins, son visage exprimait des émotions. Là, il avait l'air éteint. Et cela l'effrayait.

Elle ignorait ce qu'il ressentait, mais ce devait être terrible. Il avait passé deux semaines dehors, dans la neige et le froid, revivant le drame qu'il avait vécu enfant, submergé par la culpabilité. Mais il n'avait manifestement pas le désir d'en parler.

Tout ce qu'il exprimait, verbalement ou non, signifiait qu'il avait besoin d'air.

Comment pouvait-elle le lui refuser ?

Elle s'approcha de lui, et déposa un baiser sur ses lèvres.

Il enfonça sa main dans ses cheveux pour la retenir, et l'embrassa avec la tendresse qu'il était incapable d'exprimer par des mots.

Elle se redressa et s'efforça de lui sourire. Peut-être interprétait-elle trop de choses. Peut-être avait-il seulement besoin de dormir. Peut-être voudrait-il parler plus tard…

13.

Anson laissa errer son regard dans le vide. La nouvelle de la découverte de Jude dans le Montana le sidérait. Il aurait pu passer des journées à traîner en sous-vêtements, refusant de se doucher, buvant trop de bière et donnant des coups de poing dans les murs.

Jude. Judas.

Quel était vraiment son prénom ? Il faudrait qu'il vérifie.

Max, de son côté, avait l'air désespéré. Il était presque impossible de le décoller de sa couche préférée près du poêle à bois. Il ne mangeait pas — refusant même ses friandises préférées. Depuis qu'il était revenu dans la petite maison, il n'avait pas joué une seule fois. Et il était mécontent, quand Anson le forçait à sortir.

On aurait dit qu'il était en deuil.

Parce que Ellory n'était plus là ?

Cela faisait plusieurs jours qu'ils ne l'avaient pas vue.

Dans un soupir, il s'extirpa du canapé, pour attraper le téléphone. Cela ferait peut-être du bien à Max d'entendre sa voix…

Lorsqu'elle décrocha, il sentit son cœur se serrer, ce qui déclencha une quinte de toux, avant qu'il ne puisse prononcer un mot.

— Anson ?

— Excuse-moi, Ellory, articula-t-il, après s'être éclairci la gorge.

Max se leva d'un bond et le bouscula.

— J'ai l'impression que Max veut te parler, dit-il.

— Max veut me parler…

— Enfin, si tu veux bien. Il est un peu déprimé. Il ne mange plus. Je mets le haut-parleur.

— Bonjour Max ! s'exclama-t-elle. Qu'est-ce qui t'arrive ? Tu ne manges plus ? Tu ne veux pas de la viande séchée ? Ta friandise préférée ?

Max se mit à s'agiter en remuant la queue. Anson alla chercher son sac de viande séchée, et lui en proposa un morceau qu'il accepta cette fois, sans retenue.

— Il mange ! dit-il, émerveillé, avant de couper le haut-parleur et de reprendre le combiné. Merci !

Il se tut, mal à l'aise. Il aurait été opportun de lui demander comment elle allait, car l'histoire avec Jude l'avait affectée, elle aussi. Mais le risque était grand, qu'elle lui pose la question en retour. Or, il se sentait tout à fait incapable d'y répondre.

Ellory enjamba ses affaires éparses, pour aller s'allonger sur le lit.

Après la tempête, l'hôtel s'était rempli, et les clients s'étaient remis à skier sur le domaine, dès qu'on avait rouvert les pistes.

Elle pourrait tout à fait se remettre au travail. Courbatures, tendinites, élongations étaient monnaie courante après une journée de ski.

Mais elle en avait perdu le goût. Elle était épuisée à force de s'inquiéter, d'essayer de se détendre, de faire comme si…

— Ce n'est qu'un symptôme, dit-elle après un silence interminable.

— Un symptôme de quoi ?

— Un chapitre de sa vie ne s'est pas refermé correctement.

— Tu veux parler des recherches de Jude ?

— Max a passé des semaines à chercher quelqu'un que l'on n'a pas retrouvé. Il a besoin d'une fin, d'une conclusion.

Et elle savait de quoi elle parlait.

— On pourrait peut-être aller le voir en prison.

Soudain, elle eut une illumination. Elle avait enfin une idée de ce qu'elle allait faire.

— Max a besoin de trouver quelqu'un. Je vais mettre ma vieille combinaison, et aller me perdre dans la montagne. Lorsqu'il me retrouvera, je suis sûre qu'il ira mieux.

Ce qu'elle ne dit pas, c'est qu'elle comptait se rendre à l'endroit où il s'était abrité avec sa mère. Elle était certaine que cela aiderait aussi Anson à tourner la page, et lui permettrait d'aller enfin de l'avant.

Elle raccrocha sans attendre sa réponse, et alla chercher la combinaison. Si elle mourait de froid, elle ferait au moins rire les gens qui la retrouveraient, lorsqu'ils découvriraient sa tenue grotesque.

Anson serra les dents. Ce n'était pas son genre d'avoir envie de tuer quelqu'un, mais…

Sa motoneige était toujours ensevelie sous la neige, à l'endroit où Ellory l'avait retrouvé. Avec celle qu'il avait louée, il lui faudrait donc avancer plus doucement, pour que Max ne tombe pas.

C'était une journée ensoleillée et suffisamment chaude, pour que la neige se mette à goutter des branches des arbres. Anson accéléra, jusqu'à ce qu'il aperçoive un autre véhicule.

Max sauta dans la neige, et s'en approcha en reniflant, puis fit des allers-retours entre la motoneige stationnée et celle d'Anson. Dans la neige encore profonde, on distinguait des empreintes qui descendaient la pente.

Il secoua la tête. Si Ellory avait mis sa vieille combinaison, elle allait se refroidir très vite. Elle ne devait même pas être imperméable !

Il lui refit sentir son odeur, et lui ordonna de la chercher.

Max se mit à suivre les traces qu'elle avait laissées dans la neige en aboyant. Il était tellement excité, qu'Anson se sentit un peu coupable de l'avoir privé d'elle pendant quelques jours.

Ellory avait creusé plus d'une heure dans la neige, pour dégager l'entrée de la minuscule caverne où s'étaient réfugiés Anson et sa mère. Elle avait déchiré sa combinaison sur une pierre en s'allongeant sous le surplomb.

Anson ne mentait pas, lorsqu'il disait que l'endroit était exigu. Vu le temps qu'elle avait mis pour s'y installer, elle s'attendait presque à voir Max accourir d'une minute à l'autre, pour la sortir de là.

L'abri était très sombre. Elle roula sur le côté et sortit une petite lampe de poche. Elle l'alluma, et inspecta les parois autour d'elle.

Etonnamment, elle se mit à éprouver une sensation de paix, comme si elle se trouvait exactement là où elle devait être. Pourquoi ? Elle n'en avait pas la moindre idée.

S'agissait-il seulement de permettre à Anson et à Max de refermer une parenthèse ?

Elle frissonna soudain.

Elle repéra une zone légèrement plus spacieuse, et rampa laborieusement jusque-là. Elle projeta ensuite le faisceau lumineux sur la roche, guettant un indice, une trace de leur passage. Mais elle ne vit rien, pas même une marque gravée dans la pierre.

Elle repéra un petit renfoncement, et plissa les yeux. Elle rampa encore un peu, puis tendit la main. Le renfoncement était plus profond qu'elle ne l'aurait pensé. Elle tâta les côtés, en vain, et finit par retirer son bras. Mais sa main heurta un objet qu'elle n'avait pas senti jusque-là. Elle sursauta en poussant un cri.

Elle tendit l'oreille, et après avoir pris une grande inspiration, replongea la main dans le renfoncement. Cette fois, elle trouva directement l'objet.

« Elle a pris un jouet dans mon sac à dos et a essayé de m'amuser avec, elle me racontait des histoires… »

Elle examina le petit soldat en uniforme et aux cheveux

ras, et son cœur se serra. La peinture était écaillée sur ses jambes, mais le visage était intact.

Des aboiements retentirent. Max allait bientôt la retrouver. Elle glissa le jouet dans sa poche, et se remit à explorer la grotte. Il lui sembla apercevoir un éclat, peut-être le reflet de la lampe sur du quartz, ou un bout de métal ou de verre. Elle se remit à tâter le sol dans cette zone, et sentit un autre objet sous ses doigts.

Une chaîne en argent, très fine, avec un pendentif ovale. Un médaillon. Elle l'essuya, et après avoir ôté l'une de ses moufles, l'ouvrit délicatement. Les couleurs étaient un peu passées, mais la petite photographie avait résisté à des années de froid et d'humidité.

Elle connaissait bien ce regard.

Les larmes lui montèrent aux yeux.

Anson arriva juste à temps pour apercevoir la queue de Max, avant qu'il n'entre dans la minuscule grotte dans laquelle il savait qu'Ellory s'était réfugiée.

— Tu m'as trouvée, Max ! Bravo ! Tu es un bon chien ! s'exclama-t-elle. Anson ?

— Quoi ? répondit-il sèchement.

Il n'était pas d'humeur à plaisanter.

— Peux-tu appeler Max ? Je ne peux pas sortir !

— Sors de là, Max !

Quelques instants plus tard, le gros chien sortit de la grotte, remuant la queue si fort, qu'il fit voleter la neige tout autour de lui. Il exultait.

— Toi aussi, Ellory ! s'exclama-t-il d'un ton bourru.

Il vit d'abord ses bottes fourrées. Puis, au fur et à mesure qu'elle reculait pour sortir de la grotte, il sentit sa colère s'évanouir. Sa combinaison de ski, si on pouvait appeler cela une combinaison de ski, ressemblait à un gros duvet. Un duvet recouvert de toile, comme un sac de l'armée…, ou plutôt une tente de cirque, avec ses gros motifs à damiers violet et jaune.

— Je comprends pourquoi tu ne mets pas ta combinaison très souvent, dit-il en éclatant de rire. Tu crains de faire des envieux sur les pistes !

Elle ne répondit pas, mais il lui sembla voir ses joues rosir sous la couche de poussière et de terre, qui recouvrait son visage.

Elle s'accroupit et caressa Max.

Il eut brusquement l'impression d'être de trop et, pour être honnête, cela le peina. Mais comment aurait-elle pu le serrer dans ses bras avec cette combinaison qui la faisait ressembler à un bibendum ? Cela dit, il avait aussi le sentiment qu'elle faisait tout pour éviter son regard.

— Ellory ? demanda-t-il au bout d'un moment, pourquoi es-tu venue ici ?

Elle fouilla dans sa poche, et en sortit un objet. Il sentit son ventre se contracter à la vue du soldat qu'il n'avait pas vu depuis vingt-cinq ans.

— Sergent Stan…, murmura-t-il.

— Je me suis souvenue de ce que tu m'avais raconté sur ce jouet avec lequel elle avait essayé de te distraire, avant de partir chercher des secours.

Il contempla le soldat en silence.

Au bout d'un long moment, Ellory reprit :

— J'ai aussi trouvé une autre chose, à laquelle je ne m'attendais pas…

Elle tendit sa main ouverte, à l'intérieur de laquelle se trouvait un pendentif, qu'il reconnut aussitôt.

— Tu as ses yeux, dit-elle, tandis qu'il regardait le cliché que sa mère avait pris d'eux deux, un jour où il avait manifestement mangé des spaghettis, et était barbouillé de sauce tomate.

Ils souriaient tous les deux.

Il sentit sa gorge se serrer.

— Elle a dû le laisser là, pour te protéger. Tu es devenu

médecin, comme elle et, comme elle, tu es prêt à risquer ta vie pour sauver celle des autres. Elle serait fière de toi.

Il passa une main dans ses cheveux. Ce n'était pas la première fois qu'on lui disait que sa mère serait fière de lui mais, pour la première fois, il eut envie d'y croire.

— Ne frotte pas trop fort sur la photo. Elle est fragile… Il doit rester une trace de ta maman, même infime, dans cette poussière.

Il referma le médaillon, et le glissa dans la poche intérieure de sa parka.

— On rentre ?

— Oui, je suis trempée, et j'ai froid. Ma combinaison n'est pas très imperméable.

Il se garda de faire un commentaire, et la prit par le bras.

— As-tu froid aux pieds ?

— Non, ça va. J'ai trois paires de chaussettes en laine, et des bottes de deux tailles de plus que la mienne.

Ils arrivèrent sans encombre à l'endroit où ils avaient laissé les motoneiges. Elle monta promptement sur la sienne, et après avoir mis le contact, le salua d'un geste de la main.

— Prends soin de toi, et de Max, murmura-t-elle avant de démarrer et de s'éloigner.

Il la regarda partir, essayant de reprendre son souffle. Sa poitrine lui faisait mal, mais ce n'était pas seulement à cause de sa côte fêlée.

Ellory était partie, et son salut avait tout l'air d'un adieu.

14.

— Elle est partie.

Anson regarda Mira sans être certain de comprendre.

— Elle a quitté l'hôtel, reprit cette dernière. Je lui ai proposé de garder son poste ici toute l'année, parce que les gens ne se blessent pas seulement en skiant, mais je crois que, même si elle était bien ici, elle avait besoin de plus d'espace. Par ailleurs, elle ne s'est toujours pas faite au chauffage central.

— Sais-tu où elle est partie ? Peut-on la joindre ? demanda-t-il, sidéré.

Mira hocha la tête, mais ne répondit pas.

Il eut envie de l'assommer. Mais il avait passé quinze jours à faire le point sur sa vie, et était arrivé à la conclusion qu'il voulait qu'Ellory en fasse partie. A l'évidence, il ne pouvait donc décemment commencer par assommer sa meilleure amie.

— Peux-tu l'appeler ?

— Qu'est-ce que tu veux lui dire ? demanda-t-elle du tac au tac.

— Tu n'as pas besoin de le savoir.

— Tu lui as fait du mal, répondit-elle, en allant s'asseoir à son bureau.

Il soupira, ferma la porte, et alla prendre place en face d'elle.

— Je sais, et je ne sais pas si elle souhaitera me parler, mais j'ai quelque chose d'important à lui dire. Et si je dois aller en Patagonie pour le faire, eh bien, j'irai.

Mira demeura silencieuse.

— Je l'aime, dit-il.

— C'est ce que tu veux lui dire ?

— Entre autres.

Mais Mira exigea ensuite des explications en détail, qui durèrent près d'une demi-heure. Puis elle griffonna une adresse sur un bout de papier, qu'elle lui tendit.

Il lut le mot, et sa tentation de l'assommer redoubla.

Cela faisait une heure qu'il imaginait Ellory à l'autre bout du monde, alors qu'elle avait simplement déménagé en ville.

— Nous ne sommes pas encore ouverts ! cria Ellory en entendant la sonnette.

Elle avança vers la porte, et se figea.

Anson était sur le seuil.

Il avait troqué sa tenue orange de secouriste contre un jean et un blouson en cuir qui laissait entrevoir une chemise en flanelle. Elle le dévisagea, interdite. Il était rasé, coiffé et tenait une fougère en pot dans ses bras.

Son compagnon de toujours, Max, ignorant les états d'âme des humains, vint lui faire la fête, tournant autour du comptoir en remuant frénétiquement la queue. Elle lui donna quelques tapes affectueuses pour qu'il se calme, avant qu'il ne renverse tout autour de lui.

— Je voulais t'offrir des fleurs, mais elles n'étaient pas cultivées localement, dit-il en lui tendant la plante. Je ne sais pas si une plante en pot peut faire l'affaire, quand on veut présenter ses excuses à la femme qu'on aime.

Elle cilla. Il n'y allait pas par quatre chemins ! Ses mains se mirent à trembler, faisant tinter ses bracelets. Anson s'en aperçut et s'avança vers elle.

Il posa la plante sur le comptoir.

— Ellory, reprit-il en lui prenant les mains. J'ai bien réfléchi. Je t'aime et je pense que tu m'aimes aussi.

Elle soupira.

— Anson, je n'ai jamais dit que je t'aimais.

— Tu ne le dis pas, mais tout ton corps le crie. De quoi as-tu peur ?

— Lorsque j'étais coincée dans la grotte, j'ai pris conscience que je ne voulais pas devenir ce qu'on attendait de moi. Je veux être moi-même. Je lutte contre mes manies, et j'ai déjà remporté quelques batailles. Mais cela prendra du temps…

— Je peux attendre, répondit-il en se rapprochant d'elle. Tout le temps qu'il te faudra.

Il se pencha, et déposa un baiser sur ses lèvres.

— C'est une boutique ? demanda-t-il en jetant un coup d'œil circulaire dans la pièce.

— C'est un centre de soins. Je vais y vendre aussi des huiles de massage, des tisanes et quelques autres produits naturels, comme des déodorants sans propylène glycol ni tous ces composants chimiques néfastes. Mais on donnera surtout des cours de méditation, de yoga et des soins.

— Des massages ?

— Par exemple. Tu te souviens que c'est ma spécialité ? De plus, parmi les nombreux contacts de Mira, il y a quelques skieurs professionnels qui sont déjà prêts à venir ici, pour des séances de kinésithérapie.

— Mira m'a dit que tu ne vivais plus à l'hôtel. Tu as trouvé un appartement ?

— Là-haut, répondit-elle en pointant le plafond du doigt. J'ai un futon, un réfrigérateur et un poêle à bois.

Elle eut un petit sourire. C'était spartiate, mais cela lui suffisait. De toute façon, elle détestait le chauffage central.

— Et ta prise de conscience t'a fait changer d'avis au sujet des enfants ?

— Je ne sais pas. Je n'y ai pas vraiment réfléchi. En fait, j'ai peur de mes propres réactions, de reproduire avec eux ce que mon père a fait avec moi. Et si mes enfants devenaient les plus gros pollueurs et consommateurs de la planète ?

— Nous ferons tout pour que cela n'arrive pas, répondit-il.

Pour commencer, il ne faudra pas les obliger à porter des combinaisons de ski comme la tienne.

Elle éclata de rire, et l'embrassa à son tour.

— Tu parles d'enfants, mais tu ne m'as même pas demandé si je voulais sortir avec toi !

— Ce ne sera pas difficile. Tu as déjà répondu oui.

Elle passa ses bras autour de son cou et l'embrassa encore.

Puis elle se dirigea vers la porte, la ferma à clé et revint lui prendre la main.

— Viens, dit-elle en souriant, il faut que je te montre mon futon.

Épilogue

— Non, merci.

Contrairement aux autres jours de l'an, Ellory cette fois, ne but pas une goutte de champagne.

Elle avait épousé Anson en novembre. Comme il le lui avait promis, il avait attendu qu'elle soit prête pour franchir cette nouvelle étape de sa vie. Puis elle avait accepté de faire un enfant. L'annonce de la grossesse de Mira y était sans doute pour quelque chose.

Après tout, elle pouvait avoir un bébé sans détruire la planète.

— Je ne sais pas quelle résolution je vais prendre cette année, dit Mira.

— Peut-être pouvons-nous attendre d'avoir accouché, et d'avoir besoin de nous mettre au régime. Tu t'es bien arrondie !

Jack s'approcha, et posa une main protectrice sur le ventre de sa femme.

— Ne l'écoute pas, tu es parfaite ! dit-il.

— J'essayais juste de faire l'impasse sur les bonnes résolutions pendant les six premiers mois de l'année, répondit Ellory en riant.

Anson revint avec deux verres de jus de fruits, et les leur tendit.

Elle avait l'impression de rêver. Les résolutions qu'elles n'avaient pas tenues étaient devenues les plus belles rencontres qu'elles aient jamais vécues.

Décidément, la vie avait un curieux sens de l'humour.

En fait, elle n'avait peut-être pas besoin de prendre de nouvelles résolutions. Sa vie était parfaite, telle qu'elle était.

Anson la faisait rire, et elle savait que la vie de leurs enfants serait emplie d'amour et de joie. Ils ne laisseraient rien ni personne menacer la bulle de bonheur, dans laquelle ils vivraient, elle, lui, leurs enfants et Max.

Tout compte fait, Graves n'était pas un nom si terrible. Car la vie pouvait être légère, et ils feraient tout pour qu'elle le reste.

Le compte à rebours commença. Dix, neuf, huit…

Puis tout le monde cria « zéro » à l'unisson. Elle se tourna vers l'homme qu'elle aimait, et l'embrassa avec tendresse et passion.

C'était l'une de ses activités favorites.

Qui, de surcroît, ne nuisait en rien à l'environnement, au contraire…

BLANCHE

Un mystérieux vétérinaire, de Rachel Dove - N°1643

Colère, tristesse, frustration. Voilà les sentiments qui habitent le vétérinaire Chris Jennings quand il s'installe à Puddle Lake, un petit village du Yorkshire. Mais sa rencontre avec Susannah, une jeune femme aussi belle qu'exubérante, chasse bientôt sa morosité, sans même qu'il s'en rende compte. Auprès d'elle et malgré leurs différences, Chris se prend à envisager la vie sous un jour nouveau. Jusqu'à risquer son cœur pour être enfin heureux ?

Le bébé secret de Rio, de Luana DaRosa

Lorsque de passage à Rio de Janeiro la chirurgienne Eliana rencontre Diego Ferrari dans un bar, il n'est encore qu'un inconnu pour elle. Un homme avec lequel elle décide d'oublier ses soucis le temps d'une nuit inoubliable. Mais, un mois plus tard, elle est stupéfaite de le retrouver au Santa Valeria General, l'hôpital dont elle est l'héritière. Plus fou encore, Diego sera bientôt le papa de son bébé !

Un pacte à honorer, d'Alison Roberts - N°1644

SÉRIE : MÉDECINS EN MISSION - 1/2

« Faisons un pacte. Si nous sommes encore célibataires à trente-cinq ans, marions-nous. » Lorsque Luke Anderson, après lui avoir ravi un baiser passionné, lui demande d'honorer sa promesse d'adolescente, Kate est bouleversée. Car Luke – qu'elle vient à peine de retrouver, lors d'une compétition entre équipes médicales, après des années de silence – lui fait toujours autant d'effet qu'autrefois…

Des jumeaux pour le Dr Martini, d'Alison Roberts

SÉRIE : MÉDECINS EN MISSION - 2/2

Elle, enceinte ? Georgia peine à y croire. Elle, qui a fui au plus vite le lit du Dr Matteo Martini juste après leur brûlante étreinte, bien décidée à ne jamais s'engager, attend aujourd'hui non pas un mais deux enfants ! Or, si le désir de donner la vie l'habite depuis toujours, il n'a jamais été dans ses plans de s'encombrer d'un père. Ni même d'un homme au charme ravageur…

HARLEQUIN

Leur mission : sauver des vies.
Leur destin : trouver l'amour.

HARLEQUIN
www.harlequin.fr

BLANCHE

HARLEQUIN

Un héritier à chérir, de Marion Lennox - N°1645

Ellie lui a menti ! Marc explose de colère lorsqu'il apprend que cette femme, avec laquelle il a eu une brève liaison neuf ans auparavant, a eu un enfant de lui. Bien sûr, à l'époque, il avait été contraint de mettre fin à sa relation avec Ellie. Mais servir le royaume de Falkenstein n'était-il pas plus important qu'une simple amourette ? À présent qu'il doit monter sur le trône, Marc se le promet : il fera du jeune Felix son héritier…

Le médecin qui avait peur d'aimer, de Kate Hardy

Lorsqu'elle fait la connaissance de son nouveau collègue, le Dr Marc Bailey, Laurie est troublée. Cet homme visiblement tourmenté éveille bientôt en elle de profonds sentiments – sentiments dont elle a bien conscience qu'ils sont réciproques, malgré la réserve de Marc. Si seulement elle réussissait à le soulager du fardeau de son passé, alors peut-être pourraient-ils envisager un avenir ensemble… ?

Leur mission : sauver des vies.
Leur destin : trouver l'amour.

HARLEQUIN
www.harlequin.fr